I0761377

# EL RITO
# DEL PODER

GONZALO LIZARDO

# EL RITO DEL PODER

mr

Versos de Nellie Campobello citados en el texto: pp. 81, 90 y 304.

Diseño de portada: Planeta Arte & Diseño / Erik Pérez Carcaño
Imagen de portada: © iStock
Heptagrama de contraportada: © Gonzalo Lizardo
Fotografía del autor: © Matías Ximenes
Ilustraciones de interiores: © Gonzalo Lizardo


Bajo el sello editorial MARTÍNEZ ROCA M.R.
Avenida Presidente Masarik núm. 111,
Piso 2, Polanco V Sección, Miguel Hidalgo
C.P. 11560, Ciudad de México
www.planetadelibros.com.mx

Primera edición en formato epub: agosto de 2024
ISBN: 978-607-39-0204-5

Primera edición impresa en México: agosto de 2024
ISBN: 978-607-39-0147-5



Impreso en los talleres de Impregráfica Digital, S.A. de C.V.
Av. Coyoacán 100-D, Valle Norte, Benito Juárez
Ciudad de México, C.P. 03103
Impreso en México - *Printed in Mexico*

En esta novela
todo es ficticio, excepto
las partes que el mito
ha infectado.

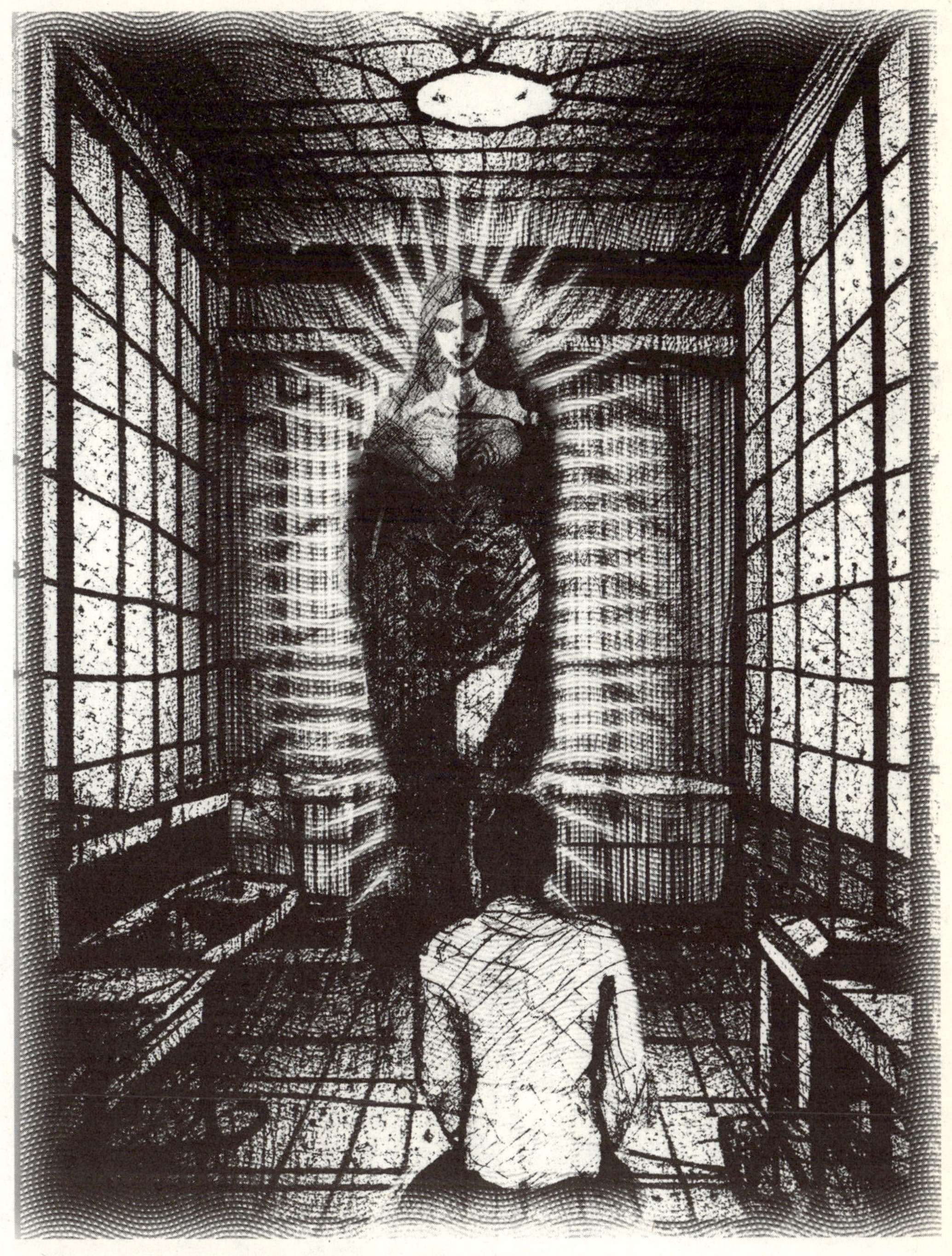

Vendrán días en los que un gran terror
alcanzará a aquellos que habitan
sobre la Tierra, el dominio de
la verdad se ocultará
y la tierra de la fe
será estéril.

Apocalipsis de Esdras

ASÍ ME LO DIJO ELLA, la mujer de los labios negros, y yo se lo creí, y fue por eso que maté al Candidato, ese que tanto lloran. Me dijo ella en sueños: «Se elevará sobre la Tierra un reino más funesto que todos. Lo gobernarán doce reyes, como predijo Esdras, y el penúltimo de ellos será el más poderoso, el más violento; eso significan tus visiones, amado Mauro: el dragón de doce cabezas que vuela sobre el mundo, segando vidas a dentelladas, es el poder que tiraniza tu país». Así me habló ella en sueños. Y se lo creí, aunque era un escuincle, aunque mi familia fuera pobre, ignorante, sin casa, tierra ni trabajo. Me hinqué ante ella, todo asustado, y le pregunté por qué me castigaba con estas visiones. Repuso: «Porque yo te he elegido, Mauro, hijo mío, para combatir contra ese dragón de doce alas, servido por doce sátrapas, y por tus méritos y plegarias te nombro caballero águila». Agradecí el honor y quise saber cuál sería mi misión. Ella acarició mi cabeza con dulzura: «Pronto la conocerás: propiciarás la caída del dragón de doce rostros, harás temblar a ese reino de maldad, esa tiranía que oprime a todos, que deja sin trabajo a tu padre y sin salud a tu madre, que miente en las elecciones, que mata de hambre a los campesinos y devora de cansancio a los obreros». Desde entonces tuve una razón para vivir y para morir. Así soporté mi pobreza, mis hambres, mi soledad, mi fatiga. Era un chamaco cuando me fui al norte, sólo por apoyar a mis padres. Salió peor el remedio, pensé luego, a punto de abandonar mi misión. Pero volvió la mujer de los ojos negros. Mientras lloraba yo en la calle, sin cobija, sin comer, sin sostén, me abrazó con cariño y me consoló: «No desesperes, amado Mauro, que los tiempos de tu misión están muy cerca. El dragón presiente su caída, el final de su reino, y este final empezará en la selva, allá en el sur, donde comenzó la historia milenaria de nuestra nación». Entonces yo recobré el ánimo, conseguí trabajo en una maquiladora de la Chevrolet, hice amigos ahí, unos chicanos viejos y sabios que me explicaron la lucha de clases, la revolución socialista, los sabios de Sion, las logias masónicas, la Aurora Dorada. Comprendí las injusticias cometidas por el dragón de doce ojos a lo largo de la historia, las conspiraciones de sus doce sátrapas para someter a la sociedad. Yo quería ser pacifista como Gandhi, me negaba a combatir la violencia con más violencia, hasta que estalló lo de la Selva Lacandona y el subcomandante Marcos. Ella lo predijo, que los indígenas se alzarían, que derramarían su sangre sobre los ríos y las barrancas para vengar los agravios padecidos por centurias. «¿Viste que no mentí, amado Mauro, cuando soñaste que un dragón incendiaba la selva con su aliento? El último velo cayó de tus ojos, pronto reconocerás al hijo del dragón, al heredero del reino, a quien deberás ajusticiar». Así habló ella cuando me dio su arma: una pistola Taurus, calibre .38, que yo empuñé como espada justiciera para castrar al dragón matando a su heredero.

No sabía cómo usarla. Con ella me dormía, le hablaba en secreto, hasta que la mujer de los dientes negros me envió otro maestro. Un villista muy viejo que me enseñó a cargarla y a descargarla, que adiestró mi puntería y me consiguió balas de plata, consagradas con agua bendita para que nunca fallaran. Sólo tendría una oportunidad en un millón para cumplir mi objetivo. No estaba solo. «Contigo son tres cabezas las que dormían, Mauro», aseguró ella, «tres cabezas que yo desperté para que tiemble el mundo con sus acciones. Y esas cabezas dormidas, cuando disparen el gatillo, iniciarán el final de todo, por eso los llamo caballeros águila, por la relevancia de su misión. Uno de ustedes morirá en su lecho, otro en la cárcel y el último por la espada del dragón. No preguntes por tu destino. Un caballero águila tiene que sacrificarse para servir a la nación, al pueblo, a la patria». Entonces me hice tatuar un águila en mi mano derecha para no olvidar quién soy, y un dragón en la zurda para no olvidar a mi enemigo. Abandoné la maquiladora y me fui al desierto, donde me alimenté de frutos, hierbas, lagartijas. Durante semanas agoté veredas y autopistas hasta que divisé su rostro en la carretera. Lo reconocí al instante: el hijo del dragón, el heredero del reino, el Candidato Oficial a la presidencia, ese que tanto pregonaba a los ocho vientos que él cambiaría el rumbo del país, que reformaría el sistema y el partido del poder, que consolaría a los pobres y remediaría injusticias. Todos lo aclamaban, a todos se les salían las lágrimas con esas palabras falaces, podridas como flores en el hocico de un cerdo. Las mismas con que otros sátrapas someten, sometían y seguirán sometiendo al pueblo. «A veces puede engañarse a muchos, y algunos se engañan siempre, pero jamás podrá engañarse a todos para siempre», me dijo ella cuando me alejó del desierto para llevarme a la frontera norte. A esa ciudad de pecadores donde el hijo del dragón haría un mitin, dando un discurso de falsas promesas, fingido patriotismo y seducciones para hechizar al pueblo inocente. Y entonces me vi como en una película, guiado por ella, abordando un autobús que me condujo hasta el mitin, confundido entre miles de partidarios, mentes ciegas que aclamaban a un tirano sordo. Luego me vi extraviado entre el gentío, sin que nadie se fijara en mí, ni los militares ni los policías. Sentí cómo me empujaba esa multitud hasta el templete donde hablaba el Candidato. En sueños, casi, vi que la pistola, mi espada justiciera, aparecía en mi mano, que mi brazo derecho se alzaba y que mi dedo jalaba el gatillo. Su cabeza explotó y vino la confusión, vino el caos. En vano confié que ella me salvara, con su magia portentosa, o que enviara sus legiones de espíritus a rescatarme. Nunca vino. Me vi golpeado por los guardias, escupido y pisoteado por la plebe. Me llevaron a la cárcel, me desnudaron y torturaron, sin saber que los había salvado del penúltimo sátrapa, el más cruel de todos. «¿Por qué lo hiciste?», me preguntaban, «¿quién te vendió el arma?, ¿quién te pagó por matarlo?, ¡confiésalo, cabrón, no te lo comas solo!», pero no confesé ni delaté a mi protectora. No me importaba morir ese día, como no me importa morir hoy. Porque no soy el único. Ni el primero ni el último. La mujer de los labios negros nos ha enviado a nosotros, sus caballeros águila, y nadie podrá oponerse. La Tierra entera tiembla, el mar se vierte en el abismo, sus olas y sus peces burbujean de ira y de venganza. ¡Ay de ti, Babilonia, ay de ti, Roma! ¡Ay de ti, América, ay de ti, México! ¡Llorad por vuestros hijos, llorad por ellos, que vuestra ruina se acerca! Se ha enardecido el dragón de doce furias y ahora vierte su fuego sobre mí, el chivo expiatorio de sus rencores. Pronto vendrá otro caballero como yo y matará a otro sátrapa como el que yo maté. «¡Ay de aquellos que no lo vean, atados por sus iniquidades, recubiertos por su propia corrupción, cegados por el rito del poder!». Así lo predijo ella, Scheva, la mujer de los guantes negros, la Santa Muerta que ungió mi frente por última vez. Y yo se lo creí, aunque hoy me pudra en esta celda apestosa donde me burlo de todos y de todo, incluso de mi muerte, que no será sino el comienzo de nuestra gloria. De nuestra eternidad. De nuestra infamia.

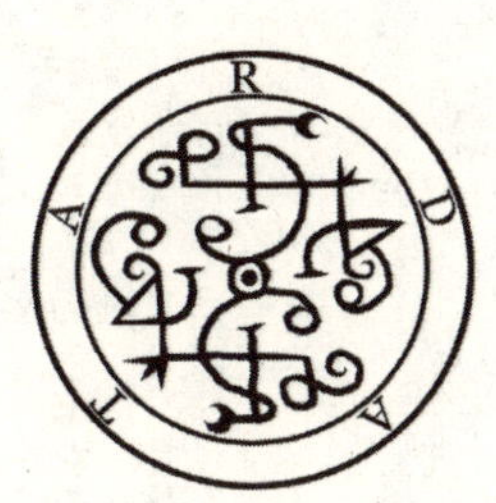

# El crimen

Son las 5 a. m. cuando suena el despertador en un departamento de la colonia Palmatitla y Moctezuma López Chew (más conocido como el Moloch) se levanta de la cama blasfemando contra los pinches dioses culeros que lo mantienen desempleado. La madrugada aún es turbia y soporífera, pero no hay tiempo que perder. Desde que lo despidieron como maestro de inglés en un colegio privado, a él le toca hacer el desayuno y lavar los trastes. A su novia, Cristina Olvera Báez (la famosa AntiKris), le corresponde bañarse, peinarse y vestirse a toda marcha porque el camino es largo hasta la calle Lafragua, donde debe presentarse a las 8 a. m. para cubrir un evento.

Mientras prepara sus célebres chilaquiles toltecas, el Moloch prende el radio para sintonizarse con el mundo real. Dos noticias lo inquietan: las fumarolas del Popocatépetl, «su mayor emisión en dos siglos», y el anuncio del INAH sobre un macabro hallazgo en el Templo Mayor: «Una estatua de

Mictlantecuhtli, el dios mexica de la muerte, llamado también Popocatzin: el Señor Humeante», según el locutor.

La coincidencia entre el humo de Popocatzin y las fumarolas del Popocatépetl no le pasa desapercibida. Y menos cuando Cristina se sienta a la mesa y le cuenta como si nada: «Soñé con mi papá; que era guarura de un hombre muy malo y que hacían un pacto con el Señor de la Muerte, un demonio que fumaba como chacuaco». Mientras él recoge los trastes, un escalofrío se le escurre por el coxis como una sabandija o como un presagio. Porque con frecuencia Cristina tiene sueños de ese calibre: visiones que la gente común ni se imagina y que él sólo vislumbra cuando ella habla dormida, con voz apenas audible.

Poco después, a las 7 a. m., los dos se suben a la motocicleta y recorren a toda velocidad la avenida Carranza con rumbo a Naucalpan. Él es lo que parece: un heavymetalero del barrio, casi casi treintañero; cabellera larga, chamarra de cuero, una docena de tatuajes, playera blackdeathmetalera y una Thunderbird negra que es su máximo orgullo. Desde chico es malo en la escuela y bueno para chambear, excepto cuando se pone rezongón y lo renuncian. Por lo mismo nunca terminó la prepa, pero sabe de electrónica, ovnis y ocultismo, es regular con la cámara y excelente mecanógrafo.

En parte por chambeador, en parte por rebelde, el Moloch tiene pegue entre las chicas rockeras. Cristina lo conoció en un concierto de El Clan y se enamoró de él por su facha: su piel de piloncillo, su perfil tolteca y su lacia cabellera, igualita a la de Palencia, el goleador del Cruz Azul. «Si no fueras tan flaco, Molochito, serías mi emperador azteca», le dijo aquel 2 de octubre del 92, cuando fueron al Festival Gótico en Rockotitlán y se hicieron novios. Casi dos años de romance y concubinato, pasión y ternura, rock metálico y sinfonías góticas.

—¿Hoy qué vas a hacer tú, Molochito? —pregunta ella cuando la Thunderbird se detiene ante un semáforo—. Yo cierro mi edición a las ocho, ¿vas a ir con tu compadre o me llevas al Real Cinema a ver *El cuervo*?

—Las dos cosas. Sí, a mediodía quedé con Nostradamus: me va a presentar a un tipo bien loco, director de un semanario, chanza y me contrata como mecanógrafo, ya de perdido. Pero no te apures, a las seis me desocupo y voy por tinieblas.

—¿Un semanario de qué? Con que no sea de nota roja.

—Nuncamente, mi reina; después te cuento para no salar el negocio. —El Moloch sonríe y de un arrancón rebasa al pesero Ruta 100 que les obstruye el paso.

—Como gustes, mi rey, me avisas qué pasa. —Sin más comentarios, Cristina se deja conducir, abrazada al torso de su emperador, Moloch I, su rey azteca. En contraste con él, la AntiKris tiene una piel blanca, «quizá demasiado», según ella. Adorna su frente un mechón plateado que suele teñir de colores vivos, para que combinen con su negra indumentaria, sus vestidos largos, sus botas marciales. Es lectora de Anne Rice y Emily Dickinson. Egresó hace cinco años de la UNAM y desde entonces procrastina una tesis sobre «El horror a lo femenino en H. P. Lovecraft».

A diferencia de sus amigas, ella no siempre viste su uniforme gótico. En horario laboral, como ahora, se disfraza de reportera, con pantalones de gabardina, chaleco beige, cola de caballo y lentes de carey que amplifican el sulfato cobrizo de sus ojos. Moctezuma asegura que su personalidad cambia de acuerdo con su vestuario, pero exagera: ella nunca deja de ser racional, «tal vez demasiado», según él.

«Algo se trae, seguro», supone Cristina cuando llegan a Paseo de la Reforma. «Algo se huele», sospecha Moctezuma mientras esperan la luz verde. Los dos se conocen bien y casi nunca pelean. Les entusiasma polemizar con pasión y sin rencores sobre cine, música, economía, futbol, intrigas políticas o fenómenos paranormales. Él sostiene que hay una conspiración política para ocultar la existencia de los ovnis. Ella ve la superstición como una tara ideológica, lo mismo que la magia, aunque respeta a las brujas por su función sociocultural.

En eso la Thunderbird frena, relinchan las llantas y un olor a quemado diluye sus divagaciones. Han llegado justo a tiempo. Son apenas las 7:20 a. m. y en los alrededores del Monumento a la Revolución ya merodea la prensa. Pocos metros al sur, en el Hotel Casablanca, se han reunido ciento ochenta delegados del Partido Revolucionario Institucional para ratificar al Secretario General como el líder de su bancada en la Cámara de Diputados. Eso lo convertirá, dicen, en el principal candidato del partido en el poder para pelear las elecciones del 2000. No será fácil, según los analistas: el país está caliente desde hace medio año, desde que mataron en Tijuana al Candidato Oficial.

—Aterrízame aquí, Molochito, yo le sigo —pide la Anti-Kris y el Moctezuma se estaciona, con mucho estilo, frente al Teatro Jiménez Rueda; ella le entrega el casco y se acicala el pelo—. Espero tu llamada, mi rey, cuídate mucho. —Y le manda un beso.

Su emperador se despide con una mano, con la otra acelera y se sumerge en el tráfico, entre los claxonazos y las mentadas de madre que circulan por el Paseo de la Reforma. Aprovechando el semáforo en rojo, se conecta el *discman* al casco y pone a todo volumen su *compact* favorito de Exodus:

*Woke up this morning and he*
*He took a look to the sky*
*The sun was hot and glowing*
*Decided today is a good day to die…*

«Todos los días son buenos para morir, pero nel, hoy no se me antoja», dictamina el Moloch, dispuesto a mostrarse optimista a pesar de los malos presagios.

Mientras su novio se aleja, Cristina Olvera Báez se dirige a toda prisa hasta la calle Lafragua, sorteando a los reporteros que se diseminan a lo largo de ambas aceras. Por el logotipo de sus chalecos, gorras y equipo distingue a los corresponsales de Televisa y TV Azteca, a los de *Excélsior* y *El Universal,* a los de *El Sol* y el *Unomásuno*, donde ella trabaja. Frente al Hotel Casablanca reconoce a sus colegas: el fotógrafo Gonzaga, disfrazado de zapatista chúntaro *style*, y la camarada Mariana Arrabal, rizos güeros y piel bronceada, con ropa de *hippie* de la Condesa. En la barra de una lonchería se despachan tortas de chorizo con queso, a la derecha de un cliente con chamarra negra, camisa verde y tenis Adidas. Una cumbia de Chico Ché le pone ambiente a la mañana, tensa como un velorio sin dolientes: «Qué culpa tiene la estaca / si el sapo salta y se ensarta…».

—Quihúbole, mi AntiKris, ¿no quieres una combinada? —pregunta el fotógrafo Gonzaga, echándole guacamole a la suya—. Están rebuenas y retenutritivas.

—Buenos días. No, gracias, sólo una Pepsi. ¿Qué hay de la reunión?

—Nada nuevo —le informa Arrabal, dándole un trago a su Fanta naranja—. Se rumora que va a haber madrazos.

—Eso escuché por ahí. ¿Quiénes son los del pleito?

—La vieja guardia contra los tecnócratas del Señor Presidente —aclara Gonzaga—. Unos exigen mano dura contra la oposición, otros dizque quieren democratizar al PRI.

—En otras palabras, los machos nacionalistas contra los machos globalizados —se burla Arrabal.

—Qué enredado está eso.

—Y espérate, que no es tan simple —agrega Gonzaga—. Hay un tercer bando, los secuaces del Sucesor. En cuanto él asuma la presidencia, muchas cabezas van a rodar.

—Todos son pan con lo mismo —alega el cliente que los acompaña en la tortería, el de chamarra negra y bigote ralo—. Los charros sindicales, los lamehuevos del Señor Presidente y los del Sucesor, todos son lo mismo. La misma rata nomás que revolcada. Y estaba peor el Candidato, ese santurrón, por algo se lo chingaron en Tijuana.

—Uy, qué radical, amigo —lo encara Arrabal—. No me diga que es usted de oposición.

—Nunca, jamás, señorita; ésos son peores —responde el desconocido, exhibiendo los tatuajes de sus muñecas—. Puros servidores de las tinieblas, amantes del Diablo, eso son.

Cristina no sabe si debe compadecerlo o sentir miedo por sus delirios, por su rencor. Mejor será ignorarlo: alzar los hombros y acabarse su Pepsi al ritmo de la cumbia, que parece burlarse de la situación política. Vote por quien vote, la gente siempre acaba como el sapo: bien ensartado en la estaca, «Si el sapo salta y se ensarta / la culpa no es de la estaca / taca taca que taca y taca». Lo inquietante es que lo diga ese rufián de bigotito, ojos de resentido.

Un barullo remoto los alerta de que la reunión se termina. Se abre el estacionamiento, sale un Buick Century gris de vidrios oscuros que se detiene frente al hotel. Es hora de actuar: Arrabal paga la cuenta, Gonzaga saca su cámara y la AntiKris su grabadora. A trote se dirigen hacia el Buick. De reojo, Cristina advierte al cliente de chamarra negra y tatuajes en las muñecas, seguido por un batallón de reporteros y camarógrafos.

Por las modernas puertas del hotel, el Secretario General aparece y baja a la calle. Su traje es negro, su bigote gris, y trae una sonrisa de triunfo en la cara. Seis diputados lo escoltan hasta el Buick, zalameros, bajo un bombardeo de preguntas. «¿Qué opina sobre el veredicto del tribunal electoral? ¿Se reanudará el diálogo con la oposición? ¿Es cierto que el Sucesor Presidencial piensa devaluar la moneda?».

Con la grabadora en la mano, Cristina llega hasta el Buick Century. El Secretario General la mira con expresión amistosa, casi paterna. Pero la pregunta que ella iba a hacer («¿Cuál es el futuro de México, licenciado?») se le atraganta cuando un codazo en las costillas la desplaza a un lado:

—¡Al averno! —grita el desconocido de bigote ralo—. ¡Muérete a la chingada, cabrón! —Y jala el gatillo de su arma, una metralleta corta.

Un estruendo ensordece a Cristina.

En cámara lenta, muy hollywoodense, la bala zumba, perfora el parabrisas, atraviesa la mano del Secretario General, impacta en su rostro. Un golpe seco que taladra la quijada, que hace estallar la nuca y se incrusta en el asiento trasero del Buick Century. Del orificio brota una flor de sangre, roja e instantánea. Una flor de pétalos viscosos que salpican la grabadora, el chaleco, las gafas de la AntiKris:

—¡Deténganlo, por Dios, detengan al asesino! —exclama, pero su voz se asfixia entre una multitud de monstruos cornudos que brotan de la nada, que la rodean y braman, furiosos y primigenios, *¡Ogthrod Ai'f Geb'l-Ee'h!*, *¡Ph'nglui Mglw'nafh Cthulhu R'lyeh Wgah'nagl Fhtagn!*

A causa de su imaginación alterada, o por sus lecturas de Lovecraft, o por la histeria colectiva, el tiempo físico se detiene y la AntiKris evoca la noche en que murió su padre, cuando ella tenía nueve años, parada en medio de la sala, con un oso de peluche en sus brazos. Y más allá, frente a la televisión encendida, el bulto de su padre en el sofá, la pistola colgando de su mano derecha, un agujero en la sien. Ese cráter gelatinoso, en el cráneo de su padre, del que brota una creatura con alas y con cuernos que huye por la ventana, *¡Mglw'nafh Cthulhu, Ogthrod, R'lyeh Wgah'nagl Fhtagn!*

Cristina agita la cabeza tres veces («despierta, despierta, despierta») hasta desprenderse de esas visiones: esas pesadillas que antes la acechaban sólo en sueños y que últimamente la atacan de día.

Un escándalo de gritos y claxonazos la devuelven al presente.

El tiempo reinicia su marcha.

En medio de la confusión, el joven de chamarra negra avienta al piso la metralleta y se escabulle bramando *¡Ogthrod Ai'f Geb'l-Ee'h!* Cristina advierte, con nitidez sobrenatural, cómo le brotan en la cabeza unos cuernos de cabra, en el torso unos tentáculos de calamar, en la espalda dos alas de murciélago con las que emprende el vuelo hacia Paseo de la Reforma, *¡Mglw'nafh Cthulhu R'lyeh Ogthrod Ai'f Geb'l-Ee'h Yog-Sothot 'Ngah'ng Ai'y Zhro!*

—¡Se nos muere, hay que llevarlo al hospital! —La distrae una voz: uno de los diputados que escoltaban al Secretario

General intenta despejar a gritos el paso del Buick Century—. ¡A un lado, hay que llevarlo en chinga al Sanatorio Español!

—¡Aliviánate, AntiKris, vamos a seguirlos! —Arrabal la jala del brazo hasta su moto Islo Honda, estacionada en Plaza de la República.

Atontada aún por aquel disparo, por la siniestra visión de su padre, por sus alucinaciones instantáneas, Cristina aborda la moto, abraza el torso de su camarada y se concentra en recobrar la lucidez. «Lo que viste no es real, Cristina», se repite mientras la Islo Honda zigzaguea por Paseo de la Reforma, rebasa vehículos, se pasa los semáforos en rojo. «Lo que viste es un sueño, Cristina, una proyección de tus miedos. Concéntrate en el aquí y el ahora: averigua qué pasó, si ya atraparon al asesino, no olvides llamar a la redacción, avisarle al Molochito que llegarás tarde».

Como típico estudiante de la UNAM, Nostradamus (alias Nicodemo Pérez Corchea) se hospeda en un multifamiliar de Copilco, donde renta una habitación individual con baño compartido. Al igual que muchos de sus vecinos, Nostradamus estudia Ciencias, es ultra de Pumas, vota por el Partido de la Revolución Democrática y es un clásico heavynopalero, de esos que adoran el rock mexica, desde Real de Catorce hasta los Caifanes. Los muros de su guarida están tapizados con carteles: pornografía maya y fotos de Rita Guerrero. Ni maquillaje le falta para verse chamánico: tras pasar toda la noche frente a su IBM Pentium 4, sus ojeras y sus pupilas espantarían a más de un cristiano.

Unos golpes fuertes y sincopados lo obligan a levantarse de su sillón para abrir la puerta.

—¿Qué pasión, mi Nostradamus? —Desde el pasillo lo saluda su cuate, el Moctezuma—. ¿Qué novelones me cuentas?

—Pásale, mi Moloch, aquí ando, echándole seso al comal —responde el aludido con sonrisa de profeta—. Pura noticia chingona; para empezar, ya tengo listo el *software* que te platiqué. ¿Quieres verlo?

—Por su pollo, mi buen. —El Moloch toma asiento en una butaca giratoria—. Dime qué onda, para qué funciona.

—Ya lo verán tus pupilentes. —Nostradamus se sienta, oprime la tecla F5 y en la pantalla de la IBM aparece un mapa orográfico del Valle de México, sobre el cual se superpone un esquema circular, dividido en las doce casas del zodiaco—. Básicamente, relaciona la fecha y la hora de un evento cualquiera con sus coordenadas y traza las cartas astrales resultantes. ¿Cómo te explico? ¿Te acuerdas que me pasaste una lista con los avistamientos de ovnis más recientes? —pregunta, y el Moloch dice que sí con el dedo índice—. Ajá, pues alimenté el *software* con esas fechas y esas ubicaciones, comparé la disposición astral de esos eventos y encontré el patrón que los controla.

—Tsss. Te mereces el Nobel de Ciencias Ocultas, maestrísimo. —El Moloch hace girar su butaca, emocionado—. Tiene lógica. Si quieren viajar hasta la Tierra con menos combustible, los extraterrestres tendrían que conocer la posición de cada astro. Así podrían aprovechar mejor la vibra cósmica y el impulso gravitacional de los planetas.

—Exacto, mi pequeño saltamontes. —Nostradamus sirve dos tazas de café—. Lo malo es que son cálculos complejos; mi máquina lleva tres noches haciendo iteraciones. Te aseguro, mi Moloch, que este mes hay muchas posibilidades de que algún ovni ande por las cercanías. Debemos organizar una expedición. Por la salida a Puebla hay unas haciendas abandonadas superchingonas para ir y acampar.

—Sería genial, sí. —La sonrisa y las pupilas se le dilatan de la pura emoción—. Hay que invitar raza.

—Yo le diré a los gemelos: para que presten su camioneta.

—Y yo invito a mi AntiKris. Necesita relajarse, la pobre; le encanta su trabajo, pero abusan de su eficiencia.

—Todos los patrones son iguales, sean de izquierda o de derecha. Y hablando de esos rollos, mi amigo Bronstein nos está esperando.

—¿El del semanario?

—Simón. Deja telefoneo a su oficina para saber dónde anda.

Su compadre aprueba el plan y un poco más tarde galopan en la Thunderbird por Insurgentes Sur, en dirección a la Roma. El tráfico está insoportable por los policías y militares que patrullan la ciudad. A las 2 p. m. se estacionan en el subterráneo de Sears y suben por la escalera al Sanborns. Por sus lentes Ray-Ban y su camisa psicodélica, Nostradamus reconoce a Salomé Bronstein en la penúltima mesa. Un cincuentón de pelo estilizado, rostro lampiño, cruz de talavera tatuada en el cuello. «Un cholo con título de sociólogo», conjetura el Moloch, divertido.

Como la mayoría de los parroquianos (y del país), Bronstein voltea hacia el televisor, atraído por la cortinilla musical del noticiero 24 Horas, que interrumpe la programación con una noticia urgente:

> Por segunda ocasión en el año, un crimen ha manchado de sangre la vida nacional. La mañana de hoy, 28 de septiembre, será difícil de olvidar. El Secretario General del Partido Revolucionario

> Institucional fue víctima de un cobarde atentado a la salida del Hotel Casablanca. Hasta el momento se ignoran los motivos y la identidad del atacante...

—¡Qué carajos! —El Moloch menea la cabeza, aturdido al recordar que su AntiKris anda chambeando por esos rumbos.

—Bienvenidos al fin de nuestro mundo —les dice Bronstein con su voz de soprano—. Tomen asiento, señores. ¿Gustan algo?

—Buenas tardes, Bronstein —responde Nostradamus—. Mire, aquí le traje a mi compadre Moctezuma López Chew, alias el Moloch. Moctezuma, te presento a Salomé Bronstein, el editor más chido de la galaxia.

—¿Así que tú eres «el futuro Von Däniken» mexicano, como dice tu amigo Nicodemo?

—Mi compadre nunca miente. —Nervioso por la noticia que acaba de ver, Moctezuma se sienta al borde de la silla—. Pero ¿saben qué? Mejor luego hablamos, debo volver con mi novia, presiento que algo malo le pasa.

—No manches el sudario —se ríe Nostradamus—. ¿No dices que ella se defiende sola y que a tinieblas te hace falta una chamba de éstas? —Moctezuma sonríe sin ganas, dice que sí con el dedo y Nostradamus se dirige a Bronstein para explicarle—. Acá entre nos, la novia del Moloch es una chulada, estudió Letras, dibuja con madres y es reportera del *Unomásuno*.

—¿En serio? ¿Y tú qué habilidades tienes, Moctezuma?

Después de respirar hondo y acomodarse en la silla, el aludido se aclara la garganta:

—Escribo, le hago a la fotografía, soy mecanógrafo y traduzco del inglés.

—Perfecto, mi amigo. —Risueño, Bronstein saca una licorera del saco para echarle *whisky* a su café—. Aunque la gente lo dude, nuestro género requiere mucha habilidad técnica —afirma y extrae de su portafolio un ejemplar, recién impreso, del *Semanario de lo Insólito,* un tabloide a todo color, con fotografías de monstruos, mutantes y ovnis que ilustran sus escandalosos titulares: «¡El monstruo del lago Ness ha muerto!», «¡Eran hermanos siameses y se mataron uno a otro!» o «¡El extraterrestre que se volvió cucaracha!».

—¡Qué genial! —Apaciguado por las palabras de su compadre, Moloch archiva sus temores por un rato y hojea el ejemplar con entusiasmo—. Ya hacía falta una publicación así, que dijera lo que otros callan.

—Lo sé, lo sé. —Bronstein bebe un sorbo de café, enciende un cigarro Raleigh y de su nariz brota un asimétrico mandala de humo—. Nuestro negocio es el asombro del público sin perder la objetividad del reportero. No publicamos ficción, sino hechos verídicos, comprobables, con fechas, nombres, pelos y señales.

—Lo entiendo, señor: entre más increíble sea una historia, hay que aportar más pruebas. ¿Ya le platicó mi compadre que tenemos un *software* para prever el arribo de ovnis? Pronto tendremos resultados concretos.

—Sí, me contó, ojalá funcione… Respecto a la chamba, debes hacer varias tareas para cumplir tu cuota: un reportaje semanal, responder las cartas de los lectores y traducir boletines de las agencias internacionales. De hecho, quiero que me ayudes con un caso: una secta muy peligrosa, luego platicamos. Si te animas, hoy mismo te adelanto una semana de salario.

—Ya estás, Barrabás, trato hecho. —La sangre del Moloch se adrenaliza al instante. Desde chamaco le atraen el riesgo, las casas en ruinas, las aguas turbias, los sótanos y los panteones. Por eso lo ama la AntiKris, entre otras de sus monerías.

Sin mayor trámite, Bronstein lo hace firmar una carta compromiso que traía en el portafolio y le entrega un sobre con su sueldo en efectivo.

—Guau, qué chingón, mi Moloch. Ahora que eres rico invítame una cerveza, ¿no, compadre? —Le da un codazo Nostradamus.

—Seguro que sí, compadre, al fin que ya pasan de las dos.

—Como gusten, señores; las primeras van por mi cuenta —decreta Bronstein con su operística voz—. ¡Brindemos por la verdad que se esconde tras las apariencias!

El Moloch y Nostradamus celebran la invitación y los tres levantan la mano para ordenar una ronda de cervezas Carta Blanca. El resto del café se calla de pronto, excepto el televisor. En vivo y en directo, un compungido periodista del Canal 2 interrumpe la programación y se dirige a la audiencia de todo el país:

> Lamentamos informar al auditorio que el Secretario General falleció hace unos minutos, en el Sanatorio Español. Su presunto asesino fue arrestado por el oficial José Rodríguez, un policía bancario que lo puso a disposición de las autoridades…

—Oye, pinche Moloch, ¿ya viste? —Nostradamus apunta hacia la tele, que muestra una foto fija del atentado, amplificada. En primer plano la ventanilla abierta del auto, adentro el Secretario General agonizando, y en segundo plano los políticos, la policía y los periodistas. —¿No es ésa la AntiKris, la del chaleco?

—Neta que sí, compa. ¡Ésa es mi novia, siempre en primera fila! —Y levanta la Carta Blanca para brindar por su valentía, orgulloso, pero también para esconder su preocupación.

Como una onda explosiva, la noticia del atentado estremece al Distrito Federal y al país entero, aturdido aún por el reciente homicidio del Candidato. Siguiendo a la ambulancia que transportó al Secretario General, los periodistas invaden el Sanatorio Español, al acecho de las personalidades que poco a poco se congregan ahí. A las 11:00 a. m. el Señor Presidente se presenta para dar el pésame a la familia del occiso y para anunciar que la Procuraduría General de la República ya está actuando y pronto dará a conocer sus averiguaciones. Hora y media después, el Sucesor lamenta la pérdida de «un funcionario público ejemplar, gobernador de estado, hombre de partido plenamente convencido del servicio a la patria».

Mareada por el bullicio, Cristina se refugia en la cafetería del sanatorio y bebe una Pepsi Cola con rodaja de limón mientras Arrabal regresa de tomar sus fotos. Aún no se le pasa el trauma de la mañana (el disparo, la sangre en su chaleco, sus alucinaciones), pero la quietud del lugar la tranquiliza. Para alguien que creció haciendo fila en las clínicas del IMSS, aquel hospital resulta impresionante, por su higiene y su servicio, sus pisos de mármol, sus lámparas fluorescentes, los espejos esmerilados, los retratos del rey y la reina de España sobre la barra del bufet.

Para no sentir que pierde el tiempo, Cristina repasa con audífonos la entrevista con el policía bancario que detuvo al asesino. Quedó horrible. Ella estaba muy alterada, no se entienden sus preguntas. Con un suspiro, decide olvidarse de la nota por un rato y transcribir en su cuaderno el sueño que tuvo anoche.

—Qué barbaridad. Ni ahorrando todo el año ajusto para operarme aquí. —Con una Fanta de naranja y un *croissant* en la charola, Arrabal se acomoda en una silla frente a Cristina—. ¿Ya te fijaste que hasta sus tarifas están en dólares?

—Costumbres del primer mundo, amiga. —Cristina guarda la grabadora en su bolso—. Hasta hoy, no sabía que la Pepsi con limón supiera tan deliciosa.

—Qué espanto, camarada. —Arrabal exhala, le da un trago a su Fanta y le cambia de canal a la conversación—. Hasta se me bajó la bilirrubina cuando te vi salpicada con la sangre del Secretario General.

—Ni me recuerdes. Tuve que tirar mi chaleco, ¿tú crees? Por pura suerte no se manchó mi blusa.

—Menos mal. —Arrabal la mira a través de sus rizos—. Me encanta esa blusa, por cierto. Gótica, juvenil, muy elegante.

—¿En serio? Me la compré en la fayuca. ¿De verdad me queda bien?

—Claro, amiga. La neta es que a ti todo te queda bonito.

Como si la charla le tocara un punto sensible, Cristina evita mirarla a los ojos. «Si yo fuera lesbiana y no tuviera a mi Molochito, le tiraría la onda», supone, «excepto porque a veces se comporta como mi mamá». Y no lo piensa de mala fe. Su madre, Arcángela Báez, era así cuando vivían juntas: poco cariñosa y sobreprotectora. Ahora el Moloch le da la ternura que no tuvo su madre para ella. Mejor ni buscarle.

Dos tipos vagamente conocidos salen del ascensor. Cristina los ve tras los cristales de la puerta. No parecen tristes. Caminan risueños, dándose palmaditas en la espalda como si acabaran de hacer una diablura. Cuando pasan cerca de ellas reconoce al primero, un individuo corpulento, de melena entrecana, con traje a cuadros. «El hombre malo que soñé anoche», piensa, sobrecogida. A su acompañante, moreno y de bigote gris, lo ha visto en la televisión, aunque no se acuerda de su nombre.

—¿Viste qué cinismo? —murmura Arrabal—. Algo traen esos señores.

—¿Los conoces?

—De lejos. El de traje a cuadros es León F, un abogado muy siniestro, conocido como el Abogánster. Fue defensor del Chacal, ¿te acuerdas?, el júnior millonario que violó y asesinó a una niña en Acapulco. El otro es el Ingeniero M, un diputado tamaulipeco con fama de cocodrilo.

—El país está en manos de criminales y mentirosos. —La AntiKris siente escalofríos—. Por cierto, en Televisa y TV Azteca están culpando del asesinato al Ejército Zapatista.

—Eso quieren hacernos creer los asesinos, más bien.

—Tal vez. En estos asuntos, para descubrir al culpable hay que investigar primero al que salió ganando.

—¿El Sucesor Presidencial? No me parece que haya ganado nada.

—Ganó la presidencia, ¿no es suficiente?

—No tanto. Los machos alfa que ganan el premio mayor terminan feo. Con tal de ganarse al pueblo, el gobernante en turno sacrifica a su predecesor y lo acusa de todo mal, pasado, presente y futuro. Lo irónico es que lo pagará cuando termine su mandato y sea necesario otro sacrificio, otro chivo expiatorio. Triste final le espera al Sucesor.

—Se sacó el tigre en la rifa, el pobrecito. Como sea, él tenía motivos para deshacerse del Candidato Oficial, y razones para anular al Señor Presidente y para joderse al Secretario General, su posible sucesor.

—Qué malpensada eres. —Arrabal sonríe, divertida—. Coméntale esa teoría a Patricio Schwartz. ¿No te lo había dicho? El muy gandalla se encargará de seguir la noticia a partir de ahora. Nosotras quedamos fuera.

—¿En serio? Ese encargo nos tocaba: estábamos en primera fila, vimos al asesino de cerca.

—Órdenes de la redacción. —Arrabal suspira—. En fin, quizás lo mejor sea bajar el perfil. ¿Crees que van a dejar que Patricio investigue el crimen del Secretario General? Todo lo que escriba será corregido por el Consejo de Redacción y por los censores del gobierno.

—Sí, tal vez sea mejor así. Qué hueva entrevistar políticos que nunca revelan nada. Nadie nos va a prohibir que busquemos por otro lado.

—¿Qué estás planeando, camarada? —Arrabal la examina con seriedad fingida—. Conozco esa mirada, algo te traes.

Cristina no responde de inmediato. De su bolso saca sus cosméticos, se retoca con *lipstick* negro los labios, sopesa sus conjeturas y emociones.

—¿No vas a decírmelo, Cristina?

—Me acordé de mi madre y se me ocurrió una idea —contesta al fin—. Según ella, mi padre no se suicidó por su voluntad, sino por órdenes de otros. Apuesto que sabía de lo que hablaba. ¿Por qué lo calló? No lo sé. Las mujeres, más que nadie, conocen a sus maridos, a sus hijos, a sus hermanos. Para saber quién mató al Secretario General habría que escuchar a su mujer, a su madre, a sus hijas. Estoy segura de que Patricio no piensa entrevistarlas.

—Me encanta. —Arrabal termina su Fanta, se limpia con la servilleta, sonríe con galantería—. La idea es genial, yo te ayudo: hay que buscar en el archivo sus datos, teléfonos, direcciones. Le decimos a Patricio que cubriremos el lado femenino de la tragedia para que no piense que le queremos comer el mandado.

—De acuerdo —Cristina empaca sus cosméticos en el bolso—. ¿Nos vamos al periódico? Tengo que transcribir mi entrevista y quiero terminar tempra. Moctezuma quedó de llevarme al Real Cinema.

—¿No que está desempleado? Más bien tú invitaste al cine a ese mantenido. —Sin darle tiempo a responder, Arrabal se levanta y le da la espalda para llevar la charola de trastes a la barra.

—No seas cabrona —protesta Cristina y se pone seria de repente, con la mirada clavada en la puerta.

Sin que nadie lo advierta sino ella, ha entrado a la cafetería alguien que no debería estar ahí: un cuarentón de traje negro y bigote gris, sonrisa triunfal y coágulos sobre la camisa, que se desliza de manera antinatural sobre las baldosas de mármol hasta sentarse en la mesa del fondo. «Estás alucinando, Cristina, estás alucinando», se dice y se repite al reconocerlo. «Debe ser el Tafil con la Pepsi; sí, eso fue», conjetura.

Sólo suelta el alarido (para susto de Arrabal) cuando advierte la sangre que escurre por la mejilla de ese fantasma, el Secretario General, que la mira con el cráneo roto y una expresión amistosa en los ojos, como si mirara a su hija.

En cuanto se terminan las enchiladas de mole y la tercera cerveza, Bronstein paga la cuenta, Nostradamus se despide y el Moloch se guarda en la chamarra su primer salario como periodista de lo insólito.

—Mejor dejas aquí tu moto —le indica Bronstein mientras bajan al estacionamiento—. Yo te llevo en mi carroza, llegando puedes telefonearle a tu novia, ya te vi lo preocupado en la cara.

Animado por la sugerencia de su nuevo jefe, Moctezuma acepta seguirlo y casi se infarta al mirar el susodicho vehículo, la combi más chida que ha visto en su vida: modelo 1951, cuatro cilindros, pintada con un diseño tan geométrico y psicodélico que da vértigo.

—Así como la ves, esta belleza estuvo en Avándaro. —Bronstein apaga su Raleigh de un pisotón—. Vamos, sube para que veas lo bueno.

—Pura chulada, jefazo —reconoce el Moloch, fascinado por el equipo de audio Pioneer—. ¿Y qué música me va a presumir?

—Ah, en eso soy muy exigente. —Bronstein prende el estéreo, arranca el motor y conduce hacia la salida con extrema suavidad—. En esta combi sólo se escucha música fina en casete original. Oye nomás éste de los Carpenters. Puro *feeling* del bueno.

«Mi jefazo está más alucinado que su revista», piensa Moctezuma mientras Bronstein conduce por la calle Manzanillo en dirección sur. Sin poder evitarlo, ese cholo con finta de sociólogo le hace pensar en su papá, don Xicoténcatl López Arias (el célebre Fantomas), y su debilidad por las baladas de Nicola di Bari, José José y los Carpenters. «Yo escucho la música para disfrutarla, no para emputarme», decretaba, preocupado al ver que su hijo oía a Motörhead y a Sepultura.

—Despierta, Moctezuma, ya llegamos. —Bronstein estaciona la combi en la calle Tokio, colonia Portales—. Voy a mostrarte tu nueva oficina, te va a cuachalangar, ya verás.

Moctezuma lo sigue en silencio hasta el elevador, que los lleva al tercer piso. Un conjunto de oficinas, pintadas de blanco, muy iluminadas y frías, donde trabajan los reporteros, los formadores gráficos y los tres editores del semanario: el Watson Bolaños, Filomeno Finchetti y Catalina de la Cruz, la Mata Hari. Entre los tres explican a su nuevo colega la estructura y el contenido de su publicación: las columnas fijas, las que llevan pseudónimo, las notas que llegan por fax, los artículos de investigación, los reportajes exclusivos, la sección de correspondencia y la de publicidad.

—Todos hacemos un poco de todo. —El Watson fuma su pipa y se alisa el bigote—. Aunque algunos tienen encargos fijos, como yo, que redacto la sección de curiosidades deportivas.

—Yo me encargo de las efemérides —dice Catalina, una dama de treinta y tantos, con gafas *vintage* y minifalda de mezclilla—. Mi fuerte son las dos guerras mundiales, en eso nadie me gana.

—Yo soy bueno con los horóscopos y los crucigramas —presume Finchetti, un gordito calvo con chaleco y bastón—. Hice un curso por correo con los mejores astrólogos de Argentina. Te lo recomiendo.

Entre más los escucha, el Moloch más se emociona y más se iluminan sus neuronas. Se le ocurre, por ejemplo, escribir notas sobre el pacto diabólico que firmó Jimmy Page, o los conciertos de Black Sabbath, cuando Ozzy sacrificaba murciélagos para que Lucifer les consiguiera fama y cocaína. O, acá en corto, le encantaría entrevistar a Jacobo G, el neurólogo y parapsicólogo mexicano que empezaba a destacar por sus trabajos sobre la energía sintérgica. «Hay que buscar a Cagliostro, el tío de Nostradamus, para que me preste sus revistas y me cuente leyendas urbanas», piensa, eufórico.

—Acompáñame, querido, déjame enseñarte tu escritorio. —Muy acomedida, Catalina de la Cruz lo toma del brazo y lo jala por el pasillo—. No estarás solo, querido: serás mi compañero de cubículo, la vamos a pasar muy bien. No hay aire acondicionado, así que no puedes fumar adentro, pero tenemos teléfono, fax, cafetera y máquina de escribir para cada quien.

—¡Puta madre, qué belleza! —exclama Moctezuma cuando mira sobre su escritorio esa Printaform eléctrica, color azul cobalto—. Soñaba con una así, con su corrección en pantalla, negritas y subrayado.

—Pues ya la tienes; toda tuya, querido. —Sentada al borde de su escritorio, Catalina finge limarse las uñas—. Pero hasta mañana la estrenas: ya son casi las seis, es tiempo de que le llames a tu novia.

Moctezuma sonríe sin voltear a verla.

—Y tú, ¿cómo sabes que tengo novia? ¿Eres psíquica o qué?

—No soy psíquica, querido, sólo soy realista —declara y se baja del escritorio—. Un morenazo como tú no puede estar soltero por mucho tiempo. —Y se marcha con provocativa elegancia.

«Esto no le va a gustar a la AntiKris», elucubra el Moloch cuando levanta el auricular y marca el número del *Unomásuno* en el disco telefónico. Le urge saber qué pasó allá, en la calle Lafragua, y contarle que ya tiene empleo para celebrarlo juntos, como amerita la ocasión.

Luego de cinco timbrazos, una operadora atiende su llamada y él pregunta por su novia.

—La reportera Cristina Olvera salió de nuestras oficinas hace una hora, y no, no dejó recado para usted, señor.

—Entiendo, buenas tardes —se despide Moctezuma y cuelga el auricular, desconcertado.

Después de intentarlo varias veces, Cristina consigue comunicarse con Moctezuma, que la estuvo buscando toda la tarde. Le pide disculpas por no devolver sus llamadas y le explica que se ausentó del periódico porque la convocaron a una rueda de prensa. No pudo negarse ni tuvo tiempo para dejarle un mensaje con la operadora.

—Nos acarrearon en bola, Molochito, al rato te platico —asegura ella—. De verdad quería ver *El cuervo* contigo, ¿vamos el sábado?

—El sábado está genial —responde él, intranquilo todavía—. Disculpa si te llamé tantas veces, vi en la tele que estabas cerca del tipo que mataron. Me preocupé por ti, me alegra que estés bien. Quería presumirte además que tengo chamba, sí, mi reina, como reportero en el *Semanario de lo Insólito,* ¿tú crees? Cuatrocientos nuevos pesos a la semana, si ahorramos podemos rentar otro depa. Hay que celebrar el sábado.

Cristina sonríe a medias. Le emociona que su emperador azteca consiga trabajo, pero le molesta que sea en ese tabloide amarillista, de infame reputación. Ya se imagina las bromas de Arrabal cuando se entere de que su novio es ahora *paparazzo* de lo insólito, mercenario de la superstición popular.

—Me encanta el plan, Molochito. Luego platicamos. Arrabal me llevará en su moto a casita, en una hora caigo. ¿Dónde estás tú?

—Acá por la Portales, mi reina, nomás ceno y me voy a la casa.

—Perfecto, Molochito. Te amo, besos. —Después de despedirse, cuelga el auricular y regresa a su cubículo.

Un sabor a cobre oxidado amarga su alma, como si algo peligroso, intangible, la acechara a ella y también a su tlatoani. Mientras cierra sus cajones y empaca sus cosas, advierte que tenía mucho tiempo sin sentirse así. Desde que estaba en Letras, tal vez cuando tuvo que repetir el último semestre por culpa de una ruptura amorosa. Poco después conoció al Moloch, así que aquella vez lo tomó como buen augurio.

—¿Entonces qué, princesa? —pregunta Arrabal desde la puerta, sin advertir su turbación—. ¿Nos echamos un pulque antes de llevarte a tu castillo, o te freseas?

—Me leíste la mente. —Cristina carga su bolsa y camina detrás de su camarada—. Me urge uno para el estrés. Sólo uno, porque luego te pones cafre.

Pero un pulque no es ninguno, asegura el sabio refrán, y dos apenas son la mitad de uno. Una verdad histórica, especialmente cuando suena a todo volumen *Gimme the Power* de Molotov en la rocola de la pulquería La Santa Catrina. Y no se diga cuando los parroquianos se ponen a discutir sobre el tema de moda: el asesinato del Secretario General y la captura de su presunto homicida, que la procuraduría aún no ha identificado.

—¿Ya vieron que ese cabrón se parece a Mauro A? —señala un viejo velador—. Tienen unos tatuajes muy parecidos.

—Sólo un ciego los confundiría —opina la mesera—. Lo malo es que en México la justicia es ciega o se hace.

—¡Pero qué diantres! —protesta la dueña desde la barra—. El matón del Candidato es prieto y chaparro como todos los morelianos. Y el que mató al Secretario General es prieto y chaparro como todos los mexicanos.

Todos ríen, excepto Arrabal y Cristina, molestas por el racismo del chiste. Pero incluso ellas se prenden cuando suena en la rocola el estribillo de la canción y el público lo corea:

> Dame, dame, dame todo el *power*
> para que te demos en la madre
> *Gimme, gimme, gimme* todo el poder
> *so I can come around to* joder…

La música se amortigua, la pulquería se va alejando, la Islo Honda de Arrabal ruge sobre la avenida Congreso de la Unión. Montada detrás, Cristina abraza el torso de su camarada y se deja conducir a casa, mareada gratamente por el pulque. ¿Se enojará su Molochito porque llega tan tarde? No lo cree, tampoco lo duda. Él lo entenderá, así es esto del periodismo, pronto lo sabrá si se mete en serio al oficio.

A las 5 a. m. suena el despertador en un departamento de la colonia Palmatitla y Moctezuma López Chew se levanta blasfemando contra los pinches culeros dioses jodidos porque olvidó quitar la alarma. No tiene prisa, tampoco sueño. Con pelma se levanta, calienta el bóiler, se mete a la ducha: tiene hasta las 10 a. m. para presentarse en su trabajo. Anoche ya estaba dormido cuando llegó la AntiKris, así que no tiene idea de qué planes tendrá ella para hoy.

Cuando termina de bañarse, Moctezuma se sienta en la cama a cepillarse la greña. Adora ver a Cristina dormida, imaginarse

lo que pasa por su mente. Se le antoja despertarla con un besote, pero mejor no. Lo deja para después, cuando ya esté listo el desayuno. Al entrar a la cocina descubre las cosas que ella dejó sobre la mesa, desordenadas: su bolsa, sus pastillas, sus llaves y su cuaderno personal. Sin pensarlo dos veces, el Moloch lo toma y lo abre en la página más reciente, donde ella hizo un dibujo con bolígrafo, muy minucioso: un dragón de múltiples cabezas y múltiples colas que vuela sobre la ciudad.

Más se le alebresta el pulso cuando pasa la página y encuentra un texto largo que la AntiKris redactó a lo largo del día. «Lo que soñó anoche, el sueño del Señor Humeante», deduce el Moloch. Nomás para avisparse las neuronas se sirve un café y en silencio se dispone a leer las visiones oníricas de su novia gótica, su novia profética, su novia médium.

SÍ, ALGO BRILLA ABAJO, muy abajo. Una galaxia en el desierto, con millones de lámparas, neones, bombillas que arden, se multiplican, se diseminan. Enjambre de luciérnagas que incendia las calles, alumbra los bulevares, destella en los rascacielos. Desciendo y pronto reconozco la esfinge de Guiza, el palacio de Buckingham, el templo de Angkor Wat. Por allá el Coliseo romano, la torre Eiffel, la pirámide del Sol. Levito sobre la ciudad de las réplicas, los casinos, los cines porno.

(Una ciudad idéntica a Las Vegas, pero alterada por mi imaginación. Cuando fuimos ahí yo tenía seis años. Papá nos llevó de vacaciones. Me acuerdo del avión. Del hotel. Del Burger King donde conocimos a Batman. Ya no soy esa niña, Cristina, la niña ingenua que juega a ser la valiente AntiKris. Hija de un policía secreto, hija de un asesino, un suicida que nos llevaba a sus comisiones).

Un fantasma sin cuerpo, eso soy ahora, mirada sin memoria, conciencia invisible entre las tragamonedas, las mesas de *blackjack*, la ruleta. Estoy en un hotel Sheraton, suntuoso y deslumbrante. El impudor de la riqueza para todas las razas, todas las lenguas, todas las religiones. Y entre el gentío dos tipos que conozco. Un señor canoso, muy alto, con traje a cuadros y maletín diplomático. A su lado, mi padre, alerta como perro policía; lo bueno es que no me huele, tampoco me ve. Los persigo pegada a sus nucas, entro con ellos al ascensor, subimos a la suite más lujosa y alta de la ciudad, a trescientos metros sobre el nivel de las masas populares. Un criado de túnica blanca nos abre la puerta, nos conduce a una capilla asfixiante, seis cirios al centro, un círculo de carbón sobre el piso, un tabernáculo hexagonal, cuatro sitiales alrededor. El principal lo ocupa un demonio con siete cuernos, monumental y jorobado, que viste túnica púrpura y fuma un puro apestoso con su hocico de chivo. Más que miedo, me provoca ansiedad. «Salve, Ministro», lo saluda el hombre de traje a cuadros en cuanto ocupa su sitial, entre mi padre y un militar con uniforme oscuro y cara de minotauro. Envuelto por una aureola de humo, el Ministro responde, con acento extranjero: «Bienvenidos, señores, que el Oscuro castigue a sus enemigos. ¿A qué debo el honor de su visita?».

(Por puro reflejo me escondo bajo la mesa, como entonces en el hotel de Las Vegas, cuando yo tenía seis y mi madre regañaba a mi padre: «Sé lo que hiciste, asesino, lo vi con mis ojos». Él se reía: «Tú qué sabes de política, perra; mejor ponte a rezar por mi alma», y yo apretaba los párpados bajo la mesa, me ensordecían los golpes, los vidrios rotos, el portazo de la recámara, y encima de la mesa el maletín de papá, tan elegante, tan misterioso, ese que yo no debía abrir ni tocar).

El hombre de traje a cuadros aclara su voz y se dirige al Ministro: «Queremos gobernar Tamaulipas y necesitamos de su ayuda». «No quieres poca cosa, ¿qué planeas tú con ese estado?». «No lo quiero para mí, es para un amigo; seré su socio, lo vamos a convertir en zona libre para el comercio clandestino». «Eso huele bien, ¿qué respaldo tienen?». «Treinta millones de dólares que nos ofreció el cártel, y nos prometió otros tantos, cada año, si ganamos la gubernatura». «¿Qué buscan ellos y qué buscan ustedes?». «El cártel quiere expandirse; ya controla los puertos, pero necesita aliados para pasar su mercancía a Texas; nosotros queremos su dinero y sus armas para aplacar a la oposición». El Ministro ríe entre dientes: «Me gusta, es parejo el pacto; a ese cártel lo protegen Oshún, Damballah y la Santa Muerta; lo que yo me pregunto es, si tienes su ayuda, ¿para qué quieres la mía?». El hombre de traje a cuadros alza los hombros y responde: «El cártel nos pidió un sacrificio a cambio de su apoyo: quiere que eliminemos a uno de sus rivales, que también es nuestro. Un tecnócrata que tiene planes propios para el estado, su propio candidato y sus propias alianzas». «O sea que ya has elegido el blanco». «Así es, señor Ministro; es un cabrón que me jugó rudo hace años y está ganando mucho poder, demasiado; si lo matamos, el Señor Presidente pierde un aliado y el Sucesor queda advertido de nuestro poder». «¿Quieres provocar una guerra en el partido?». «No, señor Ministro: ellos no quieren la guerra, por eso doblarán las rodillas». «Si esto quieres, así se hará; asignaremos un caballero águila para el efecto, pero ya conoces el precio: doce almas vírgenes aptas para el sacrificio». El hombre de traje a cuadros aprueba el trato, con navaja se corta la palma de la mano y con su sangre firma el pliego que le ofrece el Ministro. En eso, el militar con cara de minotauro toma la palabra: «Disculpe, Ministro, pero yo no confío en usted ni en sus pinches caballeros, por muy águilas que sean; el cabrón de Mauro A hizo el trabajo, no lo niego, lo malo es que me involucró en sus declaraciones; eso no era parte del pacto». «¿Has venido a reclamarme por esa banalidad, amigo?», sonríe el Ministro, siempre humeante: «Ese error no fue mío, comandante, sino mérito de algún rival, visible o invisible, que manipuló hipnóticamente al cobarde de Mauro A». «A la chingada con ese pretexto, yo sólo sé que la DEA viene por mí y esos cabrones no aceptan sobornos». Luego de exhalar una densa nube de humo, el Ministro responde: «La solución será desaparecerte, comandante; para eso hay dos opciones, una natural, otra sobrenatural; te podemos borrar del mapa, como el FBI cuando oculta a sus testigos; o puedes elegir la segunda opción: en este caso, tú no cambias de identidad, tu identidad cambia de cuerpo: mediante rituales psicomágicos vertemos tu alma en un recipiente nuevo, un cuerpo más joven, sano, sin antecedentes penales». «Por favor, Señoría, me quiere usted ver la cara de pendejo». El Ministro se ríe y le arroja en el rostro una bocanada de humo. «Créeme, comandante, no tienes ni puta idea de nuestro poder; tómalo con calma, piensa bien lo que decidas, mientras tanto yo ajustaré cuentas con Mauro A y le pediré a una amiga de la DEA que interceda por tu pellejo». El comandante aprieta las mandíbulas, encabronado. Entonces mi papá, muy decidido, se pone de pie y opina: «A mi modo de ver, comandante, existe otra forma para evadir a la DEA, una que no necesita explicación», y sin mayor trámite desenfunda su pistola y jala el gatillo. Antes de que el comandante reaccione, su cara de minotauro explota como una fruta roja, se esparcen sus gajos en cámara lenta por el aire, entre huesos astillados, pellejos y sesos, mientras el Ministro fuma su puro apestoso y se ríe con su hocico de chivo, fúnebre como un Mictlantecuhtli chicano, como Yog-Sothoth, el Señor de la Muerte.

(Y yo prefiero no mirar, no saber, largarme de aquí, desaparecer de esta ciudad con sus réplicas, sus millones de lámparas, neones, bombillas, luciérnagas eléctricas. Ya no soy esa niña, mamá, ya no soy esa imprudente Cristina que abrió sin permiso el maletín de papá, ese maletín tan elegante que trajo del casino y que dejó sobre la mesa. No sabía que la cerradura estaba abierta, no imaginaba lo que había dentro, parecía una fruta abierta, roja, blanda y tibia como una víscera, metida en esa bolsa de hule, junto a su pistola y los dólares, muchos, empapados de...).

# La cautiva

Luego de sacudir y reordenar su escritorio, Moctezuma se acuerda de Cristina y sus sueños. Ayer en la mañana, cuando ella lo vio leyendo su cuaderno personal, sólo dijo: «No malinterpretes, mi rey, son fantasías, delirios sin importancia», y se sentó a desayunar, despreocupada. ¿Por qué insiste su AntiKris en negar sus talentos? Él lo ignora y no tiene tiempo para meditarlo. Debe escribir hoy su primer reportaje, luego de pasar todo el jueves respondiendo cartas de los lectores. Instalado en su cubículo, con la mente en blanco, mete una hoja en su Printaform («qué hermosa es, carajo») y se queda quieto, al acecho de las musas o los súcubos. Mientras tanto, contempla el póster de Motörhead y la foto de María Sabina que clavó en el tablero, o pasea la mirada por su librero, donde se alinean sus diccionarios, tres tomos de la revista *Duda* y la *Enciclopedia de ciencias ocultas,* que su papá le regaló al cumplir quince años.

Recuerda con cariño ese momento. Fue muy emotivo, y más por la dedicatoria: «Moctezuma, hijo mío, esta enciclopedia perteneció a un obispo hipócrita. Nomás la vi en su biblioteca, supe que no se la merecía tanto como tú, por eso se la robé». Todo un personaje, don Xicoténcatl, tan ausente y presente en su vida. Sus amigos se dividían en dos grupos: los que nunca tuvieron padre y los que soportaban uno a diario. Él no encajaba en ninguno. Tenía padre, pero lo veía tan sólo algunos domingos, cuando iba con su madre, Marina Chew, y su carnal Cuauhtémoc, alias el Pataquemada, a visitarlo en Lecumberri. Eran mañanas de antología. Don Xicoténcatl contaba historias familiares, chismes del penal, anécdotas cómicas o terribles que sus hijos adoraban y su madre aborrecía. «Ya vas a empezar con tus charras», gruñía doña Marina Chew, mientras calentaba los fideos chinos en la parrilla de la celda. «No te hagas, chinita: con esas charras y esos churros te conquisté», respondía el aludido y continuaba con su rollo.

La favorita del Moloch es precisamente la historia del obispo y la prisionera:

Cierta noche de diciembre, el Fantomas se metió a robar una mansión del Pedregal creyendo que estaba sola. Una vez adentro, lo asombraron menos los mármoles chinos y la plata barroca que la frondosa biblioteca, consagrada a temas religiosos, herméticos y libertinos. Ya tenía los morrales repletos de joyas y libros cuando descubrió una puerta secreta que lo condujo hasta una capilla. Ahí dormía una mujer, atada con nudos japoneses, desnuda sobre sus propios excrementos. Cuando le quitó la mordaza, ella dijo que estaba secuestrada por un obispo que venía de vez en cuando para alimentarla y utilizarla en rituales de magia sexual. Él se ofreció a liberarla, pero ella se opuso: si huyera, aseguró, el obispo la perseguiría con sus poderes telepáticos hasta enloquecerla. «Así que, ni modo, le puse la mordaza y cargué con mi botín», contaba don Xicoténcatl.

Orgulloso de su jefe, el Moloch inhala profundo, se truena los dedos y teclea en letras negritas el título de su primer reportaje:

**El Fantomas de la Buenos Aires:**
**las hazañas de un ladrón justiciero**

En cuanto arranca, nada lo detiene. Aporreando como poseso su espléndida máquina, el Moloch transmuta en palabras la vida y el legado de don Xicoténcatl López. Sus pininos en el arte del hurto, sus mayores proezas, la traición que lo condujo a la cárcel, su muerte antiheroica, en medio de un motín carcelario. No consigue distraerlo ni siquiera Catalina de la Cruz, su salerosa compañera de cubículo, que canturrea cumbias psicodélicas mientras ordena sus papeles: «Eres muy bonita pero mentirosa / engañas a los hombres / siempre con mentiras, / con mentiras, mentirosa».

Poco después del mediodía, el Moloch termina su primer borrador y aprovecha la pausa del almuerzo para entregárselo al jefe.

—No escribes nada mal —le comenta Bronstein más tarde, en su oficina, al regresarle el borrador, pero lleno de correcciones y tachaduras con bolígrafo rojo—. El contenido es interesante, su estilo muy fresco, pero le falta estructura y tu ortografía deja mucho que desear. Parece que estás peleado con la puntuación.

—Lo siento, jefe. —El Moloch examina las correcciones, hundido en la butaca—. No entiendo por qué es tan importante la puntuación. Pensé que el tipografista podría corregir esos detalles.

—Yo tampoco entiendo por qué está prohibido que la gente beba en horario laboral. —Bronstein destapa su licorera de *whisky* y le da un sorbo—. Pero es más cómodo seguir ciertas normas que andar peleándose con todo el mundo. En todo caso, te advierto que el tipografista es muy poco paciente con los artículos mal escritos.

Por un momento, quizás dos, Moctezuma se molesta con el regaño, aunque se controla luego, «no te sulfures, Moloch, sabes muy bien que necesitas esta chamba».

—Entiendo, jefe. Haré las correcciones.

—Perfecto. Hazlo con calma, mi buen Moctezuma, el cierre de edición es hasta dentro de tres días. Además, te falta algo importante, la parte fotográfica: sin fotos no hay lectores. «Hasta no ver, no creer» es nuestro lema.

—No se preocupe —le pide el Moloch, satisfecho por su autocontrol—. Mañana veré a Cagliostro, el tío de Nostradamus; él tiene fotos, recortes de prensa, cartas que le escribía don Xicoténcatl desde la cárcel. Va a quedar chingón.

—Eso espero. —Bronstein sirve dos tazas de café, saca de su cajón un pesado sobre amarillo—. Cambiando de tema, quiero que me ayudes, ya te había comentado. La televisión española me pidió información para un reportaje sobre la magia y la brujería en México. Un tema muy amplio, ¿no crees? Por eso decidí ser concreto. En este sobre reuní información sobre una mujer que asegura estar embrujada. Pertenece a un culto mariano, dizque gnóstico, derivado del espiritualismo trinitario. Quiero que vayas y la entrevistes. El lunes, cuando ya hayas leído el expediente, discutimos las preguntas que le harás.

—Qué chingón, jefazo. —Con mirada codiciosa, el Moloch toma el sobre—. Siempre he querido conocer a una bruja en persona. ¿Cómo se llama, qué se sabe sobre ella, su profesión, su familia?

—Su nombre es Berenice Xirau, estudió Comercio Internacional, ¿tú crees? Está casada con Joaquín Palafox, un profesor de la Iberoamericana, el mismo cabrón que la recluyó en una clínica administrada por su culto. El asunto me incumbe en lo personal: Berenice es mi prima política.

—*Yeah*, jefazo, ahorita leo el expediente y organizo el plan —dice el Moloch y se termina de un sorbo su café.

—A trabajar, entonces, Moctezuma. El lunes platicamos.

En un principio, el plan de Cristina y Arrabal no da resultado. La viuda del Secretario General y la hermana del Señor Presidente se negaron a ser entrevistadas, lo mismo que sus colaboradoras cercanas, como Marifer Rovira, consejera personal del occiso. En busca de otras opciones, decidieron examinar el archivo del *Unomásuno* y el viernes 30 descubrieron una fotografía que las hizo palidecer: una anciana en silla de ruedas, canosa y despeinada, envuelta en un viejo abrigo de piel. Su desaliño daba pena y sus ojos parecían ausentes, era como si vieran de frente a un fantasma. El que inspiraba miedo era su acompañante: un hombre fornido, con el pelo entrecano, idéntico al abogado que Cristina había soñado la noche anterior a la muerte del Secretario General.

La imagen, tomada en 1985, mostraba el momento en que León F, el Abogánster, presentó a la escritora Nellie C ante el Tribunal Superior de Justicia para desmentir los rumores de que estaba secuestrada.

Las dos conocían la historia y la habían olvidado, como todo el mundo. Un matrimonio, Claudio S y Cristina B, fue acusado de retener a la escritora en su casa durante más de doce años. Según los testigos, la pareja maltrataba a Nellie C y la mantenía drogada para impedir que se rebelara o que pidiera auxilio. Pero los jueces, sobornados por el Abogánster, desoyeron la evidencia y liberaron al matrimonio, y la víctima volvió a su cautiverio. El triunfo envalentonó al abogado, que repetiría la «hazaña» en 1987 como defensor del Chacal de Acapulco: un rico empresario que confesó haber violado y asesinado a una niña de seis años. A pesar de que se encontró el video donde grabó su crimen, el Chacal fue puesto en libertad, luego de que el Abogánster pagara medio millón de dólares a los magistrados del caso.

—Defensor de criminales, corruptor de jueces, vaya currículum del Abogánster —rezonga Arrabal una vez que salen de la oficina y se encaminan al estacionamiento—. Lo jodido es que ahora, siete años después, nadie sabe dónde está el Chacal ni qué pasó con Nellie C.

—Ese cabrón debería estar en la cárcel —se lamenta Cristina.

—Así es, pero es intocable: su sobrino es asesor jurídico del Sucesor Presidencial —refunfuña Arrabal cuando entran al estacionamiento—. Oye, ¿y si vamos a la casa de la escritora? A lo mejor por eso soñaste con el Abogánster, no por la muerte del Secretario General.

—Eso iba a proponerte. No es lo que buscábamos, pero de algo servirá. Nomás que no se entere mi Molocho, porque va a decir: «Ya ves, te dije que tienes sueños de vidente».

—No se diga más, camarada. Conozco el domicilio de Nellie C, es buena hora para visitar a nuestros fantasmas literarios.

—¡Ave María, que Dios me las cuide! —exclama el fotógrafo Gonzaga, que las seguía desde la oficina—. Dicen que

Nellie C era vidente y hechicera antes de ser bailarina y escritora, ¿no se la sabían? Se hacía llamar Sobeida la Alquimista. Según el *Semanario de lo Insólito,* su casa está protegida por un hechizo, para que nadie pueda entrar y los que entren no puedan salir.

—No mames. —Arrabal se detiene frente a su motocicleta para encararlo—. Qué fuentes de información tan pendejas tienes, Gonzaga. —Y se pone el casco para dar por terminada la conversación.

Montada en el asiento trasero, Cristina entiende la indirecta de su camarada contra el medio donde trabaja Moctezuma. En cierto modo tiene razón: ese tipo de publicaciones vende opio para que el pueblo se evada de la realidad. Pero, como diría el Moloch, el *Unomásuno* hace lo mismo, y también el *Washington Post,* por muy objetivos que quieran ser. «Los periodistas no hacemos sino vender otro opio», suspira Cristina mientras su amiga conduce por la avenida Ribera de San Cosme, «opio que produce verdades ilusorias, opio de tercera clase para embobar al pueblo».

—Llegamos, camarada —le avisa Arrabal cuando la motocicleta se detiene en la calle Ezequiel Montes, frente al número 28.

—Guau. —Cristina se baja de la moto, se acerca a la reja de hierro, presiona un timbre que no suena—. Gonzaga tenía razón. Esta casa sí parece embrujada. Me gusta para un video de Dead Can Dance.

—Apuesto a que te gustaría vivir en esta casa.

—Claro que no. —Cristina niega con la cabeza y luego añade, para espantar a su amiga—: Viví aquí en otra vida, y no fue nada agradable.

Arrabal sonríe, turbada por el comentario de su amiga, y mejor se dedica a tomar fotos con su Nikon.

Risueña también, Cristina observa con detalle la última residencia conocida de Nellie C. Aunque su estilo es simple, le impresiona su aura decadente, la melodía de las chicharras, los vidrios estrellados de sus balcones, las sombras de los olmos, la yedra y las hormigas que trepan sobre la fachada, ennegrecida por el moho. Piensa en la mansión Usher de Edgar Allan Poe y también en el panteón del Tepeyac, donde ella y el Moloch hicieron el amor, una noche de diciembre, tiritando de frío, excitados por el espanto. «Algún día, todo el mundo será un panteón donde vagarán nuestros fantasmas», dijo después el Moloch, abrazado a ella bajo una cobija de lana, y Cristina supo que estaba oficialmente enamorada. Un año más tarde, Moctezuma la condujo ante la tumba de sus padres, Marina Chew y el Fantomas, para jurarle amor *forever* y cuidarla de por vida.

Un timbre metálico, muy escandaloso, disuelve su evocación. A unos pasos de ella, un teléfono público tintinea, tintinea, tintinea, hasta que Cristina acude maquinalmente a la cabina de plástico, levanta el auricular y responde la llamada, «¿bueno?».

—Hola, amiga —contesta una voz de niña—. No sé quiénes son ni qué buscan, pero *ellos* las vigilan y es mejor que se vayan.

—A ver, más despacio, ¿quién eres tú y quiénes son *ellos*?

—Yo me llamo Francisca y vivo aquí. *Ellos* son mis guardianes. No me dejan salir para que no haga travesuras.

—Soy Cristina Olvera; mi camarada es Mariana Arrabal, periodistas del *Unomásuno*. Vinimos para hablar con la escritora Nellie C.

—Ah, esa bruja. —Se ríe—. Hace mucho que no vive aquí. Más bien, hace mucho que no vive. —De nuevo ríe—. Si gustas le doy tu recado.

—¿Cómo lo sabes? ¿Podemos hablar en persona?

—Estoy sola y no puedo moverme. Ni cómo te abra. Si quieres, te doy el número de mi tutora y le pides permiso. Se llama Adela Morales y es muy, muy mala.

—Sí, pásamelo. —Cristina saca su cuaderno y apunta el número, cifra por cifra—. ¿Cuál es tu apellido?

—Debo irme, adiós. —Y antes de colgar suelta otra risilla.

Con el cuaderno en una mano y el auricular en la otra, Cristina se queda inmóvil, pasmada, mirando las ventanas de aquella casa, sin advertir ninguna señal de vida detrás de sus cristales y cortinajes.

—Hasta parece que viste al diablo. —La sorprende Arrabal.

—Acabo de hablar con su emisaria. Me dijo que vivía en esta casa y que puede comunicarnos con Nellie C.

—¿En serio? ¿Te lo dijo por este teléfono? ¿A poco sirve?

—Sí. Hasta me dio el número de su tutora. Mira.

—Qué miedo. —Arrabal observa el teléfono como si viera a un zombi—. Por cierto, camarada, el buzón está atascado de papeles. Éste es muy interesante: un citatorio dirigido a León F, el Abogánster, «representante legal de Francisca M». —Y le muestra un papel tamaño carta, arrugado y mohoso—. Tanta coincidencia me asusta.

—¿En serio? Así se llamaba la niña que me llamó. No me dijo su apellido, pero podría ser ella.

—Hay que averiguar si es pariente de la escritora o de sus secuestradores.

—De acuerdo. Vámonos de aquí, esta casa me pone nerviosa.

Tal como lo acordó ayer, Moctezuma estaciona su Thunderbird en la calle Querétaro de la colonia Roma. Acompañado por Nostradamus, se encamina a la vecindad donde vive y labora José Cagliostro Corchea, más conocido como el Boticario. Él los recibe en su farmacia herbolaria, Los Encantos de Hipatia. Un tipo flaco y correoso, de edad indefinida, con bigote ralo, lentes redondos y traje de sepulturero. En la grabadora suena una clásica, *Season of the Witch,* que añade magia a su changarro polvoso, habitado por grimorios y menjurjes diversos, amuletos y talismanes, efigies angélicas y diabólicas, calaveras de marfil, jade y obsidiana.

En cuanto Nostradamus los presenta, todos toman asiento y el Moloch va directo al hueso:

—Estoy escribiendo un reportaje sobre mi padre y usted fue su mejor amigo. Quiero que me hable de él.

El Boticario nomás se ríe, limpia sus gafas con un pañuelo rojo muy viejo. Saca luego un Kent de su bolsillo y lo prende con una veladora.

—Claro, se ve que eres hijo del Fantomas. Igualitos los dos, menos en el pelo. Él lo traía siempre cortito, retocado en peluquería. —El Boticario suspira una bocanada de humo—. Te conozco de lejos, y también a tu novia, la Cristina. Fue hija de mi amor platónico, Arcángela Báez, la güerita más bella del barrio. Para mi desgracia y la de otros, ella soñaba con alguien más acá, alguien de buena familia, que la vistiera fino y la sacara de pobre. Y lo logró casándose con un policía, un dizque detective, muy criminalista, que se la llevó a la Condesa, le puso criada, le compró carro, le hizo una hija: tu novia Cristina.

—Sí, vaya familia la que tiene mi AntiKris. No conocí al cabrón de mi suegro, por fortuna. Entre más me entero de su familia, más admiro a mi novia por rebelarse. Yo siempre he dicho que es maga, pero ella no lo acepta.

—Lo sabrá a su tiempo. Lo trae en la sangre por el lado materno. Una tía de Arcángela trabajó en Nueva Orleans como vidente, pero los talentos innatos se pierden si no los cultiva su dueño. Espero que Cristina no se extravíe, hay muchos senderos peligrosos en el mundo de lo oculto. Muchas tentaciones, mucha corrupción.

—Eso me interesa. De hecho, en la chamba me pusieron a leer sobre el tema. ¿Qué sabe usted sobre la magia?

El Boticario nomás se ríe, limpia sus gafas con su viejo pañuelo rojo, apaga su Kent en un cenicero y responde:

—La magia es un saber muy antiguo, paralelo a la ciencia y a la religión. Pero hay que saber discernir. Para empezar, están la magia blanca y la magia negra. Una emplea fuerzas naturales para producir efectos sobrenaturales, la otra hace sacrificios sangrientos para invocar fuerzas demoniacas. Hay que distinguir, también, entre la magia popular que socorre a los marginados, y la aristocrática que protege a los hombres del poder, sea cual sea su ideología. Aunque lo dudes, Trotsky y Stalin también andaban de esotéricos. Los soviéticos siempre se han interesado en ciencias ocultas, al igual que los yanquis y los nazis.

—¿Y los políticos mexicanos?

—Metidos hasta la médula en la brujería, por supuesto, al igual que las estrellas del cine, los banqueros, los criminales y cualquiera de nuestros vecinos. En el PRI, muchos confían en los brujos de Catemaco, aunque hay una minoría de espiritistas y masones. Otros, dizque muy católicos, se han acercado a La Milicia del Señor. Su fundador, el Magno Padre, es capaz de vender el alma al diablo con tal de alcanzar sus objetivos, ocultar sus abusos sexuales, penalizar el aborto, perseguir comunistas. Se dice por ahí que practica el flagelo ceremonial y la magia negra.

—¡Y no olvide a la Felina, maestro! —apunta su sobrino Nostradamus—. Ni a la Maestra, la lideresa del magisterio. Dicen que las dos adoran a Scheva Pititis, Oshún y Lucifer.

—Así es. La Felina vendió su alma para triunfar como vedete, la Maestra para controlar el sindicato. Hay que evitar que Cristina siga el mal camino.

—Lo entiendo, lo tendré en mente —promete el Moloch—. A propósito de hermandades, ¿conoce usted el Templo del Espiritualismo Mariano? Mi jefe quiere que entreviste a una de sus sacerdotisas.

—Es un tema complicado. —El Boticario cruza y descruza sus dedos sobre la mesa—. Es una religión mexicana creada por un personaje muy, muy siniestro, el Altísimo Eliasista. Durante la Reforma proclamó una nueva fe, una revoltura de espiritismo y catolicismo. Hasta Benito Juárez fue su adepto. En nuestros días la secta se ha dividido. La facción más tradicionalista es benigna. La dirige la madre Francisca, una médium que invoca espíritus y hace curaciones milagrosas. La otra facción es más secreta y perversa. La fundó un tipo que afirma ser reencarnación del Altísimo y está involucrado con el cártel de Matamoros... Mejor platiquemos en mi casa, está aquí al lado. Les invito un tecito de mandrágora, y sirve que busco las fotos y cartas del Fantomas.

Mientras el Boticario cierra con candado su farmacia, ocurre algo que paraliza de miedo a Moctezuma. Una serie de eventos que repasará todo el día en su imaginación. La moto Suzuki que da vuelta a la esquina con sus dos tripulantes. Uno con máscara de calavera, otro con antifaz de chamuco. La metralleta Uzi, la matraca de tiros que que que

que que estallan en sus tímpanos aturdidos. El pavor en el rostro de Nostradamus, la figura que que que que que el Boticario traza en el aire con su viejo pañuelo rojo. Los impactos sobre la fachada, las astillas de los rótulos, los orificios que que que que taladran la cortina, el olor a pólvora que que que que que que que

Por puro milagro no les pasa nada más allá del susto: ningún proyectil ha tocado al Boticario ni a sus dos visitantes. Con la adrenalina hasta el tope en sus venas, Moctezuma supone: *a)* que los sicarios tenían órdenes de disparar sin tocarles un pelo, *b)* que está escrito «allá arriba» que aún no les llega la hora de su fin o *c)* que una especie de campo psicomagnético, activado por la magia del Boticario, ha desviado las balas que se dirigían a sus cuerpos.

Al ver el terror de sus visitantes, el Boticario se ríe, limpia sus gafas con su viejo pañuelo rojo, aplasta otro Kent en la banqueta.

—Esto me pasa por ser famoso y de izquierda. Ahora debo reparar de nuevo mi changarro. —Y cruza la calle como si nada.

El sábado 1 de octubre, en las oficinas del *Unomásuno,* el ajetreo es más intenso que el habitual. Reporteros que van y que vienen, luces que parpadean fluorescentes, humo de tabaco que los ventiladores no disipan. En la antesala de la dirección, Gonzaga y dos fotógrafos revisan a contraluz sus diapositivas, mientras los caricaturistas del periódico dibujan en sus libretas y se ríen de sus propios chistes. En el pasillo vecino, Arrabal y Cristina esperan que las atienda su nuevo editor y entretanto hojean la revista *Proceso.*

A Cristina la impresiona el reportaje sobre el joven de chamarra negra que habló con ellas en la lonchería antes de ametrallar al Secretario General. Al principio aseguró que había actuado solo, por pura venganza. Pero la policía no se tragó la sopa y a punta de madrazos y chicharra lo hizo vomitar su nombre: Damián T, ejidatario de familia humilde, originario de Tamaulipas, sin antecedentes penales.

—Buenos días, camaradas. —Patricio Schwartz las saluda desde la puerta y las invita a pasar a su oficina—. Perdonen la tardanza, estaba al teléfono con el Subprocurador.

—¿Qué te cuenta ese hombre? —Con su mejor sonrisa, Arrabal toma asiento frente al escritorio—. ¿Ya resolvió el crimen o el asesino cambió de nuevo sus declaraciones?

—Cada minuto se complica más. —Patricio suspira, agobiado, y con un ademán las invita a servirse un café—. Ya se confirmó la identidad de Damián T, sus familiares lo reconocieron. Insiste en que obró por venganza, porque el Secretario General encarceló a un amigo suyo cuando era gobernador de Guerrero. Luego lo negó y dijo que un diputado federal lo había contratado. Tuvo varios cómplices: unos consiguieron la metralleta, otros rastrearon a la víctima, otros le dieron los pasajes para la huida, otros lo transportaron hasta el lugar del crimen. El Subprocurador me acaba de informar que ya capturaron a cuatro, incluyendo al principal cómplice de Damián T.

—O sea que fue un complot. —Muy seria, Cristina le pone crema a su café—. ¿Qué se sabe de los implicados?

—Muy poco. Casi todos vienen de Tamaulipas y trabajaron en el rancho de Abraham R, un político preso por fraude, consuegro del lugarteniente del cártel de Matamoros.

—Esa investigación huele a podrido. —Arrabal prende su cigarro con el Zippo que Patricio le ofrece—. Y para colmo, está basada en confesiones bajo tortura, así que todos pueden estar mintiendo.

—Es probable, sí. —Patricio expulsa con un suspiro el humo de su cigarro—. Además de sus vínculos con el cártel, Abraham R está relacionado con un grupo político muy poderoso, afincado en Tamaulipas, cercano al sindicato petrolero.

—Suena verosímil. No olvides que el Señor Presidente arrestó a su líder. Quizás querían vengarse.

—Ajá. —Mientras habla, Patricio va anotando los nombres en su libreta—. Además, Damián T y sus cómplices fueron contratados por el Ingeniero M, que era el gallo de Abraham R para gobernar Tamaulipas. Lo malo fue que el Señor Presidente y el Secretario General los madrugaron e impusieron a su candidato.

Cristina levanta la mano.

—Nosotras vimos ese día al Ingeniero M en el Sanatorio Español. Se veía muy contento. Lo acompañaba León F, el Abogánster, el que defendió a los secuestradores de Nellie C.

—Creía que ese cabrón andaba en Texas. —Patricio se atusa el bigote—. Acá tiene una orden de aprehensión por sobornar ministros de la Suprema Corte. Si asesora al Ingeniero M, hay algo muy sucio detrás.

—Pues nosotras lo vimos ahí. El asunto es que nos acordamos de la escritora. Ayer fuimos a investigar y nos enteramos de que el Abogánster era su representante legal. ¿No te parece siniestro, después de que él defendió a sus secuestradores? También obtuvimos el teléfono de Adela Morales, una abogada que conoce el caso. Por eso queríamos hablar contigo. Como tú nos quitaste el caso del Secretario General, Cristina y yo queremos ocuparnos del Abogánster y de la escritora.

—Cuenten con mi apoyo. ¿Algo más?

—Nada más. Gracias, Patricio. —Arrabal sonríe.

—Te mantendremos avisado. —Cristina recoge su bolso.

—Aquí las espero el lunes. Mañana es 2 de octubre, la ciudad se va a paralizar. Hasta el Subcomandante Marcos prometió venir a echarse uno de sus discursos.

Satisfechas, Arrabal regresa al laboratorio y Cristina a su cubículo, con la mente narcotizada de información. Sentada en su escritorio, destapa su bolígrafo y se pone a dibujar en su cuaderno. Es su forma personal de meditación: permitir que el bolígrafo corra por la página en blanco sin premeditar el trazo. Así lo hacía de niña, para aislarse de sus padres, tan severos. Una pareja extraña: su mamá, muy católica, casi cristera, estricta en lo moral, liberal en lo político; su padre, ateo, masón y anticomunista, dispuesto a reprimir cualquier crítica al sistema para el que trabajaba. «Si no fuera por nosotros, los agentes secretos, México sería comunista desde el 68», le decía a su madre, que corría con el cura a pedir perdón por los pecados de su marido.

—Ya es hora de tu salida —le avisa un caricaturista cuando pasa a su lado—. Además, ya párale, por favor, si sigues así vas a dejarnos sin chamba, amiga. —Y toma su cuaderno sin pedirle permiso.

—Me encanta tu trazo —afirma otro caricaturista cuando aquél se lo muestra—. Debes ir a un taller. El del Perro es buenísimo.

—Qué locura, qué alucine. —Se asombra uno más—. Un guerrero águila, asaltado por los demonios del poder, del dinero, del despotismo. Eres una artista, AntiKris.

Cristina baja los ojos, halagada. Ellos le entregan el cuaderno y ella lo guarda en su bolso.

—Gracias por los elogios. El talento lo heredé de mi tía abuela. Pintaba bien, pero terminó mal, la pobrecita. —Y se levanta apresurada para alcanzar a la camarada Arrabal, que le hace señas desde la salida.

Al pueblo de México. Hermanos: reciban nuestra palabra y el corazón que en ella camina para que vea su corazón de ustedes el porqué de nuestro andar armado y sin rostro, el porqué de nuestro resistir, el porqué de nuestro no rendirnos. Nosotros somos el Ejército Zapatista de Liberación Nacional, organización rebelde contra el mal gobierno que padece nuestra patria. Nosotros somos zapatistas. Siendo mexicanos nos niegan el derecho a hablar y discutir las formas en que se gobierna nuestra vida y nuestra muerte. Porque somos indios, eso dice la soberbia, debemos conformarnos con recoger del suelo las migajas que salpica el poderoso. Si nuestra palabra se alza para pedir democracia y libertad, dicen que es ajena esa idea a nuestra gente, que es de otro lado la semilla que en nuestro corazón crece. Hoy, como hace 26 años, el mal gobierno dice que fuerzas extranjeras y antinacionales mueven el corazón, la palabra y el fuego de los zapatistas en el sureste mexicano. ¿Quién es el extranjero? Preguntamos nosotros. Ese que se sienta en Palacio Nacional es el que es ajeno a estos suelos, ajeno a nuestra voluntad de gobierno y ajeno al futuro que ansiamos. Hoy volvemos a repetir la

palabra primera del año: que se vaya. Hoy, frente a ustedes, lo repetimos. Lo volveremos a gritar para que nadie olvide ya por qué están alzados los zapatistas. ¡Que se vaya, hermanos! Tiene las manos manchadas de sangre en crímenes. ¡Que se vaya hoy! ¡Que ya no siga su soberbia asesinando incluso a aquellos a quienes tiene cerca! Escuchen, hermanos, esto pide nuestro corazón lejano, griten ustedes aquí lo que nosotros gritamos en las montañas de la Sierra Lacandona. ¡Que se vaya! ¡Que no siga la mentira gobernando nuestra historia! [...]

Ese mismo sábado, por la tarde, Coyoacán recibe a Cristina y a Moctezuma con un ambiente de carnaval. Una calavera en zancos vaga entre la muchedumbre, un guerrero azteca ofrece tacos de canasta en un taxi modificado, «¡pásele a los de mole, queso, huitlacoche y chicharrón!». No escasean la pirotecnia ni las calacas de azúcar, la música ni los pulques. A tono con el ambiente, Cristina se vistió como la Condesa Sangrienta en versión decimonónica, con satín y crinolinas. Moctezuma también se puso extremo, de cuero negro y estoperoles, al estilo Judas Priest con un toque mexica. Cuando entran al Centro Cultural Mictlantecuhtli, unos chamucos travestis bailan en los pasillos *Señor Matanza,* de Mano Negra: «A mi ñero llevan pa'l monte / A mi ñero llevan pa'l monte».

Felices por sus proyectos y sus salarios recién cobrados, Moctezuma y Cristina se compran unas cervezas oscuras en el pasillo y ocupan su sitio en el auditorio, que se ha llenado a medias con un público muy vistoso: viejos *hippies* y chicas *punks*, brujas feministas y vampiros *dark*. Animados por la compañía, Cristina y Moctezuma beben y platican sobre sus chambas. Él le habla sobre la investigación que le encargó Bronstein; ella, sobre su visita a la residencia de Nellie C y la fantasmagórica llamada que recibió por el teléfono público.

—Qué chingón. —El Moloch la besa y sonríe—. Tengo que visitar esa casa, tú sabes, para uno de mis reportajes. ¿Existe la tal Adela Morales?

—Sí. Es una abogada muy conocida en el medio cultural. Hace rato le telefoneé. Me contestó su asistente y mostró interés: resulta que Francisca M es uno de los nombres que usaba Nellie C. Este viernes hablaremos en persona con Morales.

—Uy, apenas iba a invitarte a Puebla. —El Moloch la mira con ojos lastimeros—. Quiero ver si localizo a la prima de Bronstein.

—¿Vas a ir en moto hasta allá?

—No. Vamos a ir en una Jeep que le prestaron a Nostradamus, ya ves cómo le encanta el mitote. Ni modo, tendré que aguantarlo solo.

Cristina levanta los hombros como diciendo «lo lamento, es mi chamba», antes de que los altavoces del auditorio anuncien la tercera llamada. La gente aplaude, los telones se abren y sale a escena una *drag queen*, ataviada como bruja del Caribe, para inaugurar el evento.

—Amigas y amigos, bienvenidos y bienvenidas sean ustedes al Centro Cultural Mictlantecuhtli. Esta noche nos complace presentar al reverendo David Farren, exjesuita, teólogo y mago, profesor de Teología Aplicada en la Universidad de Miskatonic. Él se encuentra en nuestro país divulgando sus experiencias en el mundo de la magia contemporánea. ¡Les pido un fuerte aplauso para recibirlo!

El público obedece, el escenario se ilumina y aparece un hombre de edad ambigua, cráneo tonsurado, larga cabellera entrecana. Su túnica negra de lino, bordada con pentáculos, le recuerda al Moloch la imagen de Ozzy Osbourne en sus mejores tiempos. A la AntiKris le parece más bien un personaje de Tolkien. Ambos admiran su cavernosa voz, su acento extranjero, la solemnidad con que se dirige a la audiencia:

—*¡Laus Adonai!* ¡Os saludo, hermanos y hermanas! —clama con una reverencia y se proyectan en pantalla unas diapositivas con símbolos ocultistas—. Agradezco mucho vuestra presencia. Empiezo por decir que, debido a mi formación jesuita, soy alguien que se toma la magia muy en serio desde hace veinte años, cuando fui iniciado por mi esposa en un mundo que yo creía prohibido y que ha transformado mi vida.

Nadie permanece impasible ante su discurso. Los *hippies* y las *punks*, las brujas feministas y los vampiros murmuran entre sí, transportados a una realidad ignorada, una historia universal en la que se confunden lo natural y lo sobrenatural, la religión y la política, la vida y la muerte.

—Siempre hay que saber con cuál bando tratamos —acota Farren cuando se proyecta sobre la pantalla la imagen de un pacto fáustico—. El reclamo de la magia siempre ha sido el poder: poder sobre la naturaleza, sobre los demonios, sobre la gente. En lo oculto, como en lo político, debemos pedir lo que es bueno para nosotros, y cuidar la manera en que lo conseguimos. Si no es así, corren peligro nuestra vida y nuestra cordura. La magia sexual, por ejemplo, potencia nuestros sentidos psíquicos mediante un orgasmo ritual siempre postergado. Una intención loable, si algunos no fueran más lejos. Por eso los satanistas practican la violación, la tortura, el asesinato; porque, para ellos, ningún crimen es excesivo si se trata de satisfacer su libido política, económica o sexual.

Algunos asistentes se ríen, incómodos, otros murmuran, perturbados por las imágenes que se proyectan en la pantalla: infantes sacrificados en el tabernáculo, quemaduras, mutilaciones, semen sobre hostias consagradas.

La AntiKris clava sus uñas en el brazo de su novio y le suplica al oído:

—Vámonos de aquí, Molochito, me siento fatal.

A Moctezuma le gustaría seguir en la conferencia, claro, pero la palidez de su novia lo preocupa. En cuanto se levantan del asiento, el conferencista los ve y alza la voz para atraer su atención:

—Amiga, por favor, no te vayas —pide desde el escenario, con las palmas unidas—. Desde que llegué percibí tu presencia, tienes una aureola idéntica a la de mi esposa. Por eso puedo afirmar que eres una mujer muy especial, con poderes excepcionales. ¿No es así, amigo?

Bien orgulloso de su morra, el Moloch dice que sí con la cabeza.

—¡Lo sabía! Como explicaba antes, hay personas que nacen ya con poderes mágicos, que los heredan genéticamente. Ése es tu caso, amiga: desde aquí percibo el esfuerzo de tu mente por callarme. Pero ¿qué pasa si te digo que conocí a tu tía, la vidente? Era idéntica a ti, incluso por el mechón blanco de su pelo.

—Diría que eres un farsante, como todos los mentalistas —gruñe Cristina y el público suelta un «oooh» ante su provocación.

—¡No leo tu mente! ¡Tu mente le habla a la mía! —Los ojos de Farren se encienden, sus manos se agitan elocuentes—. Ya está cansada de ocultarse en tu cabeza. ¿Recuerdas cuando no la reprimías? ¿Cuando tu mente hablaba con Gloria, la muñeca que te regaló tu tía vidente? ¡Se contaban cada cuento! Tu mamá se asustó, quiso quemarla por diabólica y tú la sacaste del fuego. Te dio tristeza verla así, por eso desfiguraste a las demás muñecas, ¿no?, para que no hicieran menos a Gloria.

Cristina aprieta los dientes, delatada por su silencio, y encara a su novio como si él hubiera divulgado su secreto. Moctezuma pone cara de «te juro que yo no fui» y la jala a la salida, discretamente, mientras el público calla, intimidado, y el mago reanuda su conferencia.

—Maldito tramposo —refunfuña después Moctezuma, una vez que hallaron lugar en una cantina—. Tú no le hagas caso, tú y yo sabemos que tus sueños no son proféticos y que la magia es un vicio reaccionario.

Agradecida, Cristina sonríe, lo abraza y le regala un beso lentísimo, que latido a latido va aquietando el galope de su propio corazón.

Ocurre entonces una especie de milagro.

Como si una dosis de ácido lisérgico estallara en sus neuronas, la realidad exterior se difracta, se difumina, se desvanece. Todo se vuelve fiesta, besos, luces, cervezas y baile. Lo prodigioso es que al recobrar la conciencia no están en Coyoacán, sino en su lecho: en el penúltimo piso del multifamiliar de la colonia Palmatitla. Cómo salieron de la cantina, cuándo se subieron a la Thunderbird y cruzaron la ciudad, son enigmas que no entienden. Moctezuma sospecha que ese lapsus fue causado *a)* por la cantidad de cerveza que bebieron o *b)* por un acto de magia realizado sin querer por su novia. En cambio, Cristina teme que *c)* las pastillas de Tafil le indujeron un mal viaje al combinarlas con alcohol o, peor aún, que *d)* fue otra broma de su mente disociada.

Como sea, ambos deciden olvidar lo sucedido y se abandonan al sueño como si fuera el último asidero de la Realidad.

Luego viene la marea, la inundación informativa. De lunes a viernes los medios de comunicación cuestionan las pesquisas de la PGR, especulan sobre los vínculos de Abraham R con el cártel de J García y analizan las confesiones de los involucrados, que señalan al Ingeniero M como organizador del complot. La opinión pública, en su mayoría, acepta la hipótesis, menos los legisladores priistas, que se sienten difamados. Oculto desde el día del crimen, el Ingeniero M hizo llegar a la procuraduría una carta para desmentir todas las acusaciones y señalar a Abraham R como autor intelectual del crimen, aunque se negó a declarar personalmente por miedo al cártel de Matamoros.

—Como dijera el subcomanche Marcos, esos cabrones tienen las manos manchadas con la sangre de sus hermanos —declara el Moloch, ante el humeante plato de panza que le han servido en la mejor fonda de todo Palmatitla.

—Y de paso jodieron el diálogo con la oposición —apunta Cristina—. El PAN y el PRD confiaban en el Secretario General como mediador. Incluso la transición está en riesgo, hay mucha desconfianza entre los priistas. Qué miedo, mejor cambiemos de tema —dice antes de entrarle a su plato.

Moctezuma está de acuerdo y no se habla más. Confiados en sus planes, se concentran en disfrutar el momento. Él tiene listo su equipaje para viajar a Puebla. Ella, el tiempo justo para verse con Arrabal y visitar a Adela Morales. De vez en vez, entre trago y bocado, se toquetean bajo la mesa y sonríen con complicidad al oír los éxitos de Los Solitarios.

Al concluir el desayuno, él la lleva al metro Nezahualcóyotl en su Thunderbird y ahí se despiden de beso. «La felicidad nunca es gratis, la muerte sí», filosofa Cristina, sin premeditarlo, antes de abordar el metro con dirección a San Lázaro, donde cambiará de ruta. Encuentra un asiento libre junto a la puerta y en su bolso un Tafil que se traga en seco.

A los pocos minutos, abracadabra: ha olvidado las quimeras que aleteaban en su cabeza y puede concentrarse en lo urgente: repasar las preguntas que debe hacerle a Adela Morales. En los altavoces del metro, la radio transmite un boletín:

> … hace unos minutos, la Cámara aprobó la licencia del Ingeniero M, acusado de organizar el asesinato del Secretario General, acaecido hace ocho días. Al respecto, la Procuraduría General de la República informó que el diputado se encuentra desaparecido. Agregó también que serán indiciados dos senadores, cuyos nombres no han querido revelar aún, para que declaren sobre su amistad con el Ingeniero M y Abraham R…

—Qué mujer tan guapa y distraída. —La sorprende Arrabal en los andenes del metro Insurgentes donde acordaron encontrarse—. Hace diez minutos que te sigo y tú ni en cuenta.

—Nunca le hago caso a mis acosadores —se burla Cristina, antes de admirar el vestuario de su amiga: una blusa Versace y una cartera Gucci que combinan mágicamente con sus pantalones holgados y sus sandalias—. Qué elegancia, ni que fueras a una entrega de Arieles.

—Gracias por el halago. Nomás no le digas a Morales que compro mi vestuario en La Lagunilla.

—Juro guardar tu secreto. —Cristina toma del brazo a Arrabal y la conduce hasta la avenida Monterrey—. ¿Averiguaste sobre el Abogánster?

—Uf, claro. No fue fácil. Un viejo amigo, el Tecolote, me contó que estuvo desaparecido desde el noventa, poco después de que liberara al Chacal de Acapulco. Ese juicio fue muy sonado en Guerrero. El Secretario General era el gobernador, apoyó a los familiares de la víctima y mandó perseguir al Abogánster cuando supo que había sobornado a los magistrados. También visité a tu tocaya perversa: Cristina B, la carcelera de Nellie C.

—¿En serio? ¿Cómo está, la maldita?

—Acá entre nos, jodidísima. Vive en una vecindad, en la miseria, con las piernas más podridas que su conciencia. Jura que el Abogánster los estafó, a ella y a su esposo: los sacó de la cárcel y a cambio se quedó con la casa y las propiedades de la escritora.

—El arquetípico abogado mafioso, con cuenta en las Bahamas y pistola en el cajón. —Cristina se detiene ante una puerta de mezquite engarzada con bronce—. Es aquí, llegamos —dice y toca el timbre.

A los pocos segundos se activa un interfono. Una voz andrógina les pide que muestren sus credenciales a la videocámara. Cumplido el requisito, la puerta se abre, las dos amigas pasan al vestíbulo, un guardia revisa sus bolsos y las acompaña al ascensor. Doce pisos más tarde llegan a un pasillo sin puertas, amplificado por espejos, que conduce hasta el departamento de la licenciada Adela Morales.

—Buenos días, señoritas —las saluda una mujer de talla pequeña y voz solemne—. Pasen por favor, disculpen la seguridad. Esta ciudad es cada día más peligrosa.

—Buenos días, buenos días —responden las dos amigas, casi a coro, y se sientan en el sofá que Adela Morales les indica. Todo ahí es blanco o gris, de mármol, de cerámica o de hierro forjado, menos las orquídeas moradas que decoran las repisas.

—Gracias por recibirnos, qué lindo departamento. —Cristina saca su grabadora del bolso y la coloca en la mesa de centro.

—Están en su casa, señoritas. Ahora, ¿pueden explicarme de nuevo, por favor, cómo consiguieron mi número, por qué me han buscado?

—Ya se lo dije por teléfono. Una joven se comunicó conmigo, dijo que se llamaba Francisca M y me pidió que hablara con usted. Como ése era uno de los nombres que usaba Nellie C, pensé que quizás se trataba de una pariente y que podría saber algo sobre la escritora.

Adela Morales suelta un sollozo. Apenada, se quita los lentes, los limpia con un paño. Mientras tanto, su asistente (una albina de pelo rojo, con ropa y ademanes muy viriles) les sirve café, chocolates y galletas.

—Le confesaré algo, Cristina. Antes de que usted me llamara, yo pensaba que Nellie estaba muerta. Ahora lo dudo. Quiero creer su historia. Es más, creo que esa jovencita era Nellie. Así la llamaban de niña, Francisca. Yo la conocí ya vieja, setentona, y para asustarme le encantaba fingir esa voz de escuincla maldosa. Siempre fue tremenda. Yo la quise mucho, créamelo, no sabe cuánto sufrí cuando dejé de verla.

—¿Qué pasó?, ¿por qué dejó de verla? —pregunta Arrabal mientras prepara su Nikon.

—Puedo explicarlo si se abstienen de tomar fotos y grabarme.

Sin chistar, Arrabal guarda su cámara, Cristina su grabadora y Adela Morales les platica los vaivenes de su relación con el Abogánster, el «defensor de los ricos». Un litigante que jamás ha perdido un caso, excepto cuando se lo propone, un erudito de la legislación, un marrullero, un matón. Cuando empezó a trabajar en su despacho, Morales lo admiraba sin reservas. Luego cambió de opinión, al ver cómo manejaba sus casos y cómo engañaba a todos, incluso a algunos clientes. La gota que derramó su tolerancia fue enterarse del papel que tuvo su exjefe en el secuestro y la desaparición de Nellie C. Ese día renunció.

—Como algunas amistades suyas, yo creí que Nellie estaba enferma de verdad —prosigue Morales—. Luego supe que no. Sus «cuidadores», Claudio S y Cristina B, le ponían láudano en sus bebidas para que no hablara ni se moviera. Así engañaron a todos. Cobraban su salario, sus regalías, y con ayuda del Abogánster vendieron sus propiedades, su colección de arte, los manuscritos y joyas que ella había atesorado durante su larga carrera. Sin contar otros crímenes, que mejor me callo.

Agobiada por sus palabras, Adela Morales toma un sorbo de café, muerde una galleta. Mientras su asistente pelirroja entra a la sala para recoger las tazas vacías y colocar sobre la mesa una pequeña caja de cartón negro. Cuando ella sale, Adela Morales señala la caja y prosigue:

—Adentro encontrarán un casete: la copia de una grabación que hizo la secretaria de Nellie antes de que Claudio S la despidiera. Es un diálogo entre Nellie y el Abogánster. Lo escuché una sola vez y no quiero oírlo más. Antes era escéptica con lo sobrenatural, la hechicería y los demonios. Ahora no sé qué pensar. En otras circunstancias, no se lo confiaría a unas desconocidas, pero ya me cansé de tocar puertas sin que nadie me escuche. Temo que algo me pase, que alguien le haga daño a Nellie. Conozco su trabajo periodístico, me arriesgaré con ustedes.

Cristina calla, no sabe qué hacer. Arrabal toma la caja y la guarda en su bolso. Adela Morales insiste:

—Escuchen la cinta, luego hablamos. Como dije antes, no sé dónde se esconde Nellie, pero si está viva, daría todo por volverla a ver. Tal vez juntas podamos rescatarla.

—Claro que sí, queremos colaborar —responde Arrabal.

—Volveremos pronto —promete Cristina, conmovida.

Sin más comentarios, Adela Morales se pone de pie, se despide con un apretón de mano y las acompaña a la salida.

Una vez afuera, las dos amigas caminan en silencio rumbo al metro Cuauhtémoc, donde Arrabal dejó estacionada la Islo Honda. En el fondo de su memoria, Cristina encuentra unos versos que creía olvidados. Un poema que leyó cuando estudiaba Letras Mexicanas y que hoy la persigue con su tonada enfermiza, arrítmica, infecciosa:

Hombre, búscame en ti
tú me tienes aprisionada
y me pides a mí
¿No te has cansado
de tenerme encerrada
y estar llamándome?

[ALIENTO SOFOCADO, tos seca.]

¿León, eres tú? No puedo creerlo.

Sí, Nellie, soy yo. ¿Me extrañaste?

Ay, Leoncito, vaya pregunta. [Tos.] ¿Por qué no me llamabas? Cuarenta días sin saber de ti, qué tormento. ¿Ya no me amas, ya no te importo?

Tranquila, mujer. Te amo, no lo dudes. Te admiro, te necesito. Ando en mil asuntos, incluyendo nuestros negocios. Claudio y Cristina me dicen que estás bien, que has tomado tu medicina. Eso me alegra, pronto podremos vernos.

No, maldito, no estoy bien. [Tos.] Ellos te mienten, todos me mienten. Esas jodidas cápsulas no me curan, me envenenan, me duermen las piernas, me apendejan el alma. Si no me las tomo, Claudio y Cristina me castigan. Me bañan con agua helada, me azotan con el cinturón, me manosean bajo la ropa. Es humillante, Leoncito, que no me creas.

Nellie, por favor, estás delirando. La medicina y los baños son por tu bien, si no te obligan tú nunca vas a curarte. Yo estuve presente cuando el doctor te revisó. Vi tus radiografías, tus análisis neurológicos. Tu mal es irreversible, pero puedes domarlo. Basta que seas paciente, sigas el tratamiento, cumplas con tu terapia. Sólo así van a curarse tus nervios y va a disminuir el dolor. Además, esas cápsulas tienen su encanto, no lo niegues.

Ay, maldito, no lo niego. Qué sueños. Tan nítidos, tan lúcidos, tan íntimos. Vi a mamá de nuevo, allá en Villa Ocampo, yo estaba chiquilla y le ayudaba a lavar la ropa de unos soldados, toda mugrosa de sangre seca, ¡qué difícil era limpiarla! También soñé al general Villa: me paseaba en las ancas de su yegua. Y a Gloria, mi pobre hermanita, cuando fuimos a Veracruz. Ella bailaba con José Clemente y yo con Ávila Camacho, ah, qué galante era conmigo, y tan intenso en la cama, tan voraz.

No tan intenso como yo, querida, ni tan voraz. [Risas.] Lo bueno es que me entiendes, amor mío. Recuerda a los místicos, a los grandes magos. Todos ellos se sometían a grandes privaciones, ayunos, flagelaciones, con tal de perfeccionar su alma y liberarla del cuerpo. A mayor sacrificio, mayor gloria y sabiduría. Llegarás muy lejos, Nellie, con tus dones naturales, con tu mente privilegiada, si la educas con rigor, con sacrificio y obediencia.

Esa idea me entusiasma. Ser un espíritu ligero y alado, como una mariposa. ¿Qué tan lejos podría llegar, Leoncito?

Más allá de la muerte, Nellie. Más allá del tiempo. Si en vida has conquistado grandes metas, imagínate cuando te liberes de las cadenas corporales. Has conocido gobernantes, científicos, artistas, héroes y asesinos. Desde niña aprendiste a invocar espíritus, a leer la mente ajena, a prefigurar el futuro. A tu alma le espera el infinito, si la purificas con el dolor adecuado.

Ay, no sé. También he tenido pesadillas. Desde niña he visto morir y matar a mucha gente, tú lo sabes. Pero la violencia de la revolución, que yo viví de niña, no se compara con la que entreveo ahora. Ciudades muertas, escuelas ametralladas, fosas clandestinas, toneles de ácido sulfúrico con carroña, multitudes en llamas, ay, no. [Sollozo.]

No lo dudo. Tu visión interior es tan potente que no sólo ve lo pasado, lo presente y lo futuro. También puedes visualizar lo posible y lo absoluto. Pronto aprenderás a distinguir las visiones, a transformarlas, incluso.

Te creo, León. Pongo mi alma en tus manos, esas manos que tanto extraña mi cuerpo. ¿Sabes? He soñado contigo. Cuando nos conocimos, ¿te acuerdas? Esa noche estrenamos el Huapango en Bellas Artes. Yo era una cincuentona, tú no cumplías dieciocho. Eras fuerte, arrogante, con agallas, como me gustan. Un estudiante de leyes, de familia rica, con pistola bajo el chaleco, que estudiaba astrología con Gurdjieff y se codeaba con los rosacruces. ¿Cómo no iba a enamorarme de ti, si tu deseo me rejuvenecía, me volvía hermosa otra vez?

Recuerdo esa fiesta, cómo no. Me invitó un profesor, un asesor de Ávila Camacho. Nunca había conocido una mujer como tú. La creadora del ballet nacional mexicano, la examante de Miguel Alemán, la médium de Ávila Camacho. Yo temblaba de emoción cuando me apartaste de los otros para llevarme al tercer piso. No fuimos a la cama, fuimos a tu capilla privada. Quedé impresionado. Los muros negros, los íconos mágicos, las velas encendidas. Bailaste desnuda sobre el círculo de Salomón, y juntos invocamos a Azazel, para que bendijera nuestra cópula. Esa noche supe que nuestras almas estarían unidas por siempre.

Ah, maldito. ¿Y de qué me sirve unir nuestras almas, si tu cuerpo está lejos del mío? Quiero que me toques, León, me siento joven entre tus brazos, bella en tu boca, amada por tus manos... [Tos.]

No desesperes, amor. Pasado mañana iré contigo. Un diplomático argentino, amigo del presidente, quiere que lo comuniques con su hijo muerto. Necesitamos que estés en forma, para asegurarnos su mecenazgo. Hoy iniciarás el ayuno ceremonial y los enemas, tienes que purificar tu cuerpo antes de comulgar la psilocibina.

¿Más ayuno, maldito? ¿Más sacrificios? [Tos.] ¿Estás seguro de que funcionará?

Te lo aseguro, amor mío.

Creeré en ti, Leoncito. Soportaría todas las privaciones del mundo si no me abandonaras tanto, maldito, si vinieras más seguido a verme, para arrullarme en tus brazos, para que me hables de Bafomet, el demonio secreto al que veneras. Para invocar a Oshún, a Rofocale o a Scheva, la Santa Muerta. Quiero ser de nuevo Lilith, la diosa demonio que me volvió médium. La dama de los negros deseos que mira a través de mis ojos, que habla a través de mis labios, que siente a través de mis manos y que puede conversar con los muertos y los soñadores.

Así será, amor, así será. El viernes celebraremos, tú y yo solos, después de la sesión. Como antes, como siempre. Ahora debo irme, Nellie, sé paciente, obedece, reza.

No, Leoncito, por favor.

Nos vemos el viernes, adiós.

[Tos. Sollozos. Clic, fin de la llamada.]

# El templo

Aturdida por lo que acaba de oír, Cristina apaga la grabadora. No puede ser real ese diálogo, de seguro están actuando: con los artistas y los abogados siempre es posible. Como sea, le espera una mala noche. No podrá dormir o, peor aún, no podrá escapar de sus pesadillas. Para colmo, está sola en su departamento. Seguramente su Molochito ya llegó a Puebla y mañana va a telefonearle. Echa de menos sus abrazos, sus locuras. Nadie como él para imaginar conjuras tras las noticias más bobas. Quisiera platicarle sobre Adela Morales y el Abogánster, sobre Claudio S y Cristina B, su tocaya malvada: la guardiana de Nellie. Él hubiera elaborado ya varias hipótesis sobre la grabación y el destino de la escritora. «O al menos me haría el amor para espantar mis fantasmas».

Una idea súbita sincopa su corazón. Si su emperador azteca la abandonara, ¿se quedaría como Nellie, sola en el mundo, abandonada a merced de perros como el Abogánster?

Prefiere no pensarlo.

Para distraerse, Cristina saca de su bolso un libro de poemas. Lo conserva desde la facultad, aunque entonces no lo entendió. Ahora, con los datos de que dispone, sí puede intuirla, compadecerla, imaginar a la mujer múltiple y compleja que escribió esos versos. Una niña alegre que ama y juega con su hermanita Gloria: «Vamos al campo / hermana / a correr / por los caminos. / A tirar piedras / a los pájaros / a bailar a cantar». Una mariposa que se siente feliz por «tener alas brillantes / mas no tener corazón». Y una mujer apasionada que ama con tristeza mientras juega con el alma de sus amantes:

> Yo no te pedí
> tus lágrimas
> Yo estaba jugando
> al pedirte tu alma.

Cuando termina, el reloj eléctrico marca las 3 a. m. y Cristina sigue despierta. Guarda el libro, bosteza, observa las luces que la ciudad proyecta en el techo de su recámara. Las mismas de siempre, quizás más coloridas, más volubles. La inquieta, eso sí, el silencio que lo inunda todo, la ausencia repentina de todos los ruidos habituales. Aunque se esfuerza, no alcanza a percibir los pasos de sus vecinos, ni la música de alguna fiesta, ni los ladridos, ni el rugir de la avenida. Sólo se oye su aliento y el roce de las sábanas y de su cabello sobre la almohada.

Una luz indecisa alcanza a colarse por la puerta, entrecortada por sombras que van y vienen por el pasillo. Pasos que exploran la casa, manos que revuelven la alacena, los muebles, los discos, «como hacía mi papá cuando olvidaba dónde había escondido su brandy», piensa ella, consciente de que sueña.

Aun así se alarma al escuchar a una señora, tal vez su mamá, que le reclama a su esposo quién sabe qué cosas, más y más angustiada. Él ni responde ni detiene su ruidosa búsqueda. Cristina murmura para sí, «estoy en casa de mis papás, ella va a encerrarse ahora en su recámara». Un portazo confirma su corazonada. En la sala se oye el plop de una botella que se abre y un zumbido muy molesto, diálogos de telenovela, música, efectos sonoros, más zumbidos.

Alguien ha prendido la tele. Como su padre cuando tenía insomnio y cambiaba de canal hasta sintonizar un noticiero:

> ... se confirmó ayer por la mañana que el occiso, Atanasio Olvera, era agente del servicio secreto, señalado por torturar y dar muerte al menos a diez estudiantes en agosto de 1971. Su viuda descubrió el cadáver en la sala de su domicilio y de inmediato lo informó a la policía capitalina. Junto al cadáver se encontró el arma suicida y algunos objetos relacionados con la magia, como grimorios, talismanes y huesos humanos.

«Mientes, mi papá estaba fuera del país en esas fechas», reclama Cristina mentalmente. Aturdida por un vago coraje, se levanta y en pantuflas se encamina a la sala. Sobre la cómoda toma al tanteo la navaja de su Moloch, por pura precaución: si un ratero los ha invadido y quiere desvalijarlos, tendrá que defender su cueva.

Al entrar a la sala, se acelera su pulso. El sueño no termina aún. Sentado en el sofá, un hombre translúcido como holograma mira el noticiero de la televisión. Tiene un agujero en la cabeza y el cabello viscoso de sangre, pero él no parece molestarse por eso. Se alisa el bigote con calma, afloja su corbata, se arremanga la camisa. Luego voltea para mirar a Cristina y decirle:

—Pero ¿qué haces despierta, mija? No es hora para que andes como fantasma por la casa, asustando a tu pobre padre.

—Tú no eres mi papá. —Ella levanta la navaja y da un paso atrás.

—Ah, caray, suena feo, pero tienes razón. —Risueño, el hombre deja el control sobre la mesa y se pone de pie—. Soy el Secretario General, o lo que queda de él. Tú me viste morir hace unos días. Tu rostro fue lo último que vi. Creí reconocerte, imagino por qué. Cuando naciste, tu padre trabajaba para mi familia como guardaespaldas. Lo conocí bien porque iba por mí a la escuela en su auto.

—¿Qué quiere de mí? —Cristina guarda la navaja—. ¿Por qué no va y se le aparece a otra infeliz?

—Porque no puedo, literalmente. Yo quisiera hablar con mi esposa, con mi gente, pero no puedo. Aquí, donde estoy, no hay nadie sino tú. La ciudad es la misma, sus calles, sus edificios, pero todo abandonado. Tú eres la única que puede ayudarme, Cristina. Supongo que tienes el don. Si me ayudas, jamás volveré a molestarte con mi presencia.

—¿Me lo promete?

—Te lo prometo, Cristina, por la memoria de tu padre. —El Secretario General se mete la mano al bolsillo y saca un pequeño sobre, sellado con lacre—. Sólo quiero que vayas al domicilio que te apunté aquí y le entregues este sobre a Marifer Rovira, mi consejera personal.

—Eso es imposible. Hace poco la busqué. Está en *shock*, me dijeron, no quiere hablar con nadie.

—Inténtalo. Preséntate ante los guardias, les dices que quieres verla y repites la contraseña que escribí al reverso. La pondré aquí, para que no la olvides. —Se agacha sobre la mesa y guarda el sobre en el bolso de Cristina—. Dáselo en persona, con suma discreción.

—Sí, de acuerdo.

—Una cosa más. El día que me mataron tú ibas a entrevistarme. ¿Qué pensabas preguntarme?

—Quería saber cuál es el futuro de México, sólo eso.

—Qué pregunta, Cristina. —Se ríe—. El futuro no existe, ni tampoco la muerte. Eso lo he aprendido acá. Y no me preguntes más, Cristina. Lo entenderás con el tiempo—. Y el Secretario General se desvanece en la sala como el eco de sus palabras / palabras / palabras…

Casi sonámbula, Cristina se frota los ojos y al abrirlos descubre que son las 3:33 a. m. y que sigue acostada en su cama. Supone, por supuesto, que ha soñado todo y se levanta para revisar la sala. Nada se ve fuera de lo normal. Primero se le ocurre revisar su bolso, por si acaso, pero luego le da flojera. Por la ventana se cuelan las luces de la ciudad, los ruidos habituales del edificio: los pasos de los vecinos, el ladrar de unos perros, el rugir de la avenida; un rumor que la amodorra como si fuera una canción de cuna. «Ay, Molocho, ven pronto, no dejes que me vuelva loca», se queja al cobijarse de nuevo, y al siguiente bostezo se duerme.

Poco antes de esa hora, en la ciudad de Puebla, Moctezuma sube a la terraza del hotel para despejarse la mente. Antes de volver a la cama y dormir un rato, debe repasar los sucesos de la jornada.

Fue un día intenso. Estuvo en chino ubicar la mentada «Clínica Poimandres» donde según Bronstein está internada su prima Berenice. Como no la encontró en la sección amarilla de ningún directorio, ni tenían su número en el centro de información telefónica, Moctezuma llegó a creer que no existía. A Catalina de la Cruz se le prendió el foco y llamó a su contacto en el Registro de Asociaciones Religiosas. Así se enteró, poco después, de que existía un «templo gnóstico» cerca de Puebla. Sus dirigentes se habían inscrito en 1990 y ofrecían, entre otros servicios, «sanaciones mentales siguiendo la técnica de Poimandres».

Amparados en esa pista, Moctezuma y Nostradamus se trasladaron en la Jeep hasta Puebla. Por más que preguntaron, nadie supo o nadie quiso darles información sobre el asunto. La hallaron a medianoche, en su cuarto de hotel, luego de cenar y tomarse una cerveza viendo MTV. Sobre el buró, junto a un ejemplar de la Biblia, alguien dejó (¿adrede?) un folleto a color con un logotipo casi masónico: el Ojo de la Sabiduría dentro de un triángulo de luz. El impreso, muy suntuoso, anuncia las actividades de un Templo Espiritualista Gnóstico que ofrece «a todo aquel que lo necesite y lo pida, el fluido psíquico y el maná espiritual del Nuevo Elías, el maestro inmortal, el Altísimo Eliasista».

Cuando baja de la terraza, Moctezuma decide marcar el teléfono señalado y, como era lógico a la 1 a. m., nadie lo atiende. Media hora más tarde, contra toda lógica, le devuelve la llamada una mujer muy amable, con acento norteño, para agradecer su interés e informar los horarios del templo, los requisitos para entrar (sin cámara ni grabadora) y el camino que debe seguir en auto para llegar a la Finca del Nahual, donde sería recibido.

Rumiando sus datos y sus conjeturas, Moctezuma se mete en la cama, se queda dormido y sueña que se va de campamento a la sierra, y que se pasa la noche vigilando el cielo en busca de ovnis.

Se levanta a las 7 a. m., cuando su compadre lo despierta, y se cura la desvelada con unos huevos fritos, unos chilaquiles, un chile relleno y un nescafé. A las 8 a. m. aborda la Jeep y le indica la dirección a su compadre: primero por la autopista a Tlaxcala, después por una terracería que se pierde en la sierra.

Llegan a la Finca del Nahual a las 10:30 a. m., luego de errar dos veces el camino. Decidido a echarse una siesta, Nostradamus lleva la Jeep a estacionar mientras Moctezuma se une a los peregrinos: una veintena de señoras, viejos, jovencitas y muchachos que se congregan a la sombra de un roble. Por sus autos, ropas y zapatos, Moctezuma supone que es gente rica. Lo comprueba cuando los «Guardias Custodios», unos tipos de talla extragrande, con el Ojo de la Sabiduría cosido en sus camisas negras, piden a los peregrinos un «diezmo voluntario» y la mayoría aporta cantidades que Moctezuma no ganaría en varios meses.

Terminado el trámite, un Guardia Custodio conduce al grupo hasta un pórtico de piedra caliza por donde ingresan al suntuoso y lúgubre Jardín Alegórico, que da la impresión de ser antiguo, aunque esté en perpetua construcción. Entre albañiles y jardineros que van, vienen y se afanan, abundan las fuentes alegóricas y los monumentos con las efigies de un santoral poco ortodoxo: Francisco I. Madero, la Santa de Caborca, Allan Kardec y el fundador del Templo, ataviado con frac, corbata y sombrero: el Altísimo Eliasista (1812-1879) (1882-1953) (1956-∞).

Al pie de esta última estatua, labrada con dudoso gusto, siete «Naves» reciben a los peregrinos: siete jóvenes rubias con túnica blanca, que los dividen en siete grupos y los guían por siete senderos distintos. Durante el trayecto, la Nave instruye a los fieles: «En 1861, el profeta Elías le ordenó al Altísimo que inau-

gurara la Tercera Era de la salvación. La primera fue anunciada por Moisés, la segunda por Cristo y la tercera por el Altísimo Eliasista. En esta Tercera Era, el pueblo de México fue elegido por Dios para dirigir a las demás naciones…».

Aunque esos datos lo intrigan, Moctezuma se distrae con facilidad. Cada nicho de ese jardín, cada estatua, cada arco tiene un significado que ilustra la doctrina de su fundador: una mezcla de cábala, gnosticismo, mitos sumerios y mexicas. Al pie de un obelisco, una efigie le enchina la piel: una calavera coronada, sentada en un trono, con una guadaña como cetro. La Nave les informa que es la «Hermana Blanca»: un espíritu femenino, luminoso y exterminador que ocupa el centro de su culto. «Por ese motivo, nuestro templo está formado por una basílica central y siete capillas que la rodean. La basílica se consagra a la Hermana Blanca y está a cargo de la Guardiana. Mientras que las capillas las cuidan siete Ruiseñoras», asegura la Nave y detiene al grupo frente a una capilla: una pirámide de basalto, tapizada de musgo y yedra, con siete peldaños y una inscripción que entusiasma a Moctezuma:

**POIMANDRES O**

**LA MENTE ABSOLUTA**

Con gentileza, la Nave se adelanta para abrir la pequeña puerta de hierro. Luego se dirige a Moctezuma, posa la mano sobre su pecho y le habla con voz tenue y aliento tibio:

—Aquí serás atendido tú. Mi corazón le desea al tuyo que se curen aquí todos sus males.

Conmovido por la frase, él se despide con una reverencia, agacha la cabeza y entra a la capilla. Adentro hace mucho frío y las paredes son rojas, sin imágenes, amuletos, íconos ni retablos.

Sentada frente a una mesa con un mantel blanco, una señora rubia, de labios rosas y mirada esdrújula, lo invita a tomar asiento. «Una mujer de buena familia, dinero y mucha devoción, que se hartó del materialismo y se volvió sacerdotisa», especula Moctezuma al ver sus anillos, el collar de oro, su túnica de seda.

—Bienvenido, Moctezuma. Soy la madre Carmenchu, tu Ruiseñora. No hables, por favor. Sólo dame tus manos y abre tu mente.

Él acata sin titubeos. Al contacto de esos dedos, avejentados pero elegantes, un escalofrío entibia su cuerpo en oleadas.

—No has venido por voluntad propia —dice ella mientras explora las falanges, los nudillos, los dedos de Moctezuma—. Te atrajo Berenice, mi Hermana, para darte un mensaje. Ella no pudo atenderte, lástima, una dolencia la tiene apartada del servicio. Con tu permiso, voy a conectar tu mente con la de ella, para ver si se manifiesta.

«No lo haga, mi mente está llena de chingaderas», suplica al ver que la Ruiseñora se levanta y se coloca a sus espaldas. Ella le toma la cabeza con sus manos y empieza a forzar su respiración, a hiperoxigenar sus pulmones hasta que se tensan sus músculos y Moctezuma se paraliza, electrizado por una energía que se cuela por sus meninges, sus neuronas y sus dendritas. En imágenes sueltas que se empalman, se repiten y distorsionan, él ve a su madre, llorando la muerte del Fantomas; el primer beso de su primera novia, la que luego se fue con un policía; el concierto donde conoció a su AntiKris y el camposanto donde se juraron amor eterno.

«Me está chupando el alma», se queja él cuando cede el dolor. Entonces se entera de que no están solos. Dos Guardias Custodios acaban de entrar a la capilla, lo levantan del asiento y esposan sus muñecas:

—Maldito seas, Moctezuma López Chew, por venir a profanar nuestro templo —le reclama la madre Carmenchu, pálida por el coraje—. ¡Eres un mariguano, un pecador comunista, un devoto de Moloch, un hijo del demonio que quiere difamarnos en su periódico de mierda! ¡Largo de aquí y no vuelvas nunca!

Más que insultarlo, sus palabras lo divierten. Sería fácil refutarla, demostrarle que no es devoto de sí mismo, que su padre no es el Diablo sino el Fantomas y que no difama a nadie sin los pelos en la mano. Se lo impiden los Guardias Custodios, con un golpe en el riñón y una patada en la panza que lo dejan sin aire y sin argumentos. A rastras lo sacan del Templo, mentándole la madre, y lo hacen rodar como bulto a los pies de la Jeep, donde ya lo espera Nostradamus, con la greña aterrada y un ojo magullado, bajo la custodia de dos Guardias.

Mientras les quita las esposas, el más güero y feo los amenaza:

—Ya lo saben. Si los vemos de nuevo por aquí, les partimos su madre y les echamos sus tripas a los perros, pinches indios.

—¿A quién le dices indio, pinche? —Se envalentona Moctezuma.

—¿Te vas a poner bravo, pendejo?

—No le haga caso, güerito, ya nos vamos. —Nostradamus empuja a su compadre hasta la Jeep, sube detrás de él y emprende la huida, con épica torpeza, por el camino de terracería que los había llevado hasta ahí.

❧

El 8 de octubre, a media mañana, Cristina cita a su colega Arrabal en el Sanborns de Galerías para que la saque de dudas. Las piernas le tiemblan y su voz titubea mientras le cuenta lo que soñó: que el Secretario General le pedía que buscara a Marifer Rovira. Luego le muestra el sobre lacrado que halló en su bolso esa mañana y que ni siquiera se atrevió a abrir.

—¡Ave María Purísima! —exclama Arrabal, intrigada por la elegante textura del sobre, el jeroglífico impreso en el lacre, la minuciosa caligrafía de la inscripción—. Soy atea, pero esto parece un asunto de hechicería.

—Me asustas. —Cristina da un sorbo a su café, absorta en la taza—. Además, no me la creo. Cualquiera en la oficina pudo meterlo ahí, a mis espaldas. Soy muy distraída con mi bolso.

—Sí, tal vez, pero eso no explica por qué soñaste que el Secretario General te lo entregaba. Son extraños los caminos del inconsciente. En cualquier caso, ya que tienes ese dato, nada pierdes con investigarlo.

—Eso pensé. Necesito que me acompañes, si voy sola van a pensar que estoy loca.

—Te entiendo, camarada, la calle está peligrosa, y más para las mujeres. —Arrabal pide la cuenta a la única mesera del Sanborns, casi vacío a esa hora, y baja luego la voz—. Aunque también es cierto que estás loca.

Cristina sonríe, Arrabal le hace un guiño y pagan la cuenta entre las dos. Como si lo hubieran ensayado, se levantan de la mesa al mismo tiempo, atraviesan el Sanborns, bajan al estacionamiento.

Una vez en la Islo Honda, Arrabal pisa el acelerador y se mete al tráfico por avenida Extremadura, mientras Cristina se desentiende del camino y se pone a divagar. A propósito de su sueño, lamenta que sea tan difícil, a veces, distinguir lo real y lo imaginario. Como amante de la literatura y el cine de horror, debería cuestionarse los límites que la razón impone entre la locura, el sueño y la magia. El mismo Lovecraft lo dijo: cuando sueñas con una llave de plata, y al despertar la conservas en la mano, entiendes que la vida no es más que un conjunto de imágenes existentes en el cerebro, sin que se note la diferencia entre lo vivido y lo soñado.

Veinte minutos más tarde, la Islo Honda se incorpora a Paseo de las Palmas en dirección sur y Cristina siente como si hubiera entrado en la Dimensión Desconocida. «Aquí hasta las gasolineras son de primer mundo, y no se diga sus farmacias o sus vigilantes», piensa, incómoda por ese lujo, deslumbrada por esa pulcritud. «Unas ratas chilangas en Beverly Hills, eso parecemos». Sin basura en las banquetas, sin perros callejeros, sin baches en el adoquinado, hasta pena les da estacionar la Islo Honda junto a la reja de hierro forjado, bajo la mirada de un arcángel neoclásico, esculpido en basalto al pie de una columna.

—Nombre y asunto, por favor —les habla una voz impersonal por el interfón luego de que tocan el timbre.

—Somos Cristina Olvera y Mariana Arrabal, periodistas del *Unomásuno.* Debemos hablar con la licenciada Marifer Rovira, sobre un asunto de interés personal.

—La licenciada no recibe a nadie que no haya sido invitado. Gracias por su comprensión, señorita.

—Espere, por favor. —Cristina muestra ante la cámara el sobre lacrado y deletrea la contraseña sin tartamudeos—: *Herego gomet hunc geridans sesserant deliberant amet.*

Pasan unos segundos, luego se abren los batientes con un crujido hermético, como el de un sarcófago.

—Sólo puede pasar una, sin bolsos ni objetos en mano —advierte el guardia, una especie de monje militar, con chaleco antibalas, escapulario, crucifijos en las charreteras—. La otra se queda aquí.

Ellas aceptan. Arrabal permanece en el vestíbulo y Cristina camina tras el monje guardián por los senderos de un jardín oloroso a musgo y piedra húmeda. Una fuente con la Virgen de Guadalupe y un mosaico dedicado al arcángel San Miguel atestiguan la fe de este lugar, este pequeño palacio lleno de criadas, guardianes y gatos. El lujo y la religiosidad relumbran en cada rincón. Hay crucifijos en los óvalos de pasto, santos entre cipreses y sauces, vírgenes en las macetas con alcatraces, tulipanes y anturios, y querubines en las jaulas con canarios y cenzontles. «Un santuario barroco, protegido por los ángeles y las once mil vírgenes para que el Diablo no entre o no pueda escapar», supone Cristina ante la colección de exvotos que decora la sala adonde el monje guardián la condujo.

—Buenas tardes, señorita Olvera. —Sin ruido ha entrado a la sala una mujer madura, ataviada con un hábito de monja color paja—. Me informaron que tiene un mensaje para mí. Le agradecería que fuera breve.

Cristina casi se marea de la impresión. Marifer Rovira no luce como una política. Podría ser una doble de su madre, doña Arcángela Báez: dos mujeres católicas, educadas en colegios de monjas, sinceras en su fe, subordinadas a sus hombres con una devoción a prueba de muerte. Seguramente harían migas, Arcángela y Marifer, si llegaran a conocerse.

—Así es, licenciada. —Cristina le extiende el sobre lacrado—. Léalo usted, yo ignoro su contenido.

Con el sobre en la mano, Marifer Rovira se acomoda en el sofá. Un suspiro se le escapa al abrirlo, otro al sacar el pequeño pergamino que hay adentro. Conforme lee, su expresión cambia del recelo al asombro y del asombro al llanto. Cristina se asusta cuando su anfitriona, tras un ahogo, deja escapar la tristeza reprimida en los últimos días. Nunca había visto a nadie llorar así.

—No piense mal, por favor —se disculpa Rovira—. No sé cómo obtuvo este mensaje, pero agradezco que me lo trajera. Esto para mí es un milagro. Si puedo hacer algo por usted, lo haré con todo mi corazón.

Cristina titubea. Obviamente, podría aprovechar y pedirle una entrevista sobre el Secretario General, para saber quién pudo haberlo matado y por qué. Pero, luego de verla llorar, supone que la propuesta sería casi indecorosa. Así que prefiere atraerla primero, granjearse su confianza.

—Puede hacer algo muy sencillo por mí, licenciada. Soy periodista y me interesa saber cómo es usted, que me hable de sus principios, sus amistades, sus objetivos. El Secretario General la consideraba su consejera personal, y la describió como una mujer de ideas, no de prejuicios.

—Ah, mi querido amigo, siempre halagador. —Sonríe con tristeza—. Será un placer conversar con usted, presiento que me hará mucho bien. Pero antes deseo que me conceda un favor. Que me acompañe a una ceremonia muy especial que haré por voluntad expresa del Secretario. A él le gustaría que usted participara, por eso la mandó conmigo, ¿no lo cree? —Y le muestra el sobre lacrado.

Cristina lo toma, extrae el pequeño pergamino de su interior y mira con extrañeza esos garabatos escritos con tinta sangre:

—¿Se puede saber qué significa esto, licenciada?

—Es la clave que nos hacía falta para evocar espiritualmente al Secretario. Lo entenderá si nos acompaña a la ceremonia.

No tiene que ir sola, puede invitar a alguien de confianza. ¿Me acompañará?

—Sí, licenciada Rovira. —Cristina sonríe, halagada.

—Llámeme Marifer, por favor. Mañana mismo fijamos las fechas. Desayunaremos con un hombre excepcional, le encantará conocerlo. —La licenciada Rovira sonríe y da por terminada la visita. Luego, como una madre que quisiera ganarse el favor de su hija, toma del brazo a Cristina y la conduce a la salida.

*México, 9 de octubre.* Anoche, la Procuraduría General de la República confirmó que había emitido orden formal de aprehensión contra el legislador con licencia del Partido Revolucionario Institucional (PRI), el Ingeniero M, como autor intelectual del homicidio del Secretario General del PRI. Informó, además, que ha ofrecido un millón de dólares a quien «proporcione los datos necesarios para localizar al diputado con licencia, quien se ha convertido en el hombre más buscado por la justicia mexicana».

En otras noticias, el candidato del Partido de la Revolución Democrática (PRD) al gobierno de Tabasco, Emmanuel L, continuó su gira con un mitin realizado en Macuspana. Aseguró que su partido no aceptará ni un fraude electoral más, y que no hará «concertacesiones» con el gobierno federal. En los mítines, Emmanuel L fue acompañado por la vedete la Felina, senadora electa por el estado de Chiapas.

> Aplaudida por sus partidarios, la vedete perredista criticó a los gobiernos priistas y a sus candidatos. «Nos han robado la presidencia de la República, pero no permitiremos que en Tabasco nos roben la gubernatura», declaró…

Esa noche, en contra de lo habitual, Moctezuma tiene un sueño loquísimo, digno de la AntiKris. Un castillo bien acá, con torres de piedra parduzca, jacarandas y cipreses. A la puerta lo espera una mujer (idéntica a la madre Carmenchu) que le dice: «No te asustes, este sueño no es tuyo, sígueme», y lo conduce a una especie de taberna subterránea, con buen ambiente, luces y gente famosa. La música está de lujo: la guitarra eléctrica de Carlos Santana, acompañada por la vernácula voz de la Felina: «Nadie lo oirá más rezar / ni al amor implorar / pues en noches infernales / a demonios va llamando».

Tras los pasos de la Ruiseñora, Moctezuma se cuela entre el público: puro político de alto nivel, desde el Señor Presidente hasta la crema y nata del gobierno y la oposición. Al ocupar su asiento, en primera fila, la orquesta se arranca con un mambo, el público redobla sus aplausos y salen a escena dos bailarinas, ataviadas con plumas negras y sedas tornasoladas: las hermanas Gloria y Nellie C, muy jóvenes y risueñas, bailando como dos marionetas que luchan por controlarse entre sí. En cuanto se libera de su hermana, Gloria se le acerca y sin perder el paso lo invita a bailar: «No te resistas, Molochito, tú eres mío desde siempre». Moctezuma se niega, le explica que él ya tiene dueña, y ella responde: «No te preocupes, esto es sólo un sueño, y ni siquiera es tuyo».

—¿Eso soñaste, pinche compadre? Estás reteloco, me cae —se burla Nostradamus más tarde, mientras desayunan juntos en el café del hotel—. Te lo mereces por fumar guarumo, agüelita que sí.

—Yo nunca sueño así. Mis sueños son bien pinches ordinarios. Que no puedo cambiar un foco, por ejemplo, o que pierdo la última salida del metro. Y nunca con tanto realismo, incluso recuerdo los olores, en especial el perfume de Gloria. Estoy seguro de que la AntiKris tiene uno igual.

—Qué loco que soñaras a la Felina.

—Ayer la vi en las noticias. Dice que dejará la farándula para entrarle de tiempo completo a la política.

—Nunca dejará de ser la Felina. Yo no dudo que haya embrujado al candidato a gobernador de Tabasco para impulsar su campaña.

Moctezuma suspira. Llama con una señal al mesero.

—Se nos hace tarde, yo pago la cuenta.

—Vale, yo cargo las chivas, te espero en la Jeep —Nostradamus se levanta y se dirige al elevador.

Mientras se termina su nescafé con leche, Moctezuma comprende que toda su vida ha esperado este momento. Desde que preguntaba a su padre si la magia existía y don Xicoténcatl le contestaba: «Sí, mijo, todos los días hay magia; lo difícil es percibirla y propiciarla, para eso hay que tener fe, algo de gracia y mucho método», una enseñanza que él siempre puso en práctica. Moctezuma siempre tuvo fe y fue disciplinado. Lo que le faltaba era la gracia divina para presenciar la magia y el talento para procurarla. Ahora, después de su visita al Templo Espiritualista Gnóstico, presiente que eso va a cambiar pronto. «Ojalá Cristina hubiera venido, para que viera que sí hay mujeres como ella, videntes capaces de ver el futuro, de leer la mente y de meterse en los sueños ajenos».

Después de pagar la cuenta y checar la salida del hotel, Moctezuma atraviesa el *lobby*, que creía vacío. Al fondo, entre sombras, distingue una presencia inesperada: una dama rubia, de labios rosas y mirada esdrújula. La Ruiseñora que ayer lo expulsó del Templo Espiritualista Gnóstico, y que ahora lo impresiona por su falta de glamur: la gabardina *beige* apenas disimula la túnica de algodón que trae debajo.

Con aplomo bien fingido, Moctezuma se sienta frente a ella.

—¿Se le ofrece algo, madre Carmenchu? ¿O sólo vino para mandarme de nuevo al infierno?

—No te burles ni confíes en tus sentidos exteriores —dice ella con voz de ventrílocua, sin mover los labios—. Supe que ayer fuiste a buscarme y que te expulsó Carmenchu, mi Hermana. Por eso la hipnoticé y me metí en su cuerpo, porque necesito hablar contigo.

—No me diga, ¡¿es usted la Xirau?!

Ella le pide con un shhh que baje la voz. Luego añade:

—Así es, Moctezuma, soy la madre Berenice Xirau. —Sin parpadear, sus pupilas se dilatan y contraen—. Poseer otros cuerpos es uno de mis poderes mentales. No siempre puedo, ni por mucho tiempo. Mi cuerpo original está lejos de aquí, resguardado en la Basílica de la Hermana Blanca.

«¡O sea que la mente de las Ruiseñoras puede meterse en otros cuerpos y manejarlos como marionetas!», concluye Moctezuma, temeroso, antes de aclararse la garganta y centrarse en su misión:

—Vengo de parte de su primo, Salomé Bronstein. Está preocupado por usted. Cree que la tienen internada en contra de su voluntad.

—Tiene algo de razón, pero no es tan sencillo. Antes que nada, necesito que me hagas un favor.

—Haré lo que pueda, madre Berenice.

—Es una misión peligrosa. —Ella saca un microcasete Sony de su gabardina—. Necesito que entregues esta cinta a Bronstein. Escúchenla, después hablamos.

—No parece muy difícil esa misión.

—No te confíes. Hay gente muy poderosa metida en asuntos muy sucios. Lo del Candidato y el Secretario General es apenas el comienzo para ellos. Están urdiendo un plan muy amplio, implacable, para implantar el terror en el país. Si ellos se enteran de que tienes este casete, seguro la pasas mal.

—¿Quiénes son *ellos*?

—Los gnósticos, por supuesto: el Altísimo Eliasista y sus cófrades, como el Abogánster y el Ingeniero M; ellos me esclavizan —responde entre ahogo y ahogo, como si le faltara el oxígeno.

—¿Cómo obtuvo este casete, si la tienen tan vigilada?

—El Altísimo graba sus conversaciones, así puede extorsionar a la gente. Poseí mentalmente a una Nave para que la robara de su oficina.

—A ver, a ver, ¿el Altísimo Eliasista vive todavía?

—Es difícil de explicar. Hay de diablos a diablos, pero el Altísimo es el peor —asegura y se pone a temblar, cada vez con más fuerza. Sus manos, sus hombros, su pecho y su cabeza se convulsionan, como si quisiera sacudirse el alma del cuerpo.

—¡Ayuda, por favor, la señora necesita ayuda! —grita Moctezuma cuando ella cae sobre la alfombra, desvanecida, y los empleados del hotel acuden en grupo a darle primeros auxilios.

—Ah, cómo te tardas, pinche Moloch —se queja Nostradamus, que entra al *lobby* justo en ese momento—. ¿Qué diablos pasa aquí?

—Luego te platico. —Moctezuma abandona el *lobby*, donde los curiosos se amontonan para ver a la madre desmayada—. Vámonos en chinga, antes de que se despierte y haga un escándalo.

Unos minutos después, la Jeep sale de Puebla por un atajo que Nostradamus conoce muy bien y agarra la autopista al Distrito Federal. Entre tanto, Moctezuma le cuenta lo ocurrido: cómo se le apareció Berenice, lo que le dijo y el casete que le encargó llevar a Bronstein. Acostumbrado a creer las historias más descabelladas, Nostradamus ni se inmuta. Nomás para que su compadre se relaje, pone en el estéreo el último disco de Death. Aunque le choca el cantante, «ese güey no canta, lo están degollando», le emociona la letra, que le parece profética: «*People of the earth, beware! / It is here, in human form / An atrocity laced with greed… / Ready to attack…*».

—No quiero asustarte, compadre, pero nos están siguiendo —informa Moctezuma y apaga el estéreo.

En efecto, una camioneta Ram se les acerca por atrás, prendiendo y apagando las luces altas. Carrocería negra, sin placas, parabrisas oscuros y ventanillas abiertas, tripulada por unos tipos nada simpáticos: cuatro güeros talla extragrande, uniforme negro y un Ojo Gnóstico de la Sabiduría cosido en la camisa. «Ah, pinches guardias latosos, tan pinches custodios», refunfuña Moctezuma al ver que la Ram los rebasa, disminuye su velocidad y su copiloto saca el brazo para ordenar que se detengan.

Nostradamus no se intimida. «Pinches culeros, de pendejo me paro», y con un súbito giro de volante invade el carril izquierdo entre dos camiones de leche Lala. Un volantazo más, un pequeño acelerón a tiempo, y la Jeep deja atrás a la Ram, con dos carriles de por medio.

—¡Nos la pelaron, compadre! —celebra Nostradamus, y Moctezuma, con el latido exaltado, empieza a sospechar que Berenice Xirau tenía razón, que el contenido de ese casete es peligroso. Para no andar especulando en vano, se pone los audífonos y empieza a escucharlo antes de que suceda otra cosa.

A la hora convenida, un Buick blanco se presenta en el *Unomásuno* y el conductor pregunta por las reporteras Cristina Olvera y Mariana Arrabal. Ellas toman sus bolsas, salen del periódico y abordan el Buick. Para serenarse, Cristina toma a su amiga de la mano. Además de su Tafil, anoche se recetó dos zolpidem para adormecer a sus fantasmas. Hace un rato Moctezuma le telefoneó para avisarle que venía en camino. Se notaba nervioso. «Este maldito país está embrujado», se queja mientras el chofer las conduce por calles que ella no reconoce. Un laberinto con altas murallas de piedra, coronadas por púas de metal. Más allá, se deslizan las copas de las jacarandas, las torres de los palacios, las antenas parabólicas de las mansiones. Una microciudad oculta, habitada por la gente que gobierna, ha gobernado o gobernará el país.

—Hemos llegado, señoritas —les avisa el chofer frente a un portón de hierro que se abre a control remoto—. Síganme por favor, la licenciada Rovira las aguarda adentro.

En silencio Cristina y Arrabal caminan tras él hasta una mansión de piedra tezontle. Marifer Rovira las saluda, cariñosa, en el vestíbulo: un recinto alto y estrecho, con vitrales coloridos.

La acompaña un hombre mayor, muy alto, bien rasurado, con lentes oscuros y camisa negra con cuello blanco.

—El Magno Padre es hoy nuestro anfitrión —lo presenta Rovira—. Como saben, es el fundador de la Milicia del Señor. Ha sido mi confesor desde que yo estudiaba en el Instituto del Valle.

—Dios las bendiga, hermanas —las saluda el Magno Padre con un ambiguo beso en la mejilla—. Marifer me ha contado que usted estuvo presente cuando mataron a nuestro amigo el Secretario General.

—Sí, fue traumático —responde Cristina, azorada por esa sorpresiva presencia—. Disculpe los nervios, nunca había saludado a un obispo. Por cierto, ella es colega del periódico, Mariana Arrabal.

—A sus órdenes, monseñor. —Sonríe la mencionada con un dejo de ironía—. He oído hablar mucho de usted en la tele.

—Como diría mi buen amigo Dalí: «Es bueno que hablen de uno, aunque sea bien» —bromea el Magno Padre—. ¿Pasamos al comedor?

—Sí, por favor. —Marifer Rovira camina hacia el fondo del zaguán—. Imposible hablar de asuntos espirituales con el estómago vacío.

Las dos amigas aceptan la invitación, incómodas por el comentario. La arquitectura y el decorado las hechizan. Más que una mansión, aquello es un hermoso y cruel museo consagrado al sufrimiento, la culpa y el castigo. Bellas mártires pintadas al óleo, herejes de mármol que arden en la hoguera, vírgenes xilográficas con el corazón ardiente, acuarelas de santos con las vísceras al aire y el rostro extático. «La sutileza del arte puesta al servicio de la crueldad cristiana», piensa temblando Cristina. Casi suspira de alivio cuando entra al enorme y frugal comedor, de planta hexagonal, coronado por una cúpula de piedra lisa.

En las paredes, pintadas con cal, no cuelgan cuadros, retablos ni crucifijos. La luz del sol, difuminada por seis pendones de tela blanca, basta para iluminar la mesa circular, de madera desnuda, donde el Magno Padre las invita a tomar asiento.

En contraste con el lujo de la mansión, dos monaguillos les sirven un parco desayuno de pan y queso, embutidos y café. La charla es cordial y ligera. El Magno Padre cuenta el chisme del momento: el ritual de palo mayombe que la Maestra organizó para «limpiar» a los dirigentes del sindicato magisterial. «México Mágico, Máxico Méjico», se burla Cristina en secreto mientras se termina el postre, con ganas de fumar. Antes de que abra su cajetilla, el Magno Padre les ofrece a sus invitadas uno de sus cigarrillos, liado a mano en Cuba.

—El Secretario General detestaba en serio a la Maestra —asegura Rovira—. Son generaciones distintas. La Maestra y su gente ven la democracia como un pretexto para obtener y preservar el poder político. El Secretario la veía como una inteligencia colectiva, el producto de una ingeniería política diseñada para tomar decisiones de gobierno a través del diálogo y la conciliación.

—Era brillante pero ingenuo —advierte el Magno Padre con el cigarro en la boca—. Su fe en la pluralidad política, ésa fue su perdición.

—Así es, Magno Padre. Esas ideas no eran suyas, por supuesto. Él las heredó de sus maestros, que a su vez las tomaron del gran maestro Bhima, don Francisco I. Madero.

—Leí hace poco esa historia —interviene Cristina—. La de Madero como médium, que recibía mensajes de su hermano muerto. En una sesión espiritista, la tabla psíquica predijo que sería presidente.

—Una verdad histórica, hermana. Al igual que Madero, el Secretario General era espírita, creía que el alma humana sobrevive a la muerte y que migra de cuerpo en cuerpo, de planeta en planeta, de siglo en siglo.

—¿En serio? Y yo creyendo que el papa había condenado el espiritismo —lo azuza Arrabal.

—La Iglesia lo condenó para prevenir sus excesos, sólo por eso. En el fondo, el catolicismo es espiritista. Invoca a los muertos, cree en fuerzas sobrenaturales. La diferencia es que algunos espíritas, como Madero y el Secretario General, lo ven como una ciencia, con técnicas y métodos experimentales: una metafísica psíquica, diseñada para mejorar la sociedad.

—Él no temía morir, eso es cierto. —Marifer Rovira solloza—. Por eso no lo asustaban las amenazas de sus enemigos. «La muerte no es el fin, si somos fieles en esta vida», me decía el ingrato.

—En eso tenía razón —supone el Magno Padre—. Él sabía de su muerte y confiaba en volver, al menos en espíritu. Lo predijo una médium de su confianza, tú lo sabes, y lo ha confirmado Cristina al traernos su mensaje. Pero cuando lo invoquemos, el Secretario General tendrá que reconocer su error y el Señor Presidente seguirá nuestro consejo. No hay cabida para el pacifismo ni la tolerancia en estos tiempos. Hay que combatir al demonio con las armas del demonio.

—No esperaba oír esas palabras en la boca de un obispo. —Cristina sonríe sin ganas—. Mi madre se asustaría.

—Por favor, hermana, somos la Milicia del Señor. Nacimos para combatir al diablo, al comunismo, a los *hippies*, a los ateos, a los judíos, a los teólogos de la liberación. Para luchar contra la Maldad debemos permitir que la Maldad entre en nuestros corazones. No hay sacrificio más sublime. Corromper la propia alma para confundir y derrotar al Maligno. No se imaginan ustedes los crímenes que un hombre santo debe encarar cada día si quiere salvar almas ajenas, aun a costa de inocentes.

Al terminar su soliloquio, el Magno Padre tiene la cara roja y un silencio muy espeso inunda la estancia. Al ver los patrones geométricos que el humo forma a contraluz, Cristina siente un agradable mareo, una leve embriaguez que la anima a preguntar:

—¿Por qué nos platica esto, Magno Padre? ¿Quiere que lo publiquemos?

Él apaga su cigarro antes de responder.

—Lo hago porque necesitamos su ayuda, Cristina. Mejor dicho: el país y la Iglesia necesitan de usted. —Sus ojos brillan como brasas—. Al traernos el mensaje del Secretario General, usted ha demostrado que existe el más allá, y que es una vidente nata. Nuestro Señor le ha concedido la gracia de convocar a los espíritus y de comunicarse con ellos. Los paganos dirían que usted es una médium. Para nosotros es una iluminada, un vaso del Espíritu Santo. Conocemos su biografía. Su madre, Arcángela, es fiel devota de la Iglesia, y su padre, Atanasio, fue leal servidor del Partido. Con su talento, Cristina, y el conjuro que nos envió el Secretario General, podemos evocar su espíritu y descubrir a nuestros rivales, los enemigos de la Iglesia y del Estado. Como ya le adelantó Marifer, celebraremos una sesión espírita cuando lo aprueben los astros, y sería de gran ayuda que usted nos acompañara.

—¿Qué gano yo si acepto? —pregunta Cristina, con las rodillas temblorosas—. No tengo poderes, nomás alucinaciones.

—Piénselo de este modo: si la sesión no funciona, usted demuestra que tiene razón, que no existe el más allá. En cambio, si funciona, va a solucionar un crimen muy turbio, y va a conocer gente muy importante, que puede apoyar su carrera.

—Hay que ver para creer. —Arrabal aprieta la mano de Cristina, emocionada—. No perdemos nada si lo intentas, amiga.

—Sí. Lo pensaré.

—Dios se los pague, hermanas. —Satisfecho, el Magno Padre se pone de pie, se persigna y recita en latín—: *Exsurgat Deus, et dissimpentur inimici ejus…*

—*Et fugiant qui oderunt eum, a facie ejus!* —responde Marifer.

Luego, con manos de hipnotista, el obispo traza unos signos en el aire: un ademán que hace ondular las cortinas de algodón, que sacude los cristales sobre la mesa y abre de par en par las ventanas.

Cristina, electrizada por ese golpe hipnótico, suspende el aliento y deja de parpadear. «¿Qué me dieron a fumar?», piensa y una alada tropa entra por las ventanas e invade el comedor. Una confusa multitud de ángeles, querubines, custodios, potestades y tronos invade el comedor, agita las volutas de humo, vuela en espirales alrededor de Cristina y canturrea sobre su cabeza, *Ecce crucem domini, fugite, partes adversae.* Atrapada en un vértigo de resplandor y blancura, Cristina llora de impotencia, incapaz de pedir auxilio a su amiga Arrabal, *Exorcizamus te, omnis inmunde spiritus, omnis satanica potestas, omnis incursio infernalis adversari,* hasta que se agotan sus fuerzas y cae sobre sus rodillas, sin poder cerrar los ojos a esa maldita, emplumada luminosidad, *Ergo draco maledicte et omnis legio diabólica adjuramus !*

Luego viene el silencio, la blancura absoluta.

*Amen.*

Con los primeros rubores del crepúsculo, los dos compadres abandonan la autopista y se internan a la ciudad por Santa Martha Acatitla, eufóricos por haber escapado de sus perseguidores con el botín asegurado. Como Nostradamus debe entregar la Jeep esa noche, y se supone que Cristina anda en la chamba, Moctezuma decide bajarse en el semanario y reportarse de una vez con su director. Reunidos en la oficina de Bronstein, sus editores escuchan boquiabiertos sus andanzas en el Templo Espiritualista Gnóstico, que Moctezuma cuenta con mucho detalle y dramatismo, al estilo de un locutor periodístico.

—Qué miedo, Moloch, y qué envidia. —Por encima de sus lentes, Catalina se lo come con la mirada—. ¿Estaba guapa la Ruiseñora?

—Así y asado, demasiado fresa para tu servilleta. —Moctezuma se ríe, alza los hombros y continúa con acento misterioso—. Eso sí. Hubo algo que me sacó de órbita, más que los Guardias Custodios: la mentada «Hermana Blanca». Una diosa maligna pero sabia, creo yo. Al estilo de Tiamat, Juno, Coatlicue o Astarté. No pude tomar fotos ni grabar nada, pero miren, les traje este folleto. Aquí viene una foto de su efigie.

> Instruido por el profeta Elías, el Altísimo Eliasista enseña que hay tres tipos de espíritus: *a)* los de LUZ, que son protectores y curativos; *b)* los de MEDIA LUZ, que causan enfermedades a los vivos, y *c)* los de OSCURIDAD, que son demonios y aparecen en forma de animal. Entre los luminosos destaca la HERMANA BLANCA, o el Espíritu del Exterminio. Es el ángel exterminador del Éxodo que baja a la Tierra, durante la cátedra del 2 de noviembre, a cumplir la justicia de Dios.

—¡Qué emoción, señores, ya mero es el día de su santo! —ironiza, nervioso, el Watson Bolaños.

—Por el nombre me acordé de la Niña Blanca de Tepito —apunta el Boludo Finchetti—. También de los narcosatánicos de Matamoros, ¿supiste de ellos, Moloch?

—Clarines. Son los que secuestraron a un gringo para hacer pociones mágicas con su cerebro, ¿no?

—Así es. Adoraban a una figura parecida, pero sin corona.

—Los cabecillas ya están muertos o en el bote. —Bronstein enciende un cigarro—. Pero sus discípulos siguen activos en la política, en la farándula y el narco. Digamos que son el brazo satánico del cártel del Golfo.

—La Felina ha declarado simpatía por ese culto —anota Finchetti.

—También el Ingeniero M, el que organizó la muerte del Secretario General. —Moctezuma se sienta al borde de la silla—. Lo mencionan en la cinta que me pasó Berenice. Habla por teléfono con otro, el Altísimo Eliasista, que tiene acento medio gachupín. Pensé de pronto en el fundador del Templo Espiritualista Mariano, pero ese Eliasista murió hace un siglo.

—Ahora sí ya me intrigaste, Moloch, a ver, saca la cinta. —Sin dejar de fumar, Bronstein prende el estéreo, mete el casete y aprieta *play*.

Los demás callan, fuman y escuchan.

[RUMORES DIFUSOS. Música lejana.]

Qué milagro, Altísimo, gracias por llamar, me tenía nervioso.

Tranquilo, Ingeniero, ¡joder, qué impaciencia! Estaba atareado en lavar vuestro cochinero, gracias habíais de darme.

Disculpe, Altísimo. Agradezco lo que hace por mí. Sólo dígame que ya puedo despreocuparme de aquel asunto.

¿De qué asunto habláis, ingeniero? ¿Los sacrificios o los vídeos?

Las dos cosas, Altísimo.

De lo primero no os preocupéis: las últimas inmolaciones se realizaron anoche en la Finca del Nahual; ahí mismo enterramos los huesos y pellejos sobrantes. El conjuro está en marcha.

No hace falta ser tan explícito.

¿Os incomoda? Que yo sepa, no tenéis las manos limpias de sangre. Sólo hubo un lío: una oveja murió antes de extraerle el corazón, hay que cambiarla antes de luna nueva.

Puta, pues qué verdugo tan pendejo.

No necesitáis advertírmelo. Debemos reclutar cirujanos de profesión que se encarguen del bisturí, uno o dos doctorcitos bien enganchados al crack, así los controláis mejor.

Usted sabe lo que hace, sólo dígame, ¿ya fueron entregados los videos?

Ésa es otra mala noticia, Ingeniero. La mula que los cargaba fue secuestrada por una agente de la Maestra.

¿La Maestra?, pensé que era nuestra aliada.

Lo es, Ingeniero, pero anda paranoica, piensa que esos vídeos podrían incriminarla. Además, no confía en nosotros, en el poder de las Ruiseñoras ni en la eficiencia de nuestros métodos. Quiere asegurarse de que la transmutación psíquica se realizará en presencia de sus hechiceras.

Maldita bruja, no me extraña: anda urgida de poderes, la traen loca los disidentes del sindicato y quiere aliarse con el Sucesor Presidencial. Seguro le pedirá protección extra a Scheva Pititis.

Comprendo sus temores. Está brava la guerra y se va a poner peor. Por fortuna, hay tiempo para complacer a la Maestra.

Sólo hay que levantar a otra oveja, ¿no?, para cumplir los sacrificios.

No es tan simple, la Maestra la quiere de catorce, católica y de buena familia, para que el conjuro amarre. Será un lío mantenerla viva y fresca antes de la luna nueva. Contrataré a un especialista, al Egipcio, por ejemplo, él consigue pura oveja de calidad.

Pero ese cabrón ya no opera en México, ¿o sí?

Tiene operarios en todas partes. Él consigue la oveja, pero no la lleva a domicilio. Espero que tu amigo Ernie nos preste su avioneta. El tiempo apremia.

Seguro que sí. Pinche Ernie, se lo agradezco al cabrón, desde que me trajo a Brownsville me ha tratado de lujo. Hasta coca y viejas me consiguió, para que no me aburra.

Debéis agradecerlo, y también a León F por prestaros su casa. Debéis cuidarla mejor que vuestro departamento del Pedregal.

¿Qué pasó con mi departamento, Altísimo?

¿No lo imagináis?, fue allanado por la policía y por la prensa. Los titulares fueron explícitos: «Decomisan armas y drogas en el domicilio del Ingeniero M».

En la madre. ¿O sea que no lo limpiaron? Qué pena.

No, Ingeniero, no lo limpiaron. Me filtró la noticia un reportero, estaba impresionado por la escena: la cocaína, los cráneos, las quemaduras del indigente que habéis intentado inmolar. Tuve que intervenir porque no quería verme implicado. Hasta parecía un performance de esos que monta el Semefo.

Eso era, Altísimo, sólo un montaje, se lo juro. Quería impresionar a una novia, cumplirle una fantasía antes de despedirme.

Eso espero. Os aconsejo que no obréis a mis espaldas, Ingeniero. Estas ceremonias son delicadas. Para que los demonios auspicien la transmutación debéis seguir las indicaciones. El conjuro está en marcha, hay que ser pacientes.

Lo soy, Altísimo, he sido prudente. Cuando salía de México una mujer me habló para ofrecerme su ayuda, dijo que era discípula de la madre Francisca y que podía transmutar mi identidad sin derramar tanta sangre. Por supuesto, yo rechacé su propuesta.

Seríais un estúpido si le creyereis a cualquier farsante. Seguro pensaba sacar un cadáver del panteón para hacerlo pasar por el vuestro.

¿No sería más sencillo así, Altísimo?

Por favor, Ingeniero: vivimos en los tiempos del ADN, nadie se tragaría esa triquiñuela. Pero, si creéis que esa bruja os va a ayudar, por mí que os den por culo.

Está bien, seré paciente, esperaré la luna nueva.

Que así sea. Gozad de vuestras mujeres y vuestra cocaína sin sacar los cuernos del agujero. Os llamaré pronto. Buscaré a la bruja que os llamó. No creo que sea discípula de la madre Francisca, ella me teme. Sospecho más de la Maestra. Hablaré con la madre Berenice, le pediré que allane su mente para averiguarlo.

¿Aún confía en ella? Para mí que nos traicionó.

Su predicción fue precisa, Ingeniero: Berenice previó el sitio y la hora en que moriría el Secretario General. Debieron matar a Damián T antes de que lo arrestaran. Eso complicó las cosas.

Sospecho que Berenice le avisó al Secretario para que se protegiera antes de morir. Lo he divisado en sueños y quiere jodernos.

Estáis delirando. Ella no tiene esos poderes. Aún no controla su fluido biomagnético ni sus emisiones telepáticas. Tendré cuidado con ella. Hace poco detecté anomalías en su aura, una interferencia externa.

¿Alguien quiere meterse en su mente? Eso nos jodería a todos.

Es casi imposible, os lo aseguro. Como sea, hay que imponerle otro nivel de sumisión. Recetarle otras drogas, intervenir su hipotálamo, algo para que se concentre y no se distraiga en tonterías. Funcionó con la escritora, funcionará con Berenice.

No olvide, Altísimo, que usted prometió cuidar a esa dama: mientras ella viva, usted será invencible.

No lo olvido, Ingeniero, adiós.

[Fin de la llamada. Se interrumpe el audio.]

## La posesión

Vestida con un camisón ajeno, Cristina no reconoce la recámara donde despierta. Por la decoración supone que ahí vive una chica universitaria: las cortinas rosadas, los osos de peluche, los libros de Gabriela Mistral, la foto de Rita Guerrero y la del Subcomandante Marcos sobre el escritorio. Lo único que la perturba es ese crucifijo negro, clavado encima de la puerta, casi idéntico al que tenía en su cuarto cuando era una niña y vivía con su madre viuda en la colonia Buenos Aires. Más de una vez soñó que ese pequeño cristo se desclavaba, viscoso de sangre, se metía en su cama, se acurrucaba en su pecho. Al día siguiente, espantada, se ponía a dibujar con lápiz muñecas en la pared: un ejército de muñecas feas y feroces, para que el cristo se asustara y no volviera a bajarse.

—Por fin despertaste. —Arrabal entra sin tocar la puerta—. ¿Cómo te sientes, amiga?

—¿Dónde estoy, por qué estoy aquí?

—No te asustes, estás en mi depa. Ese camisón es mío.

Cristina se frota los ojos, pone cara de yonosénada. De buen humor, su amiga se sienta a los pies de la cama, enciende un cigarro y le cuenta lo ocurrido dos días antes, en la mansión del Magno Padre. Después del desayuno, Marifer y el obispo se pusieron a rezar una letanía en latín que le sentó muy mal a Cristina, porque de pronto se puso a trepidar como una epiléptica. Marifer se asustó tanto que Arrabal no sabía a cuál de las dos socorrer. Muy a tiempo, el Magno Padre intervino, autoritario, y le gritó a Cristina: «No te resistas, hermana, recibe a tu huésped, déjalo hablar».

—Me hipnotizó el cabrón. No recuerdo nada.

—No sé qué decirte —reconoce Arrabal—. Sólo así te apaciguaste. Tenías los ojos raros, muy abiertos. Te pusiste a hablar con voz de señor. Dijiste cosas que no entendí, Marifer se puso a llorar y al final te desmayaste. Te llevaron en ambulancia al Sanatorio Español. Ahí te trataron de lujo, te hicieron análisis, te aplicaron una inyección y listo. Ayer mismo te dieron de alta, te veías bien.

—¿Te dijeron qué me pasó? ¿Es algo serio?

—No vi los resultados de tus análisis, la verdad. Me dijeron que no me preocupara y me advirtieron que podrías padecer algo de amnesia al despertar. Como tu novio andaba fuera, te traje en taxi a mi casa.

—No conocía tu departamento.

—Nop. Hace un mes te invité, era mi cumpleaños. No pudiste venir.

—Es bonito, le falta algo de color. —Cristina sonríe a medias, apenada por su inoportuno ataque de amnesia. No es la primera vez: al morir su padre se le borraron varios días de la memoria. Le preocupa haber sido hipnotizada sin su consentimiento, pero tiene asuntos más urgentes en qué pensar—. ¿Y mi Molochito? ¿Dónde está? ¿Ya volvió de Puebla?

—Batallé para encontrarlo, querida, no me has dado el teléfono de tu casa. En el semanario me dijeron que regresó anoche y que te estuvo buscando. Hace rato hablé con él. Quedó de pasar por ti al periódico.

—Pobre, ha de estar preocupado. Nomás me visto y nos vamos.

—Tranquila. Acabas de despertar, descansa una hora más.

—Media hora. Tengo pendientes que hacer.

—De acuerdo. Me peino y nos damos fuga. —Arrabal se pone de pie y se mete al baño, muy risueña.

Angustiada, Cristina se quita el camisón y sin prisa se pone su pantalón negro, su blusa carmesí, sus pulseras y sus aretes. Mientras se maquilla frente al espejo descubre otro mechón de canas en su cabello. «Voy a acabar como mi tía, con el pelo blanco, la mente perdida y el corazón roto», piensa Cristina mientras repasa el relato de Arrabal. En el curso de literatura novohispana leyó sobre las alumbradas de la época virreinal: esas niñas o viejas, monjas o doncellas que entraban en rapto delante de la gente, poseídas por algún espíritu. En ese estado levitaban, predecían el futuro o dialogaban con los espíritus muertos o los celestiales. Antes suponía que esas alumbradas fingían sus posesiones para sobrevivir o ganar notoriedad y respeto en la misógina sociedad de su tiempo. Quizás les pasa lo mismo a las Ruiseñoras del Templo Gnóstico. O quién sabe.

—¿Lista, amiga? —Arrabal sale del baño.

—Listísima. —Cristina se levanta, toma sus cosas y sigue a su amiga. Cuando llega al estacionamiento se detiene de pronto:

—Oye, camarada…

—¿Qué pasó, por qué esa cara?

—¿Tú crees que los muertos siguen vivos entre nosotros?

—Qué preguntota. —Arrabal se sube a la moto—. Aún no proceso lo que vi el otro día.

—Me niego a creerlo. —Cristina se pone el casco y se monta en la moto—. No quiero pensar que mi papá anda por ahí, oyendo lo que opino de él.

—Qué cosas se te ocurren. —Arrabal menea la cabeza, se ajusta el casco, enciende la moto.

Media hora y veinte cuadras después, llegan al *Unomásuno* y se dirigen a la oficina de Patricio Schwartz, quien las saluda cordialmente y las invita a pasar. Encima del escritorio ha acomodado una serie de fotografías, divididas en dos montones disparejos.

Sin que ellas pregunten nada, Patricio fuma y les explica:

—¿Ven estas fotos? Fueron tomadas en uno de los departamentos del Ingeniero M. La policía lo registró hace unos días, en presencia de la prensa. No hallaron al político, sólo dejó sus huellas. Es curioso; se nota que faltan cosas, que quisieron limpiar la escena, pero la evidencia que quedó bastaría para meterlo a la cárcel: armas de alto calibre, restos de cocaína, un maletín con dólares y dos boletos a La Habana.

—¿Y estas otras? —pregunta Cristina.

—Ésas son posteriores. Las tomaron en Brownsville, Texas, en la mansión del Abogánster. Ahí fue visto el Ingeniero M apenas anteayer. La policía migratoria se presentó para arrestar a León F, acusado de entrar al país con la visa vencida. Un hombre sin identificar les abrió la puerta y les dijo que el Abogánster seguía en México. Los agentes se retiraron, y hasta después supieron que ese desconocido era el Ingeniero M y que tenía una orden de aprehensión en su contra. Cuando volvieron, por supuesto, sólo hallaron los indicios de siempre.

—Déjame adivinar —interviene Arrabal—. Hallaron armas, cocaína, dólares y boletos de avión.

Arrabal y Patricio sueltan la risa y siguen revisando las fotos. Mareada de pronto, Cristina les avisa que se retira a su cubículo. Necesita estar a solas, sentarse frente a su máquina, sin hacer nada mientras fuma un cigarro. Ante sus ojos entornados, el humo forma un batallón de figuras retorcidas: las almas muertas que gobiernan al país desde hace décadas, al amparo de la Muerte y sus demonios. Por eso, tal vez, le atrae la obra de Lovecraft, porque su mitología esconde una fábula política: sus deidades, viscosas y siniestras, son metáforas de las potencias que rigen este mundo. Ese olimpo de primigenios, demonios de la guerra que administran la muerte de sus vasallos con la sonrisa de un niño que desuella a sus mascotas. «Un necrogobierno, regido por una diablocracia, eso se volvió nuestro país desde hace mucho tiempo», concluye con un suspiro.

—Amiga, ¿estás ahí? —El fotógrafo Gonzaga asoma al cubículo—. ¿De chiripa conoces a la abogada Adela Morale?

—¿Trabajaba ahí? Vaya. Sí, la entrevistamos hace poco, quedamos de buscarla este fin de semana.

—Ah, qué mala onda, seguro que esto te interesa. —Con cara de nomeasusten le entrega un recorte de periódico, pegado en una hoja:

> La noche de ayer, cerca de las once, se verificó un lamentable hecho de sangre en la estación Taxqueña, cuando una mujer se arrojó al paso del

metro. Los testigos afirmaron que la hoy occisa se encontraba en el extremo del andén cuando se escuchó la llegada del último tren de la noche. La mujer se arrojó sobre las vías y murió al instante, arrollada y electrocutada. En su bolsa la policía halló documentos que la identificaron como la abogada Adela Morales, que hace unos meses denunció la desaparición de (PASA A LA PÁGINA 8).

Por razones del corazón, Moctezuma y Cristina no tienen prisa por contarse lo ocurrido. Cuando llegan a su departamento, se olvidan de la chamba, se meten a la cama y se abrazan muy fuerte, para sentirse vivos en un mundo gobernado por la Muerte. Sólo se confían sus aventuras cuando despiertan, a las 11 p. m., con la mente avispada y fresca. Al final, ignoran qué es más temible: *a)* el catolicismo beligerante del Magno Padre, *b)* el pseudognosticismo del Altísimo Eliasista, *c)* la ingeniería espírita del Secretario General o *d)* la maliciosa ubicuidad del Abogánster. Ambos intuyen que ese combate «espiritual» disimula una pugna por el poder político, económico y criminal. Una narcoguerra entre necropolíticos. Lo curioso es que no se lo confiesan todo. Ella oculta que fue hipnotizada por el Magno Padre y que olvidó varias horas de su existencia. Y él, por su parte, no explica el método psíquico que empleó Berenice para entregarle el casete.

Hambreada a causa del amor y la plática, Cristina se levanta a hacer la cena. Descubre entonces, sobre el refrigerador, la sorpresa que Moctezuma le preparó. Una Sony Trinitron, recién comprada en el Monte de Piedad, que estrenan viendo el noticiero con unas quesadillas de tinga.

Como en las últimas tres semanas, el país sigue obsesionado con la muerte del Secretario General. La desaparición del Ingeniero M trae loca a la PGR: unos lo vieron en Matamoros, otros en Puebla, unos más sospechan que ya está muerto. Mientras tanto, la pugna entre el PRI y el subprocurador que investiga el crimen se encarniza día con día. Este último afirma que fue un crimen político y propone interrogar a los senadores líderes de un grupo empecinado en sabotear la reforma del partido. En respuesta, el secretario del PRI amenaza con demandarlo por difamar a sus legisladores sin más pruebas que unas confesiones «obtenidas mediante tortura». Y el dictamen de la oposición es unánime: los asesinatos del Candidato Oficial y el Secretario General evidencian la putrefacción del régimen priista.

—¿No es raro? —Cristina cambia de canal—. Nunca mencionaron la muerte de Adela Morales.

—Apuesto a que el Abogánster está detrás de su muerte. ¿Te conté que lo mencionan en la cinta de Berenice?

—Sí, me contaste, y coincido contigo. Morales lo conoce demasiado, le sabe muchas cosas. Lo que yo dudo es que empleara brujería. ¿Para qué? Cualquier pelado pudo empujarla a las vías. Como sea, Morales era la única que podía aclararme la relación entre el Abogánster y Nellie C.

—Nos queda la casa de Nellie. Me encantaría explorarla.

—No, mi rey, no lo intentes. No hay nada que investigar ahí, Claudio S y Cristina B la desvalijaron. Sshhhh, ya va a empezar el programa.

—¿La entrevista con el amigo de Arrabal?

—Sí. El Tecolote. Fue su profe en la UNAM. Creo que está enamorada de él, pero ése es otro chisme.

—Como anunciamos ayer, contamos hoy con la presencia de una celebridad, un activista del 68 con una brillante carrera como periodista independiente: Ernesto V, mejor conocido como «El Tecolote». ¡Buenas tardes, Ernesto!

—Buenas tardes, Ricardo, gracias por la invitación.

—Hace poco declaraste que la Procuraduría General de la República se equivoca al suponer que el Secretario General fue asesinado por motivos políticos. ¿Por qué lo afirmas?

—Porque están enfocando todo a lo político, como si lo político fuera la principal o la única causa del magnicidio. ¿Te das cuenta de lo que nos quieren vender? ¡Que había un grupo de políticos pensando en cómo evitar reformas! ¡Como si fueran filósofos, como si fueran estadistas! Los asesinatos del Candidato Oficial y el Secretario General son crímenes narcopolíticos. Hay una descomposición generalizada del aparato que vendió su alma al narco.

—¿Los homicidios fueron producto de un complot o de un conflicto entre el narcotráfico y el gobierno?

—Las dos cosas. Un complot entre ciertos políticos y ciertos narcos contra el Estado y contra otros narcos. Es obvia la relación entre los políticos de Tamaulipas y el cártel de Matamoros, pero en todo el país los narcos están sublevados, no sólo por la violencia que están promoviendo, sino en contra de las formas de hacer política. El grupo grande de los cárteles podría estar en coalición contra el Señor Presidente y contra el Sucesor Presidencial, para sentarlos a negociar.

—¿Qué tan hondo se ha infiltrado el narcotráfico?

—Muy hondo. Incluso se han infiltrado en la Iglesia. Hoy los narcos pueden ir con el embajador del papa para que vaya y hable con el presidente, con el secretario de gobernación y luego regrese a la nunciatura para decirle al supernarco: «No hay problema, lo perdono, tenga mi bendición y móchese con una narcolimosna para la narcodiócesis».

—¿Y qué pasa si un obispo no acepta esos donativos?

—Sencillo, lo matan y se van con el brujo de Catemaco para que bendiga sus operaciones. También la narcopolítica necesita el favor de los espíritus…

«¡Te lo dije!», exclaman Cristina y Moctezuma, emocionados porque su diagnóstico coincide con el del Tecolote, y conmovidos por el valor de ese periodista para exponer sus conjeturas en televisión. Sólo entonces apagan la tele y se van a la recámara para echarse un round de amor antes de ir a trabajar. Por el gusto de amarse en medio de tanto odio.

Con el cigarro en la boca y los cerillos en la mano, el Boticario prende los cirios que poco a poco alumbran los muros de su capilla, ubicada en el sótano de su farmacia. Hay talismanes y milagritos por todas partes, ojos de venado, dientes de ajo y mechones de pelo. Al fondo, sobre el altar de adobe, destaca una efigie esculpida en madera blanca que Moctezuma reconoce con un espasmo: una calavera, sentada en el trono, con corona de rosas negras y una guadaña en el puño.

—Ésa es la efigie del Templo Gnóstico, ¿a poco no? —pregunta el Boticario Cagliostro mientras forja un porro—. Lo imaginaba. Te presento a Scheva Pititis, la diosa-demonio de la discordia. Su culto proviene de Etiopía, lo trajeron los esclavos negros a Veracruz durante la Colonia. Otros aseguran que es hija de Lucifer y Astarté, o que es la hermana gemela de Pititis, la diosa copta de la muerte. Otros dicen que surgió de las minas, durante la Colonia, y la llamaron la Santa Muerta. Supe de ella por un brujo de Catemaco, él me aseguró que era la protectora de J García, por eso nadie lo encuentra. Ahora sabemos dónde tienen su templo. ¿Gustas un toque?

Moctezuma acepta, pensativo. Luego, entre fumada y fumada, explica el motivo de su visita: necesita desenredar los datos que Cristina y él han recopilado en torno al asesinato del Secretario General, la desaparición de Nellie C, la muerte de Morales, el casete de la Xirau.

Cagliostro lo escucha con paciencia, a la luz de los cirios y un foco mosqueado que cuelga del techo. Luego toma una tiza blanca, se pone de cuclillas, escribe sobre el piso de cemento los nombres de los personajes que intervienen en la trama y los vincula con flechas entre sí. Al final obtiene un esquema circular, asimétrico, que evidencia una guerra sucia entre los poderes que gobiernan México. Por un lado, los tecnócratas que se aliaron a la Iglesia cuando el Señor Presidente reanudó las relaciones con el Vaticano. Por el otro, los tamaulipecos, en contubernio con las brujas y hechiceros que medran en sus territorios. Una batalla necropolítica que utiliza el secuestro, la tortura, el terror y el homicidio como moneda de cambio, y que aplica la magia negra para satisfacer la lujuria política de cierta gente.

Motivado por esta sospecha, Cagliostro coloca un brasero encendido en el altar y derrama unas pizcas de polvo sobre las brasas.

—Un auténtico mago sabe que la casualidad no existe —sentencia ante la humareda rojiza que emana del brasero—. Presiento que esas fuerzas, oscuras y poderosas, se disputan tu alma y la de Cristina.

—Ah, caray, ¿cómo sabe eso, maestro?

El Boticario no responde de inmediato.

—Lo sé por sus emanaciones —dice y toma con la mano una vara de pirul para escrutar por encima el esquema de tiza—. En estos puntos detecto una emanación fuerte, maligna. —La vara de pirul parece oscilar entre los nombres del Magno Padre y el Altísimo Eliasista—. Ellos son los magos principales, los hechiceros que tienen a cargo las operaciones mágicas, las transferencias psíquicas que involucran al Abogánster, al Ingeniero M, al Secretario General, incluso al Señor Presidente. Emana de ellos un flujo magnético, apestoso como un sapo. Eso son: sapos sin veneno propio, que lo absorben de los demás y lo fermentan en su sangre.

—Uy. Qué diagnóstico tan rudo. El Magno Padre es un obispo católico, respaldado por el papa. No debería pactar con el Diablo.

—Te equivocas. Los obispos viven de él. La trampa del Diablo fue hacerse pasar por Dios, crear la Iglesia y llamar satánicos a sus rivales. Los curas, como los políticos, los brujos y los demonios, se pelean entre sí para engañar nuestras mentes y ordeñar nuestras almas. Ésa es su naturaleza. Viven de nuestra fe, nuestro miedo, nuestras culpas y nuestros rencores. Lo gacho es que ya le echaron el ojo a tu AntiKris.

—Méndigos demonios, ¿por qué nos meten en su guerra?

—Tranquilo, Moloch. —Sin abrir los ojos, el Boticario continúa recorriendo el esquema de tiza con la vara de pirul—. No te buscan como chivo de sacrificio, tampoco a Cristina. Tienen otros planes para ustedes. Como sea, debo protegerte con un ritual, reforzar tus escudos psíquicos. Nos falta información sobre tus enemigos, algún objeto suyo. El casete de la Xirau puede servir, ahí están sus voces. ¿Lo traes? Dámelo, sí, perfecto. Ahora falta ajo, velas y ajenjo, un puñal, un corderito, conjuros para evocar a la Hermana Blanca. Ella sabrá lo que pasa, ella nos dará amparo, o buscará quién nos ampare. Ahora vuelvo. Vete encuerando, luego te acuestas sobre el diagrama de tiza, bocarriba, con los brazos extendidos.

Empachado por tanto rollo, Moctezuma se desviste de mala gana, doblando una prenda sobre otra en el rincón menos mugroso de la capilla. Cuando se recuesta en el piso, sucio y frío, se pregunta cómo puede Cagliostro vivir en esas fincas. Todo está mal barrido y nadie ha trapeado en años. Hay vidrios rotos, el techo está agrietado y las paredes descascaradas. Hasta ansiedad le da tanto desorden, tanto tiliche, trebejo y telaraña.

Ataviado con un hábito de lino negro, el Boticario regresa a la capilla y reclama su atención. «Cierra los ojos y cierra los labios, no mires ni hables hasta que yo te lo pida».

Moctezuma le sigue la corriente, lo escucha ir y venir mientras acomoda por aquí y por allá los objetos rituales: las candelas,

las coronas de laurel, las ramas de sauce, el incienso, un corderito que de vez en cuando bala y bala, desconcertado.

«Emperador Lucifer, amo de los espíritus rebeldes», recita el Boticario Cagliostro con voz gutural, agitando ramas en el aire. «Te ruego me seas favorable en mi apelación a Scheva, hija de Astarté, con quien deseo hacer pacto. ¡Oh, Scheva, hermana Santa Muerta! Deja tu morada y acude sin demora a mi presencia, te lo ordeno por la Clavícula de Salomón: *¡Agion, Tetragrammaton, vaycheon, stimulum expares...!*».

Divertido primero, con morbo después, Moctezuma se esfuerza por colaborar, por no aburrirse, por atender la ceremonia. «Emperador Lucifer, príncipe de los ángeles insumisos, te conjuro para que le órdenes a Scheva, la Hermana Blanca, que se presente ante mí, sumisa a mi mandato...». Viene luego un silencio que intriga a Moctezuma, seguido por un sonido muy tierno: el llanto del corderito que bala y que bala y que bala, hasta que Cagliostro lo silencia de un navajazo. Queda sólo un resuello, un borboteo, un goteo cálido que estremece su pecho desnudo. «Por la sangre de este cordero virgen yo te conjuro, oh, Scheva, diosa de la negra muerte, para que acudas a nuestra presencia y nos concedas tu poder».

Molesto por la violencia del ritual, Moctezuma intenta levantarse, abrir los ojos, gritar. No puede. Es un bulto ciego, mudo y aterrado mientras el Boticario le dibuja, con los dedos húmedos de sangre, runas mágicas sobre sus brazos, sus piernas, su vientre y su pecho. «¡Por el poder de estos signos te convoco, Scheva, y las potencias de Adonai, Eloim, Ariel, Johovam, Agla, Oarios, Almouzin...».

A media letanía, una voz femenina, múltiple y unánime, resuena en la capilla: «¡Aquí me tienes, brujo desgraciado! ¿Para qué me has llamado, por qué turbas mi reposo?».

El aludido responde: «¡No me engañas, hermosa impostora! ¡Tú no eres Scheva, la Hermana Blanca!».

«Soy Mahakali, la Hermana Azul. Scheva me envió en su lugar para atender tus intenciones».

«¡Salve Mahakali, esposa de Shiva, destructora de los deseos ocultos! ¡Te suplico con devoción que tus poderes protejan a Moctezuma y a Cristina, su mujer, de los poderes malignos que quieren dañarlos!».

«¿Sólo eso? ¿Qué precio pagarán por mi socorro?».

«¡El mismo que pagó Jacob cuando luchó con el ángel!».

«¿Me dará hospedaje en su alma?», celebra Mahakali y su carcajada, metálica como cencerro, se trastoca, se trastorna, se transforma poco a poco en el timbre de un despertador. El mismo que cada mañana, a las 5 a. m., suena en la colonia Palmatitla antes de que Moctezuma despierte, blasfemando contra los putos ojetes demonios que le impidieron descansar con sus pinches malditas apestosas ceremonias.

—Qué sueño tan mafufo —comenta Cristina mientras desayunan un omelette de escamoles—. Es irónico. Antes envidiabas mis sueños. Ahora duermo como tronco, y tú tienes pesadillas psicodélicas.

—La verdad, no sé si me gusta soñar tanto. Es emocionante, pero muy cansado, como si uno no durmiera.

—Duerme otro rato más, mi rey. —Cristina le acaricia la mejilla—. Puedo llamarle a Arrabal para que pase por mí. Recuerda que hoy es el entierro de Adela Morales.

—Ni lo digas, AntiKris, no molestes a tu amiga. Nomás me baño, me peino y te llevo a donde mandes. Estoy más fuerte que nunca, no olvides que el poder de Mahakali me protege.

Cristina se ríe con la ocurrencia, él la besa y se apresura a bañarse, jovialmente erotizado. Pero la sonrisa se le borra cuando llega al baño y encuentra ahí la ropa que usó el día anterior, manchada con la sangre del cordero virgen.

El sepelio de Adela Morales se realiza en el Panteón de Dolores el 13 de octubre a mediodía, bajo una intensa resolana, filtrada por las nubes y doscientos imecas de contaminación. Para no ensuciarse viajando en moto, Cristina y Arrabal han llegado en taxi, vestidas de luto formal. A su alrededor todo es cascajo y deterioro. Mientras caminan por el cementerio, las molesta el lujo de algunas tumbas y las aflige el fatal abandono que lo carcome todo. «Nada más triste que un panteón, excepto un panteón en ruinas», filosofa Cristina al ver los estragos del último terremoto: el adoquín fracturado, las lápidas caídas, los querubines de piedra dislocados. Nutridos por siglos y siglos de cadáveres, lo único vivo en ese panteón son las moscas y los árboles, a cuya sombra se congregan los dolientes de Adela Morales.

Luego de pisotear su cigarro sobre el pasto, el sacerdote se persigna y da inicio a la ceremonia:

—Yo soy la resurrección y la vida; quien cree en mí, aunque muera, vivirá; y quien vive y cree en mí, no morirá jamás. Señor, tú que lloraste junto al sepulcro de Lázaro, enjuga las lágrimas que vertimos por la muerte de nuestra hermana, Adela Morales. Roguemos al Señor.

—Escúchanos, Señor, te rogamos —responden los asistentes.

—Tú que resucitaste a los muertos, dígnate dar la vida eterna a nuestra hermana Adela Morales...

«Qué absurdo, vivir por siempre», reniega Cristina en su interior sin atender el ritual. Vivir eternamente es como no existir, eso lo aprendió en la secundaria, al leer la fábula del árbol eterno: un árbol que por ser inmortal no necesitaba hojas para nutrirse, ni ramas para sostener las hojas, ni raíces para alimentar al tronco. Un árbol que no tenía que existir porque ya era eterno. «Sólo tú eres inmortal, Molochito», dice y se espanta una mosca de la nariz. Para colmo, no ve a ninguna de las celebridades que Adela Morales asesoraba. Únicamente reconoce a la mujer albina de pelo rojo que solloza junto al cura: la asistente que las atendió cuando visitaron a la difunta.

Sin darle oportunidad de marcharse, Cristina y Arrabal la alcanzan en cuanto caen las primeras paletadas de tierra sobre el ataúd.

—Buenas tardes, amiga. —Cristina la saluda de mano—. ¿Te acuerdas de nosotras? Somos periodistas, visitamos hace poco a tu jefa, Adela Morales, no imaginábamos lo que le pasaría.

—Sí, Olvera y Arrabal. —La albina las encara tras unas gafas oscuras, elegantes y anacrónicas—. Mi patrona esperaba verlas antes de su… de su accidente.

—Lo sé, qué horror. —Arrabal se adelanta a abrazarla—. Lo siento, no pudimos comunicarnos. Ya oímos el casete que nos dio, hay que hacer algo por Nellie, quizás no sea tarde.

—Desconozco ese asunto, yo sólo manejaba su agenda. —La albina pelirroja se acerca a un Grand Marquis púrpura y se dispone a abordarlo.

Arrabal la sujeta del brazo para retenerla:

—Hace rato usted titubeó, cuando dijo que Morales había sufrido un accidente. ¿Sospecha que pasó otra cosa?

—No lo sospecho, lo sé. —La pelirroja mira a su alrededor con recelo—. Vi los videos de seguridad del metro. La licenciada Morales quedó de ver ahí a una amiga suya, empleada de la Maestra. Eso me dijo cuando salió de su oficina.

Al momento del incidente no se ve nadie cerca, luego sale una sombra, la agarra por el pelo, la jala hacia las vías. Si vieran su cara de espanto, sus manotazos. Luego aparece el metro por la boca del túnel y destroza a mi pobre patrona. Fue horrible.

—Ya me imagino. —Cristina espanta una mosca que la persigue.

—Es triste. Lo siento, amiga, debo irme, Dios nos proteja —la pelirroja se persigna dos veces, sobresaltada de pronto, y entrega a Cristina una tarjeta—. Si me necesitas, búscame aquí, es mi nuevo trabajo.

**Lic. Maribel Frías**
León F & Asociados
Río de Janeiro 56, int. 313
Colonia Roma. Tel. 55-BAPHOMET

—¿Trabajas para este cabrón? —pregunta Cristina y la pelirroja la desoye, aborda su Grand Marquis y se aleja del cementerio.

Cristina y Arrabal voltean para averiguar qué la sobresaltó y las encara una mujer a la que sólo conocían por las noticias de la farándula. Con su sombrero de ala ancha, su falda de satín negro y su inconfundible lunar en la frente, la Felina se les acerca, escoltada por tres gorilas que parecen agentes del FBI, excepto por sus tatuajes, sus cadenas y sortijas de oro.

—Así que ustedes son Olvera y Arrabal. —La Felina las revisa con la mirada—. Según Adela Morales, que en paz descanse, una de ustedes puede ver «más allá de las apariencias», ¿es verdad eso?

—No sé de qué nos habla. —Cristina se encoge de hombros y luego contrataca—. ¿Usted fue amiga de la licenciada?

—Su clienta y su aliada. Me sacó de un apuro cuando el Abogánster retiró sin mi permiso una demanda que puse contra mi agente. Ella me hizo ver la podredumbre de nuestro sistema judicial. Se lo agradezco.

—¿Fue entonces cuando usted se cambió al Frente Democrático?

—Así es. Luego fui elegida senadora. Morales me cambió la vida, incluso interrumpí mi gira por Tabasco para asistir al funeral.

—¿Podríamos hablar en otro momento, sobre ella y sobre el Abogánster? —pregunta Cristina.

—Por supuesto que sí, visítame en el Teatro Fru Fru, estoy en mi temporada de despedida. Hay mucho de qué hablar. Adela creía que Nellie estaba viva aún. Yo no lo creo.

—Sí, es difícil, tendría 94 años.

—Exacto. Además, una bruja siempre percibe cuando nace o muere otra bruja.

—¿A poco son brujas usted y Nellie C? —interviene Arrabal con ingenua incredulidad.

—¿Dudas de mi palabra, ingrata? —La Felina entorna los ojos y el lunar de su frente se agranda mientras ella susurra su conjuro—. *¡Anachi, retscara sapor ayepora cotamo ghedolossalese!* —Un conjuro que sílaba a sílaba se vuelve zumbido: enjambre de moscas, mosquitos y moscardones que brota de la nada y envuelve en un remolino a las dos periodistas—. *¡Atscara saporsaye porasca clossalese, chaghe ghelossa!* —Ellas entran en pánico, agitan los brazos, patalean para espantarse los insectos de la cara.

Un chirrido de balatas las libera del trance.

—¡Viejas pendejas! ¿Qué les pasa? —grita el chofer de la combi colectiva que acaba de frenar, a medio metro de ellas.

—Lo sentimos, discúlpenos. —Y abordan la combi, con la mirada baja y la sensación de que las moscas aún las persiguen.

Mientras tanto, fuera del panteón, de la Felina y de sus guaruras no han quedado ni sus moscas.

Luego de una jornada muy activa en el semanario, Moctezuma se reúne con Nostradamus en el café de la Gandhi para echarse unas partidas de ajedrez rápido mientras aguarda a Cristina, que quedó de verlo ahí a las 9 p. m. Por lo general, los dos amigos reparten triunfos, pero esta vez Moctezuma anda inspirado y gana seis partidas en fila.

—¡No mánchester, pinche Moloch! Hasta parece que fumaste de la ucraniana —se queja Nostradamus cuando se cansa de perder.

—¡No soy yo, amigo! Mahakali me sopla las jugadas.

—¿Mahakali, la diosa? —se burla su compadre—. O sea que ahora, en vez del Moloch, eres el Kalimán o el Kalimolocho.

—Aunque te dé risa, compadre —se señala la cabeza—. La traigo acá desde que el Boticario la invocó. No habla mucho, por fortuna. Hace rato estaba en el semanario, escribiendo sobre el culto del «palo mayombe». No andaba muy inspirado, la neta, hasta que Mahakali metió su cuchara: «Andas mal, Moloch, el Palo fue llevado a Cuba por el pueblo congo, no por el pueblo yoruba», me dijo. Yo le di las gracias por el dato, acá en silencio, y ella me contó entonces que Yemayá, una diosa de ese culto, era su amiga íntima, «aunque a veces se porta como una cabrona». Yo solté la carcajada, nomás de imaginar sus intrigas. Mi colega Catalina volteó a verme, sacada de onda, seguro ha de pensar que me estoy volviendo loco.

—Yo también lo pienso, pinche Moloch. Sólo los psicópatas oyen voces en su cabeza.

—Depende de qué voces. El caso es que Mahakali me sugirió un plan bien chingón. ¿Has oído hablar de Nellie C, la escritora?

—Nel. Sólo conozco la casa donde vivió. Una raza del CGH quiso ocuparla hace casi un año, pero se espantaron con los gritos que se oían. No me digas que quieres explorarla.

—Me leíste la mente, compadre. Su historia es muy siniestra, me cae, la AntiKris anduvo por ahí y percibió las malas vibras. Tiene potencial para un reportaje, neta que sí. ¿Vamos?

—Agüelita de Mahakali —responde y lo perjura con la seña satánica.

Aprobado el plan, deciden organizarlo en la semana y se despiden con un abrazo cuando Cristina se asoma y le hace señas a Moctezuma para que pague la cuenta y se vayan a casa.

Más tarde, en su recámara, Cristina y Moctezuma hacen el amor con la ternura de siempre y distraídos como nunca. Cuando acaban, no platican ni dicen cursilerías. Nomás se besan, se dan la espalda y fingen dormirse para darle vuelta a sus asuntos. Cristina piensa en Adela Morales y su absurda muerte. ¿Y si estaba hipnotizada cuando se aventó a las vías? ¿Y si le llega a pasar lo mismo a ella? En estado hipnótico había cedido su cuerpo a una voluntad ajena y había olvidado, además, lo que hizo y dijo en la casa del Magno Padre. Era obvio que el obispo usaba a Rovira para influir en el Secretario General, y que ahora quiere usarla a ella para fortalecer su influjo en el círculo del Señor Presidente. «Debo consultar a la Felina, ella conoce los mundillos de la política y de la magia, creo que le caí bien».

Moctezuma, por su parte, piensa en las ventajas de estar poseído. Mahakali no sólo puso orden en su cabeza, también aumentó su capacidad para tomar decisiones atinadas, y sus consejos han sido geniales hasta ahora. Fue ella quien le advirtió el parecido entre el caso de Berenice Xirau y el de Nellie C, por la naturaleza de sus poderes y por estar sometidas a dos magos, el Altísimo Eliasista y León F, que para colmo eran aliados. «Tienes que investigar a ese Abogánster, ahora que Cristina consiguió la dirección de su despacho», murmura, «pero mejor ya duérmete, Moloch, que mañana será un día muy pesado».

Como sea, ni Cristina ni Moctezuma se preocupan por el silencio que se agranda entre una y otro. Incluso lo agradecen, como si ese espacio de intimidad fuera una virtud: una señal de su madurez como pareja, y no de su erosión, ni de su inminente tragedia.

Debido a la falta de inversiones, a los fracasos de taquilla, a las crisis de las últimas décadas, el Teatro Fru Fru ha resentido los años. El foro que en los años setenta fue el más lujoso del país, hoy apenas disimula su declive. Hay moho en su fachada, faltan barrotes en sus rejas, chisporrotea su marquesina, pero a las diez de la noche la gente ni se fija, deslumbrada por el renovado lujo de su interior: su vestíbulo, su proscenio, sus palcos. Ahí todo es flamante: los telones y las alfombras rojas, los candeleros dorados y el joven sátiro de bronce que recibe a los visitantes con la palma extendida. Hoy, tras una pausa de medio año, el Fru Fru reabre sus puertas como cabaret, ofreciendo con bombo y platillo el último *show* de la Felina, la dueña del teatro, que esta noche se despide de la farándula para concentrarse en la política.

Con boleto y pase de prensa en la mano, Cristina no sabe aún por qué vino si la Felina nunca la invitó formalmente. Para lidiar con la impaciencia, hojea el periódico a la luz de los candeleros («El PRI demandará a la PGR por allanar su sede», «El Cardenal niega acusaciones de pederastia contra sacerdotes»). La pone nerviosa estar rodeada de tantas celebridades, desde Pita Amor y Julio César Chávez hasta Ana Colchero y Carlos Monsiváis. Por eso se apresura, entre flashazos, risas y chismorreo, a cruzar el vestíbulo hasta el acceso a plateas, donde un guardia de esmoquin revisa su boleto y le pide su gafete.

—Soy reportera de espectáculos del *Unomásuno.* —Cristina miente a medias—. La Felina me concedió una entrevista para esta noche, seguro que usted está enterado.

Con cara de incrédulo, el guardia consulta su agenda, se rasca la barbilla, lo consulta con otro guardia que va y viene con el recado. Al final anuncia:

—Señorita Olvera, la señora nos ha confirmado que la espera. Hablará con usted en su camerino durante el intermedio. Disfrute mientras tanto del *show.*

Feliz por el éxito de su artimaña, Cristina le da las gracias y sube a su platea. Ahí se topa con algunos colegas, muy animados con los jaiboles que les sirvieron, cortesía de la casa. Abajo, la fiesta empieza a caldearse, animada por la Sonora Matancera, las brillantes esferas de espejos, las bailarinas *topless* en sus jaulas. Meseras de largas piernas emborrachan a los asistentes, y en el escenario canta una rumbera travesti, entre humo y palmeras de utilería: «Yo trataba a un casado / pero ya se me acabó / su mujer lo había celado / con otras conmigo no...». «Seguramente mi padre estuvo aquí alguna vez, el infeliz», refunfuña Cristina al divisar, en la platea vecina, a unos políticos con sus guaruras, todos con pistolas al cinto.

El *sketch* termina y los aplausos lo celebran. Viene luego un trío de mujeres contorsionistas que se doblan y desdoblan, se anudan y se desnudan, erotizadas por la cítara y los tambores. Al final se encienden las luces y el animador anuncia el intermedio. Más aplausos, más fanfarrias, más bullicio. Una jovencita morena con minifalda blanca se acerca y le pide que la acompañe. Cristina la sigue tras bambalinas, divertida por los esperpentos que le salen al paso: las enanas en tutú, el payaso acordeonista, la domadora de boas, el hipnotista checoslovaco.

Cuando llegan al camerino, la diva está sentada frente al espejo, con ligueros negros, botas de pedrería dorada y un corsé que exhibe sus pechos desnudos, mientras una maquillista le polvea los pezones.

—Te tardaste en volver, linda. —La Felina regaña a su edecán y luego le suplica—. ¿Puedes pasarme esos aretes? Sin ellos me siento desnuda. Gracias, linda, eres un encanto. —Luego se dirige a Cristina—. Gracias por venir a mi humilde teatro, cariño. Adela Morales me habló de ti y me enseñó el casete que tú escuchaste. Dijo que Nellie te llamó por teléfono, lo cual es imposible a menos de que hables con los espíritus.

—Quizás no fue ella la que me habló. —Cristina titubea, ofuscada por la decoración: las bombillas rojas, los marcos dorados, el enorme Lucifer de bronce que preside el camerino: un diablo de metro y medio de altura, con ojos de rubí y un falo de ébano bastante erosionado—. Quizás fue mi inconsciente. A veces me sugiere ideas extrañas.

—O quizás no quieres aceptar esa responsabilidad. No te culpo, puede ser una condena pesada. ¿No sabías que Nellie era una médium? La mejor de todas. Estuve en una de sus sesiones. Su talento fue su perdición. La buscaban algunos políticos para consultarla sobre asuntos privados, y ella se enteraba de muchas verdades incómodas. Por lo demás, Nellie no era una buena persona, no con todos. Con su hermana Gloria se portó horrible: la obligaba a salir con José Clemente Orozco para que no le faltara subsidio a la Escuela Nacional de Danza, y le volvió la espalda cuando se fugó con un enamorado. Se llenó pronto de enemigos, sus amigos se fueron muriendo, se fue quedando sola, vieja y enferma, en manos de sus criados.

—Y entonces apareció el Abogánster.

—Entonces apareció ese cabrón y sucedió lo que te contó Morales. Y eso no es lo más grave. Nellie fue utilizada por el Abogánster y mi querido Díaz Ordaz para espiar y desaparecer a sus opositores de izquierda. Nellie odiaba a los comunistas, no sé por qué, tal vez porque odiaba a Siqueiros y a la Kahlo. El caso es que ella creía que estaba combatiendo con sus poderes a los enemigos de la patria.

—Esa acusación es grave.

—Por favor, no seas cándida. Por la manera en que desapareció, la gente piensa que Nellie era una pobre inocente. No es verdad, desde niña se aficionó al ocultismo y a todo tipo de magia. A la pícara le fascinaban los hombres del poder como Miguel Alemán, y los machos a caballo como Francisco Villa. Alardeaba de que había embrujado a su padrastro para que le comprara regalos y que a los catorce años organizó su primer aquelarre. Desde niña lidió con políticos, brujos y diablos. Por eso y por sus pistolas la respeto un chingo, aunque sirviera al demonio equivocado.

—No creo en el Diablo. El Diablo fue un invento del hombre para justificar su propia maldad.

—Cariño, no vengas a darme catecismo. —La Felina suspira, hace a un lado a su maquillista—. No hablo del Diablo como la fuente de todo mal, sino al revés, del Diablo como rival de Dios, de ese viejillo misógino y represor que se inventaron los inquisidores. ¿Que Dios condena la lujuria? Ah, pues el Diablo la promueve. ¿Que Dios condena la avaricia? Ah, pues el Diablo la aconseja como base del poder. ¿Que Dios exige la fe, la esperanza, la caridad? Ah, pues el Diablo las manda al carajo. En ese Diablo creo yo, Cristina, un demonio muy cruel y divertido, pero que es un gran aliado cuando se le invoca por la causa correcta. Como mi amado Lucifer, ¿verdad que sí, Amo?, ¿verdad que sí reformaremos el país? —pregunta la Felina al demonio de bronce mientras acaricia su falo de ébano con ambas manos.

—¿Y cómo sabe usted que adora al demonio correcto?

—Eso no lo eliges, eso te elige a ti. —La Felina se levanta de su butaca y la maquillista le coloca un manto azabache, un collar de perlas, un penacho con plumas de cuervo—. El Diablo sabe dónde hay talento, lo captura, lo domestica y lo ordeña hasta secarlo. Yo lo conocí gracias a Nellie. Lo invocó a petición mía. Fue impresionante. Entre el humo hizo surgir a Azazel, un demonio bellísimo, casi renacentista, que me advirtió muy serio: «Te enseñaré a coger como Afrodita y a hacerte desear como Artemisa», y en verdad me cumplió el cabrón. Desde entonces sé cuál es mi talento y nadie puede negar que lo aprovecho. Así que no te preocupes, querida: si tienes algún don escondido, el Diablo te buscará sin que lo invoques.

—Y si me encuentra, ¿qué debo hacer?

—Como dicen en la tele: «Aléjate de él y cuéntaselo a quien más confianza le tengas» —se burla la Felina y le muestra un collar que sacó del cajón: una cadena de oro con un rubí poliédrico, engarzado en un uróboros—. Acepta este talismán, te servirá como protección contra las malas artes de tus enemigos, sobre todo cuando se hacen pasar por tus amigos, como el Magno Padre, ese degenerado.

—¿En serio me lo regala? Esto vale mucho dinero. —Cristina intenta rechazar el talismán, pero la Felina se adelanta. Primero le cuelga el talismán al cuello, luego atrae su rostro y la besa con gula en la boca.

A lo lejos, el animador proclama:

—¡Ante ustedes, damas y caballeros, invoco ahora a Ardat Lilith! ¡La esposa de Satanás y reina del danzón, encarnada en la bellííísima Felina, para quien pido un enooorme aplauso!

Suenan las fanfarrias, se encienden los reflectores, el público bate las palmas de pie y la Felina se los agradece relamiéndose los labios.

«¿Qué me pasó? ¿Cómo salí del teatro?», se interroga Cristina más tarde, empalagada aún por los labios de la Felina, mientras camina por la calle Donceles, tan sucia y peligrosa como siempre a esas deshoras.

Pronto quedan atrás la música, el bullicio, los aplausos. Cuando sale al Zócalo la envuelve una quietud inverosímil. «Nunca antes había besado a una mujer, ni tuve una joya tan cara», piensa, divertida, mientras esconde el rubí de Sobeida bajo su blusa, para no tentar a los ladrones. Frente a Catedral se mete en una cabina telefónica y saca su tarjeta para marcarle a su Moloch. Pero el timbre suena, suena sin que nadie responda. «Ha de estar todavía con Bronstein y Nostradamus. Más tarde me llamará, desde la redacción, si es que no pierdo la última salida del metro».

Luego de arreglar sus pendientes, el 13 de octubre a las 7 p. m. en punto Moctezuma y Nostradamus se encuentran en el Tower Records de la Roma y desde ahí se lanzan en la Thunderbird hasta el número 28 de la calle Ezequiel Montes, colonia Tabacalera. Ocultos tras una cabina de teléfono, esperan a que se apague la tarde, se vacíe la calle y se prenda el alumbrado, anémico como la luna. Ebrio de emoción, Moctezuma se acerca a la reja como si el mundo que le rodea fuera irreal, una puerta entreabierta al verdadero mundo. No necesita trozar la cadena. Sumiso, el candado se abre solo, clic, cuando mete la ganzúa. «Es la herencia del Fantomas», lo felicita su diabla interior, «seguramente él estaría orgulloso de ti, si te viera ahora».

Al amparo de la sombra, los amigos cruzan el jardín entre arbustos y abrojos, latas vacías y botellas rotas. Nostradamus se intimida cuando cree ver unas luces tras una ventana del segundo piso. «Mejor te espero, Moloch, desde aquí te echo aguas», dice. Su compadre nomás se encoje de hombros, sube por la escalinata hasta la puerta principal, que también se abre, clic, en cuanto inserta la ganzúa y Mahakali pronuncia muy divertida, adentro de su mente: «¡Abra cadabra, abre cabrona!».

Con la lámpara encendida y el pulso alerta, Moctezuma se interna en el zaguán. El abandono es notorio y previsible en el primer piso. Abundan los grafitis, la basura quemada, los cristales rotos. En las cortinas y en el papel tapiz, carcomido por los hongos, se advierten indicios de un incendio. No faltan los charcos lamosos donde florecen los lirios y se crían renacuajos, libélulas, mosquitos. Más funesto es ese frío que lo inunda todo, un aliento casi antártico que parece descender por el cubo de las escaleras.

En la segunda planta, tras una puerta desvencijada, no lo aguarda el abandono ni la ruina, sino el orden y el lujo. Todo luce impecable y polvoso, como recién evacuado. Pisos de madera teselada, tapices modernistas, candelabros de cristal y vitrales coloridos. Un piano blanco relumbra en la sala, entre montones de faldas, zapatillas y leotardos de ballet podridos por la humedad.

Sobre la chimenea, tras unas telarañas, cuelgan doce fotografías de Nellie C, en blanco y negro, tomadas en distintas fechas. En unas aparece sola, en otras la acompañan sus alumnas. La más conmovedora muestra a Nellie y a su hermana menor, Gloria, las dos muy jóvenes y risueñas, las dos con vestidos de gala muy mexicanos. «Méndiga Gloria, ¡qué gloriosa mujer!», suspira Moctezuma sin contenerse. «Es idéntica a tu AntiKris, excepto por las canas, ¿a poco no?», apunta Mahakali. Él nada más alza los hombros, risueño y se dispone a examinar otro retrato. Una fotografía (con el vidrio roto) que presenta a Nellie en silla de ruedas, muy anciana, disfrazada como la Hermana Blanca: con una túnica de lino, una guadaña en el puño y una corona de flores secas sobre su cráneo cadavérico. A su derecha posa un político de traje gris que Moctezuma no reconoce, y a su izquierda sonríe el fantasma de Francisco Villa: una figura semitransparente que se acomoda el bigote y mira hacia la cámara.

«¡Una foto espiritista, qué chingón!», exclama Moctezuma, dispuesto a empacarla, pero la voz de Mahakali lo contiene: «No puedes tomar nada sin pagar el precio», antes de que un ruido opaco encienda sus alarmas. «Te dije que la casa estaba poseída», murmura Mahakali en su interior al distinguir, allá arriba, unos pasos que se arrastran, tercos y disparejos. Con la piel erizada, Moctezuma se olvida de la foto y empieza a buscar un acceso al siguiente piso. Lo descubre en el rincón de un pasillo: una trampilla que al ser jalada despliega una escalera para subir al ático.

Risueñas y polvosas, arriba lo aguarda una multitud de muñecas, una colección de mujercitas artificiales, grandes y pequeñas,

de porcelana o madera, de origen chino, ruso o europeo. Torturadas con saña infantil, las hay cojas y tuertas, sin cabeza, chamuscadas, con alfileres y tornillos encajados. Si fuera malicioso, Moctezuma diría que aquí vive una bruja o un pederasta, pero luego se acuerda de que su amada AntiKris tenía una colección parecida. Un tesoro de muñecas siniestras que tiró a la basura después, cuando se puso a estudiar Letras.

Entre todas, destaca una marioneta de madera, tamaño natural, que se recuesta en una cama polvosa. Su cabeza es calva, sus labios negros, viste bata de hospital y tiene el corazón enchufado a un cardiógrafo muerto. Casi le da un síncope a Moctezuma cuando la muñeca levanta la cabeza y lo mira con malévolos ojos de obsidiana:

—¿Quién es el incauto que ha venido a profanar mi pequeño reino de miseria? —Su voz es asmática y su tono lúdico.

Paralizado por un vértigo que serpentea en sus entrañas, él quisiera pellizcarse, despertar de esa pesadilla. Al final se envalentona y responde:

—Soy Moloch. La diosa Mahakali me aseguró, acá adentro del coco, que usted estaba aprisionada en esta casa.

—¿Has venido a rescatarme, ingenuo? —La muñeca se burla con gestos de autómata—. Lástima que yo no esté aquí, o no del todo. Soy un alma pura, libre de cuerpo, un espíritu libre sin jaula que me contenga.

—¿Y por qué pena su alma, señora Nellie?

—¿Crees saber cómo me llamo? ¡Qué tierno, qué risa! Hace mucho olvidé mi nombre. En vida pasé por muchas penas y muchas alegrías. Conocí la fama, conocí el olvido. Pasé muchos años encerrada, pero no me quejo, porque a cambio de ese dolor, de ese sacrificio, sobreviví a mi cuerpo, me transformé en espíritu primero y después en una diosa.

«O en diabla, más bien», se burla por dentro Mahakali, pero Moctezuma no le hace caso y pregunta sin rodeos:

—Pues si no quiere que la rescate, ¿por qué se me aparece?

—Porque te necesito, Moloch. —Su voz se endulza, sus manos gesticulan con artificiosa fluidez—. Al llegar hasta aquí has demostrado ser sagaz, que corre sangre noble en tus venas y que has sabido atraerme con los rituales indicados. Ya no soy Nellie. Soy una parte de su espíritu, la más traviesa, la menos amargada. Puedes llamarme Sobeida, la Niña Maga de los Ritos Negros, y me he manifestado para anunciar tu destino y conducirte hacia él. ¿Crees que fue casualidad todo lo que te ha pasado? No. Se avecina sobre la tierra un reino siniestro, un dragón de doce cabezas que tú debes combatir en cuanto te vuelvas mi devoto, mi soldado, el caballero águila que salvará a nuestra nación con su espada justiciera.

—¿Yo? ¿Por qué? ¿Cómo voy a hacerlo?

—Busca al león en la casa de las brujas y el mago te abrirá el camino —sentencia y se desprende del lecho, levitando como nube de ectoplasma, un humo coloidal que fosforece y se abalanza sobre Moctezuma, lo envuelve, lo arrebuja, se le cuela hasta el alma por la boca abierta, los oídos, la nariz.

«¡Puta, mejor que un pericazo!», alcanza a decirse antes de dar tumbos por el ático, tropezar con un sillón y desplomarse por la ventana como un monigote narcotizado. Acompaña su caída un estrépito de cristales y madera rota, seguido por un alarido y un ruido seco, paf, entre los matorrales del jardín, cerca de la veranda.

—¡Qué madrazo te pusiste! —exclama Nostradamus en cuanto su compadre se recupera del golpe—. ¿Qué pasó allá adentro, qué viste, por qué saltaste por la ventana?

—No lo sé —replica el Moloch, atolondrado, sin mayor daño que un rasguño en la cara, una punzada de dolor en las cervicales y un vidrio clavado en el muslo, que se arranca de un solo tirón.

—¿No te dolió eso? Estás cabrón, pinche compadre. A ver, dame la mano, levántate y anda, como dijo Cristo.

Así lo hace Moctezuma, divertido a medias por la irreverencia de su compadre, asombrado por la ausencia de dolor. Sólo se preocupa cuando mira en su antebrazo un diseño recién tatuado que jamás se mandó hacer. «Un águila en un círculo mágico para que no olvides tu destino», le explica una voz interior, ajena a la suya y a la de Mahakali. La voz de Sobeida, la niña maga que se ha hospedado en su cráneo, con su lúdica y asmática risilla.

A esa misma hora (minutos más, minutos menos), Catalina de la Cruz continúa en su oficina de la calle Tokio, escuchando tecnocumbias mientras revisa el correo que ha llegado a la redacción durante la semana. Entre canción y canción, el teléfono timbra, timbra, vuelve a timbrar sin que nadie atienda. Entonces se activa la contestadora:

«Habla usted al *Semanario de lo Insólito,* por el momento nuestro personal no puede atenderlo; si gusta dejar un mensaje, por favor grábelo después de la señal».

—¿Por qué nunca te hallo, Bronstein? —Se queja una voz de mujer, bastante nerviosa—. Espero que escuches a tiempo este mensaje…

¿POR QUÉ NUNCA TE HALLO, Bronstein? Espero que escuches a tiempo este mensaje. Ya ni recuerdas mi voz, pero te juro que soy Berenice, tu prima la bruja, la vergüenza de la familia. Te hablo desde el Templo, estoy a salvo por ahora, mientras el Eliasista no sepa que robé su casete. ¿Lo oíste, primo? ¿Te lo dio tu reportero, tan simpático? ¿Identificaste a los involucrados? Claro que ubicas al Ingeniero M: lo buscan por la muerte del Secretario General. Pero no al Altísimo Eliasista. Nadie sabe de él, es parte de su estrategia. Lo conocí en el 90. Yo vivía en las nubes: matrimonio estable, casa en Lomas Virreyes, dinero de sobra. Lo veía tres veces por semana, cuando iba al Club España. Era muy respetado como experto en meditación, tarot, astrología y parapsicología. Nos dijeron que nació en México y creció en España, que su padre fue un banquero falangista y que se exilió en México tras la muerte de Franco. Desde la primera sesión con él, Carmenchu y yo lo veneramos. Su doctrina llenó un hueco que no pudieron tapar el cristianismo, ni el yoga, ni el psicoanálisis. Su biografía era tan asombrosa como su inteligencia. Había viajado por el Tíbet, fue amigo del Maharishi y alumno de Madame Blavatsky y, se hizo experto en psicología experimental, ciencias políticas, neurolingüística, filosofía ocultista. A los dieciocho años tuvo una visión: un ojo de fuego en un triángulo de oro solar, tres toques de trompeta y una voz que le anunciaba: «Tú eres el nuevo Elías, el profeta y mago que vino a este mundo para salvar a sus elegidos, los mexicanos, y mandar al infierno a sus enemigos, en especial a los gachupines». Nosotras le creímos, deslumbradas, y él abrió las puertas de nuestra alma para detectar nuestras fallas y fortalezas mientras nos explicaba las conexiones entre la psique y el cosmos o la diferencia entre lo infinito y lo eterno. Para rematar, nos prometió un don: el don de sintonizar nuestra mente con la mente ajena, para darles voz a los muertos y explorar el alma de los vivos. Nosotras teníamos ese anhelo y lo creíamos irrealizable. ¿Qué niña no sueña, alguna vez, que puede salir de su cuerpo y volar sobre el mar, o meterse en el corazón de su mamá para arrancarle sus penas? Desde ese día fuimos sus alumnas, sus marionetas, sus Ruiseñoras. El entrenamiento fue inhumano. Usando técnicas extremas de respiración, ayuno intermitente y castigo físico, el Altísimo Eliasista nos ponía al borde del colapso. Luego nos hipnotizaba y nos sumergía en el Atanor de Poimandres, un aparato muy sofisticado que el Altísimo diseñó junto con su nuevo cómplice, Jacobo G. Es un tanque cerrado y oscuro, donde flotábamos durante horas sin ver, ni escuchar, ni oler, ni sentir nada. Al perder todo contacto con el mundo, nuestra mente se desprendía del cuerpo y volaba. Ni te imaginas, primo, las visiones que tuve. Cada inmersión en el Atanor agudizaba mis sentidos, internos o exteriores. Por la noche, en mi cama, tomaba la mano de mi marido y paseaba por su mente como en mi casa: así encontré el teléfono de su amante, por ejemplo, que desde ese día me vio en sus pesadillas. Obvio, el

Altísimo se apresuró a exprimir nuestro talento. Nos invitaba a comer con sus amigos banqueros o sus compadres del partido, gente poderosa que hablaba de negocios con él mientras nosotras acechábamos su pensamiento. Algunos intentaban seducirnos, como el padre Jacques Ch, un jesuita al que llamaban «el mago de las finanzas». Una vez tomó mi mano, con maliciosa cortesía, y yo se lo permití durante algunos minutos, aprovechando su contacto para colarme hasta el interior de su mente. Adentro descubrí un torbellino de datos, cifras en dólares, reservas de oro, índices económicos, curvas estadísticas y ecuaciones matriciales que el padre empleaba para predecir las fluctuaciones de la bolsa. Cuando se lo confié, el Altísimo Eliasista habló con sus amigos banqueros, ellos se frotaron las manos y con los datos que le robé a Jacques se llenaron los bolsillos de dólares. No me escandalizó esa triquiñuela porque creí que su intención era noble: construir el Templo Espiritualista Gnóstico: una iglesia consagrada a divulgar las enseñanzas del profeta Elías, además de sanar el cuerpo de sus adeptos y potenciar su mente. Pero detrás de ese propósito se escondía uno más siniestro: fundar una cofradía aristocrática, casi secreta, consagrada a la Hermana Blanca, la Sombra del Demiurgo, a la que temen todos los dioses y obedecen todos los diablos. A través de esa cofradía, el Eliasista quiere ofrecer una alternativa espiritual para las clases poderosas y formar espiritualmente una generación de políticos enérgicos que tome las riendas de nuestro país. Lo sospeché desde que el Altísimo me presentó a León F. Me extrañó la franqueza con que hablaban de sus negocios delante de mí: un esquema piramidal de donativos, inversiones y préstamos ilícitos. Casi grité al descubrir que no

sólo hablaban de dinero, también de vidas y almas humanas, sí, como lo oíste en el casete. Luego se lo reclamé, claro, y el Altísimo se echó a reír: «¡Qué más da cuántos mueran, Berenice!, ¡yo mismo he muerto dos veces!». No supe cómo interpretar esa frase. Lo prodigioso es que su plan funcionaba. Había fundado templos en Puebla, Guadalajara y Monterrey. Su reputación se extendió en secreto entre la clase adinerada. Carmenchu y yo fuimos nombradas Ruiseñoras, por nuestras dotes para dar voz. Nos hizo grabar videos promocionales, organizó eventos y demostraciones en colegios y clubes sociales, en el Tec y la Anáhuac. El Altísimo estaba tan contento que un día me dio un regalo: «Tomad con vuestras manos mi cráneo, Berenice, para que me conozcáis por dentro». Yo pensé que bromeaba, él insistió. Entonces comprobé que de verdad había muerto y resucitado en dos ocasiones. Vi en su mente la carta diplomática firmada por Benito Juárez en 1857, con la foto del Altísimo, su huella digital, su nombre y un dato insólito: El Altísimo había nacido en la ciudad de México en 1812, ¡o sea que tiene 182 años, repartidos en tres vidas!, ¿puedes creerlo? Vi al primer Eliasista, nieto de una judía que vino a la Nueva España porque acá iba a nacer el Mesías, y primogénito de una otomí que descendía de la tribu perdida de Israel. Vi su devoción temprana, sus estudios en el seminario, su desencanto al descubrir los crímenes que cometió la Iglesia católica durante la Colonia, su paso por las logias masónicas, sus estudios de teología para fundar su religión: una fe mexicana, que no dependiera de los imperios europeos. Vi cuando el profeta Elías le revelaba el primer gran secreto, el Secreto de la Transmigración, que permite a las almas migrar de cuerpo en cuerpo. Vi cuando se cortó

las venas, en 1879, delante de sus seguidores, convencido de que burlaría a la muerte. Y presencié su renacer en París, cuatro años después, como hijo de obreros anarquistas. Este segundo Eliasista estudió desde niño con León Denis, el filósofo espírita, y fue amigo del joven Francisco I. Madero. Trabajó con los ocultistas nazis durante la guerra, y después con los soviéticos. Allá hizo equipo con unos parapsicólogos y diseñó la Transmigradora Ectoplásmica, una máquina neuroelectrónica que extrae la psique de un cuerpo y la transfiere a otro. El primero en usarla fue Stalin, el dictador ruso, cuando transfirieron su alma al cuerpo de su sucesor. Como sabía que lo iban a ejecutar para que no divulgara el secreto, el segundo Eliasista se suicidó de nuevo, siguiendo el ritual, y de nuevo bajó Elías en su carruaje de fuego, lo transportó al mundo de los espíritus y le reveló el segundo secreto, el retorno de la Hermana Blanca. El tercer Eliasista nació en México, el año de 1956, pero fue criado en Madrid por una familia de banqueros, castellana y falangista. Rodeado de privilegios, vivió muchos años sin recordar sus orígenes. Cuando se derrumbó el franquismo, el profeta Elías despertó la memoria del joven Eliasista. Comprendió entonces que debía abjurar de su fe y de su apellido, volver a México y concluir acá su misión espiritual. Su historia me apabulló, es verdad, y despertó mi codicia. Me propuse seguir su ejemplo, redoblar mi esfuerzo como Ruiseñora, para que Elías y la Hermana Blanca me dieran sus poderes. Cuando se inscribían nuevos adeptos, yo revisaba telepáticamente su biografía, sus sueños, sus defectos. Las personas que yo elegía eran interrogadas luego por el Altísimo. Las hipnotizaba, las hacía ver videos muy violentos, de torturas y de masacres, luego las metía en el Atanor de Poimandres. Casi siempre acababan llorando, sin saber que habíamos robado sus secretos, para sobornar su obediencia con ellos. A los rechazados yo les borraba lo ocurrido de la memoria, y a los demás, el Eliasista les ordenaba traer más candidatos. Para entonces nuestra vida giraba en torno al Templo. Incluso mi marido, recién convertido, se obsesionó con reclutar más creyentes y más benefactores para obtener un mayor poder espiritual. Nuestros familiares se alarmaron con nuestra devoción. Vaya escándalo que hicieron cuando donamos nuestros bienes al Templo y saqué del colegio a mi hija para que la educara el Altísimo. Poco después me dio el primer ataque de horror. Una especie de epilepsia que me tortura luego de mis visiones, de curar enfermos o de viajar a otras dimensiones de la realidad. Entre más uso mis poderes, más se daña mi sistema nervioso. Me dan vértigos, mi visión se hace borrosa, mis piernas se niegan a moverse. Aun así, me aferré y allané la mente de mi esposo, la del Abogánster y la de los texanos Ernie y Roy. Descifré entonces su estrategia: formar un ejército de Ruiseñoras para mantener vigilados a sus enemigos, entrenar sicarios por medios psíquicos para desatar el caos y propiciar una alianza del narco con algunos grupos del PRI y del ejército. Ya han soltado muchos demonios al mundo, como Rofocale, Astaroth y Baphomet. Ahora planean despertar a Scheva, la Hermana Blanca, la Santa Muerta. Quieren su poder para manipular al presidente en turno, imponer o destruir candidatos, corromper jueces, traficar drogas y personas. «Entre más cerca estéis del poder, más cerca estaréis del infierno», eso dice el Altísimo, como si pregonara la gloria. De algún modo se dio cuenta de mis dudas, de mi miedo, y me encerró en el sótano de la Basílica, con permiso de mi esposo, sin importarle mis súplicas, ni mi salud, ni los favores que le hice. Aquí me dopan todo el día, porque les soy útil, y a veces consigo que mi mente escape y capture otras mentes. Poseí a Carmenchu para que hablara con tu reportero y hoy poseí a la joven Nave que se encarga de cuidarme, para que se colara al despacho del Altísimo y te hablara por teléfono. Ni te imaginas cómo va a quedar mi cuerpo después de estas andanzas. Por eso te busco, Bronstein, para que me creas y adviertas al mundo del peligro que corre. Si tú no me haces caso, ¿quién más podría creerme? Ay, no. Tengo que irme, reza por mí, adiós.

## LA CEREMONIA

Abrazada a su novio (que ronca como un bendito), Cristina Olvera Báez no puede dormirse. Durante la cena hablaron de su trabajo, de sus investigaciones. Moctezuma se emocionó al enterarse de que ella estuvo en el camerino de la Felina. Y Cristina se traumó en serio con esa muñeca que él vio en la casa de Nellie: esa diabla calva, ojos de obsidiana, que lo espantó y lo hizo saltar por el ventanal. ¿Era una aparición de verdad, o un delirio como los que ella padece? ¿Lo había contagiado Cristina con su locura, o es verdad que una entidad le transmitió un augurio telepático? Le duele pensar que su novio está delirando, pero le aterra aceptar que él *realmente* vio lo que cree haber visto: el espíritu de Sobeida o una diabla maliciosa que poseyó su alma.

Otra espina le duele más. ¿Cómo juzgar loco a su novio, después de lo que ella vivió? Al platicarle sobre el cristianismo espiritista de Marifer y la devoción satánica de la Felina, Moctezuma le creyó todo, emocionado por saber que combatían juntos en una batalla entre poderes metafísicos. Excitados, se hicieron el amor con furia dionisiaca y deseo pandemoniaco. Ya pasaba de medianoche cuando se rindieron de cansancio y Moctezuma se hundió en un letargo profundo, que lo hacía balbucear entre ronquido y ronquido.

El reloj marca las 4:45 a. m. cuando el timbre del teléfono la levanta de la cama, amodorrada.

—¿Cristina? —Marifer Rovira la saluda con el aliento agitado—. Discúlpame, sucedió algo y necesitaba hablarte.

—No se apure, ya estaba despierta. Dígame para qué soy buena.

—Soñé con el Secretario General y contigo. —Marifer suspira—. Que lo veía en el pasillo de mi casa. Me informaba que se iba de viaje y que había dejado encerrada a Nieve en su estudio. Me pidió que la liberara, porque él no podía volver. Nieve era una perrita blanca que él tenía de niño. Así que yo fui a su casa, muy obediente, y entré a su estudio. No era Nieve la que estaba ahí, Cristina, eras tú, tirada sobre el piso, temblando como en casa del Magno Padre. Quizás asocié el nombre de Nieve con el mechón tan lindo de tu pelo, el caso es que al despertar decidí llamarte.

—No se preocupe por mí, Marifer. Agradezco su confianza.

—¿Cómo te sientes, Cristina? Ese día te pusiste mal, nos asustamos mucho.

—Estoy mucho mejor, gracias por llevarme a un hospital de verdad. En el Seguro Social me hubieran tratado con aspirinas.

—Me alegra que estés bien. Me dará mucho gusto verte el viernes, cuando hagamos la entrevista. No olvides que ese mismo día realizaremos la ceremonia para invocar al Secretario General.

—Lo tengo en mente. Sólo quiero decirle una cosa. No estoy muy contenta, la verdad. Aquel día, el Magno Padre me hipnotizó sin mi permiso.

—No digas eso, Cristina. Yo estuve ahí. Tú estabas consciente de todo, también tu amiga. La verdad es que el Magno Padre te respeta y admira mucho. ¿No lo oíste? Te ve como a una santa, casi. Con decirte que habló de ti con el Señor Presidente. Quiere conocerte en persona.

—¿El presidente? ¿Por qué quiere verme?

—Supo de tus dones psíquicos. No cualquiera puede canalizar a los espíritus con la claridad que lo hiciste la otra vez. También participará en la ceremonia, por supuesto.

La noticia atolondra a Cristina. En la campaña presidencial de 1988, ella votó por el candidato opositor y se sintió defraudada cuando el Señor Presidente proclamó su triunfo, luego de una maliciosa falla en el sistema informático electoral. Pero no podía negar que, una vez en el poder, el Señor Presidente había atraído la confianza de muchos mexicanos gracias a su programa Solidaridad y a sus contundentes muestras de mando, como el arresto del líder del sindicato petrolero. Por eso, aunque titubea un instante, entiende que no puede desaprovechar la ocasión para conocer a un protagonista de la historia mexicana reciente, que incluso aspira a dirigir la Organización Mundial de Comercio.

—De acuerdo —responde luego de un rato—. Será un privilegio. Nos vemos el viernes a las 12.

—Dios te bendiga tanto, hija mía —dice Marifer y cuelga.

Cristina sonríe, ya más serena, y se mete al baño para darse una ducha y ponerse a divagar. Justo con esas mismas palabras («Dios te bendiga tanto, hija mía»), se despedía su madre, doña Arcángela, cuando todavía se procuraban por teléfono. O sea, antes de que Cristina cometiera tres pecados: *a)* vivir con su novio sin casarse por la Iglesia, *b)* trabajar en un periódico «comunista» y *c)* mudarse a una colonia tan lumpen. El primer paso debería darlo Cristina: bajarle a su orgullo y visitar a su madre. Enterarse de su vida, ponerla al tanto de la suya, mostrarle que se puede vivir con decencia sin amarrarse a ninguna religión. «Tengo que llamarle uno de estos días, cuanto antes», piensa y se escandaliza con la idea de que tal vez entonces sea muy tarde.

Cuando sale del baño, concluye que su plan de reconciliación podría funcionar, siempre y cuando doña Arcángela no escuche las rolas que Moctezuma ha puesto para hacer el desayuno:

*Live like an angel, die like a devil*
*Got a place in hell reserved for me...*

Entre *riffs* de guitarra eléctrica, nubes de vapor y crepitar de llamas, su diabólico Moloch la recibe en la cocina con unos sopes tlaxcaltecas, olorosos a ajo y nenepil, listos ya para servirse.

—Buenos días, mi rey, ¿amaneciste con hambre?

—Buenos los tengas, mi reina. —Le da un beso—. No te hagas: tú eres la antojada, anoche me mordiste retesabroso, sobre todo la nalga. Nomás vieras mis moretones. Por eso desperté y me dije, «seguro mi AntiKris trae ganas de carne, por eso anda de caníbal».

Cristina se ríe y de puro contento le pide otro beso antes de servirse un atole de masa con piloncillo. En momentos así, sentada frente a esos dos sopes que colman su plato (con su cebolla, su repollo, su salsa roja), le parece innecesaria, casi blasfema, la existencia de otros mundos. Y se dispone a desayunar con devoción, agradecida con los dioses ocultos que inventaron los sopes y el atole de masa.

Para Moctezuma López Chew (y para otros) el humor de su AntiKris es un enigma. Con una notable excepción. Cuando al mismo tiempo se pone triste, seria y risueña, seguramente piensa en su madre. Triste porque no se hablan, seria porque doña Arcángela no tolera sus ideas, risueña porque la extraña. En cambio, cuando Moctezuma evoca a su madre, Marina Chew, un escalofrío lo electriza. Qué mujer tan estricta y árida, acaso por ser huérfana, adoptada por unos chinos que vinieron de Sinaloa. «No hay tiempo para divertirse cuando trabajas en un restaurant chino», solía decir para justificar el rigor y la estrechez con que educó a sus hijos, en semiausencia del padre.

«Dos huérfanos somos, la AntiKris y yo, aunque no tan desamparados como Nellie», concluye cuando llega al semanario y se sienta frente a su Printaform. Desde la otra noche, cuando incursionó en la casa de Nellie C, sus diablas interiores no paran de discutir sobre el destino que merece su carcelero, el Abogánster, el defensor del Ingeniero M, del Chacal y presunto asesino de Adela Morales. «Si alguien merece morir es el Abogánster», opina Sobeida. «No vale la pena, qué tal si nos pega la rabia», la contradice Mahakali. «¿Por qué defiendes a ese maldito hechicero?». «¿Y tú por qué lo odias tanto? ¿Será por despecho?». «¿Despechada yo? Nada que ver, era Nellie la que lo amaba, a mí me daba miedo, ¿sabías que es inmune al dolor? ¡No le teme al infierno porque el fuego no le hace ni cosquillas!».

Sin atender esa cháchara, Moctezuma se truena los dedos, enciende la máquina y escribe de un solo tirón su artículo:

Nellie en la mansión de las muñecas. Una especie de crónica urbana narrada en tercera persona, donde insinúa que el domicilio de la escritora está poseído por su fantasma.

—Buenos días, precioso —lo saluda Catalina en cuanto llega al cubículo—. ¿Ya hablaste con Bronstein?

—No lo he visto, ¿por qué?

—Porque antenoche nos llamó tu amiga, la Ruiseñora gnóstica. Grabé su llamada, tiene bonita voz esa bruja.

—¿En serio? No manches, deja lo busco. —Moctezuma se pone de pie y se lanza a la dirección, donde el jefe está reunido con el Watson Bolaños y el Boludo Finchetti.

—Buenos días, Moloch, qué bueno que llegaste. —Bronstein lo encara con ojos de sonámbulo—. ¿Ya te contó Catalina? Berenice mandó un mensaje muy cabrón. No sé qué hacer —confiesa y sin mayor contexto reproduce el casete de la contestadora.

Con atención, Moctezuma evalúa cada palabra y cada inflexión en la voz de Berenice. Los datos que aporta sobre los rituales gnósticos encajan con los que él recolectó en su visita al Templo y con el diálogo telefónico entre el Altísimo Eliasista y el Ingeniero M. Esa doble coincidencia podría validar las delirantes conjeturas de Berenice: que el líder del Espiritualismo Gnóstico es la reencarnación moderna del primer Eliasista, el fundador original del Espiritualismo Mariano, y que detrás de su culto se forjó una conjura para mermar el poder del PRI y la Iglesia católica. Una conjura que implicaría aceptar la existencia de otra vida más allá de la muerte y de otras facultades más allá de nuestros sentidos.

—Tal vez miente, tal vez no —especula el Watson Bolaños—. La grabación no tiene valor judicial ni periodístico, a menos que le pongamos mucha imaginación.

—Podríamos darle un retoque —propone Finchetti—. Le ponemos un pseudónimo a Berenice, ubicamos al Templo en algún rincón del Caribe. Hasta podríamos vender la noticia a alguna agencia de noticias paranormales.

—No jodas, mi amigo. —Bronstein suspira y enciende un cigarro—. Mejor la dejamos así. Ya cumplí con el encargo de la televisión española. Mandaré los datos que juntó Moloch, la transcripción de las cintas y asunto concluido. A mi prima no sé cómo ayudarla, a menos que alguien vuelva al Templo para explorarlo a fondo. ¿Quién se anima? El Moloch ya no puede. Ya lo tienen bien fichado.

Nadie responde. Luego de un rato, Moctezuma toma la palabra:

—Entiendo el punto, jefazo. No podemos publicar las declaraciones de Berenice porque la juzgarían loca o la pondríamos en peligro. Pero sus datos pueden servirnos para investigar por otro lado. —En ese momento coloca encima del escritorio las cuartillas que acaba de escribir—. A propósito, aquí le traigo mi nuevo artículo.

—A ver. —Bronstein toma el texto y lo revisa por encima—. Me encanta el titular, Moloch. Voy a consultar a mis abogados por si hay broncas legales para publicarlo.

—Chingón, jefe. El asunto es que Berenice menciona en la cinta a un personaje que también intervino en el caso de Nellie C: León F, el Abogánster. Hace poco, una abogada le pasó a mi novia esta tarjeta. Aquí viene la dirección de su bufete. Pienso irlo a buscar, aunque ese cabrón anda ahorita en Brownsville.

—¿Río de Janeiro 56? —Catalina se adelanta y toma la tarjeta—. Yo conozco ese lugar, claro que sí. Es la famosa Casa de Brujas. Un edificio gótico del siglo XIX. Ahí atendía Pachita, una curandera muy famosa en los sesenta. Se rumora que Jacobo G tiene un laboratorio ahí.

«Te lo dije, Molocho», le recuerda Sobeida, «busca al león en la Casa de Brujas y el mago te revelará el camino».

—Un lugar lindo, pero siniestro —apunta Finchetti—. Parecería un edificio de oficinas si no tuviera más seguridad que un banco. A veces juego ajedrez en el café Capablanca, que está justo al lado. Te juro que nunca en mi vida he visto entrar ni salir a nadie de ahí, sólo a los guardias.

—Genial, genial. —Bronstein se frota las manos y se agudiza su voz de soprano—. Si ya escribiste un texto sobre Nellie C, podrías hacer una serie sobre edificios hechizados. ¿Cuándo piensas visitar la Casa de Brujas?

—Puedo ir el viernes, tengo la noche libre —responde Moctezuma—. Ese día mi AntiKris va a entrevistar al Señor Presidente.

—Perfecto. Pues no te quedes atrás. Si entrevistas a Jacobo G te duplico el salario. Anda muy misterioso, seguro trae algo entre manos.

—Voto porque dejemos de especular y vayamos al café Capablanca —propone Finchetti—. Así, Moctezuma explora el terreno y nosotros jugamos unas partidas. La cerveza y los fiambres están de lujo.

—De acuerdo —concluye Bronstein—. Yo los llevo y los traigo, no quiero que se desbalaguen antes de la salida.

La propuesta es aclamada y veinte minutos después la combi más *cool* del planeta se dirige por la Portales rumbo a División del Norte. Contra todo pronóstico, Bronstein no pone rolas cursis en el radio y sintoniza las noticias de la tarde. Los ciento cincuenta mil latinos que marcharon contra el gobernador de California, las negociaciones de la ONU para dar fin a la guerra de Angola, la propuesta soviética para levantar el embargo a Irak. Sin atender el radio ni las miraditas de Catalina, Moctezuma observa la ciudad como si fuera otra: como si debajo de lo real se escondiera una ciudad de espíritus, fantasmas y demonios en perpetua pugna. Sus temores se confirman cuando pasan frente a la Casa de Brujas y Catalina lo pone en alerta:

—¡Mira, Moloch! ¿No son esos los tipos que te expulsaron del Templo? —Y Moctezuma reconoce el uniforme y el emblema de los guardias: el Ojo de la Sabiduría inscrito en un triángulo de luz.

—Esos meros, los pinches Guardias Custodios —refunfuña él.

«Algo feo pasa ahí si lo vigilan esos cabrones», le advierte Mahakali por dentro y Sobeida añade, emocionada: «¡Sí, hay que armar un buen plan para meternos en la cueva del león, en la guarida del mago!». Y por esta ocasión, Moctezuma está de acuerdo con ambas.

Para Cristina Olvera Báez el humor de su novio es casi siempre un enigma, con una notable excepción. Cuando Moctezuma la despide con un beso en la mejilla (y no en la boca) es seguro que él está encabronado con algo o con alguien, con algún vecino o con la vida en su conjunto. Como hace rato, cuando la llevó en la Thunderbird al restaurant La Ópera. Se le notaba la impaciencia por dejarla ahí cuanto antes y correr a arreglar algún asunto. No se preocupa demasiado. Por regla general, a Moctezuma le duran poco esos corajes y muy rápido recupera su jovial desenfado.

Como es habitual a mediodía, La Ópera está colmada por una prolija clientela que come, bebe, fuma y charla. Un bullicio muy discreto, que permite convivir con los amigos sin alzar la voz y sin que nadie los grabe a escondidas. Que se reunieran ahí fue la condición que puso Ernesto V, el Tecolote, para verse con ellas. «Les invito unos caracoles y unas cervezas si ustedes me cuentan ese chisme del Magno Padre», les propuso. Y Cristina cumple su parte entre trago y trago, caracol y caracol.

—Puta madre, pensaba que los espíritas se habían extinguido —dice el Tecolote cuando Cristina termina de contar su encuentro con Rovira y el Magno Padre—. Como ustedes saben, Francisco I. Madero trajo esa moda de París y la cultivaron algunos de sus seguidores. El más entusiasta era Plutarco Elías Calles. Cada sábado se reunía en el Centro de Investigaciones Metapsíquicas con sus compadres espíritas, Luis Morones, Miguel Alemán, todos ellos. Ahí invocaban a Carranza, a Obregón y a otros difuntos, para consultarlos sobre asuntos de gobierno.

—¿O sea que los espíritus provocaron la guerra cristera? —Arrabal se ríe con cara de asombro.

—No lo dudo. —Hace una pausa, se acomoda las gafas, prende un cigarro—. Mira, los espíritas de aquellos años eran muy jacobinos y anticlericales. A la Iglesia la veían como una traba para modernizar el país, por eso la persiguieron. Creían que los tzotziles, los otomíes, los chontales eran unos «bárbaros» y se propusieron «civilizarlos». También persiguieron a los comunistas, obviamente, con ayuda de la fuerza pública y las ciencias ocultas. Por supuesto, no todos los revolucionarios fueron espíritas. Siempre hubo y habrá otros más «barrocos». Como los priistas de vieja escuela que van ahora a Catemaco, que procuran a los brujos para adquirir poderes, ganar elecciones o combatir a los enemigos políticos.

—Ay, Ernesto, pareces una enciclopedia. —Arrabal se ríe con una familiaridad que intriga a Cristina. Es obvio que entre su amiga y el Tecolote hay un vínculo complejo, quizás más peligroso.

—Pues hoy los espíritas no parecen peleados con la Iglesia —interviene Cristina—. Al contrario. Ahora sus enemigos son otros: los priistas «barrocos» que van con los brujos, justamente.

—Puede ser, Cristina, no lo había visto así. —El Tecolote le sonríe con simpatía—. Para mí la bronca es más vulgar: los priistas se están peleando por el botín del narcotráfico.

—¿En serio? ¿También la Iglesia?

—También. Donar dinero sucio a la Iglesia es la mejor manera de lavarlo. Es un secreto a voces que Juan Pablo II recibió dinero de la mafia italiana para liberar a Polonia de los comunistas. El asesinato del cardenal Posadas fue un claro mensaje de los narcos y sus brujos para amedrentar a la Iglesia y sus curitas. A fin de cuentas, el narco y el brujo son versiones salvajes del empresario y del cura. Como van las cosas, los satánicos pronto darán misa en la Catedral, y los narcos impartirán la justicia en este país, aunque lo harán a su manera…

—Si detrás de los políticos de Tamaulipas están el cártel de Matamoros y sus brujos. ¿Quién está detrás de los tecnócratas?

—Su brazo religioso es la Iglesia. Su brazo criminal, los cárteles de Juárez y de Sinaloa. —El Tecolote apaga su cigarro y se toma un respiro—. El problema no son las alianzas concretas, es la eterna confabulación entre la religión, la política y el crimen.

—Ellos no son el Dragón, son sus cabezas, nada más.

—Exacto, Cristina. —Para felicitarla por su conclusión, el Tecolote toma su mano y Cristina se estremece—. El mal es una hidra. Un monstruo creado por el capitalismo. Le cortas una cabeza y salen dos.

—¿O sea, Ernesto, que estamos ante el fin del capitalismo, el fin de la Iglesia? —Arrabal pone cara de zozobra.

Cristina no atiende la respuesta del Tecolote. El contacto de sus manos ha alterado sus sentidos. Puede ahora mirar sus ideas, sus recuerdos, sus emociones. Imágenes que emanan de su cráneo, translúcidas como las olas de un estanque, con escenas sueltas de su vida. Cuando pegaba carteles del Partido Comunista en la puerta de Catedral. Cuando impartía clases de periodismo en la UNAM. O cuando chillaba en un sótano, desnudo y con mordaza, torturado por dos agentes federales. «Quizás así conoció a mi papá, por eso recela de mí», supone cuando el Tecolote se calla, apaga su cigarro y pone la mente en blanco. «¿O percibió que lo estaba leyendo?».

—¿Cómo estás, amiga? —Arrabal la sacude del brazo—. Te quedaste callada, mira qué pálida estás.

—No pasa nada, estoy bien —Cristina balbucea, luego sonríe—. Creo que se me subió la cheve.

—Te comentaba, Cristina, que debes tomar una decisión. —El Tecolote prende otro cigarro y termina su cerveza—. Si le sigues el juego al Padre y a la Rovira, a lo mejor consigues revelar el sucio contubernio entre la Iglesia y el Estado. Pero también puedes rechazar su invitación. Escribes sobre otros asuntos y evitas meterte en líos.

—Lo pensaré, maestro.

—Otra cosa. —El Tecolote saca del bolsillo una caja de metal negra—. Por si las chinches, conecta este aparato a tu línea telefónica. Si te llegan a amenazar, podrías grabar sus llamadas.

—Gracias, maestro, así lo haré. —Cristina guarda el aparato en su bolso y se termina su cerveza.

—¿Otra cheve? —pregunta él con la mirada avispada y Arrabal acepta porque adora la compañía y la plática de su amiga y su profesor. Más serena, Cristina pide un café para despabilarse, para analizar con atención esa experiencia: haber vislumbrado, con sus antenas psíquicas, el interior de ese personaje, militante y periodista tan admirado por Arrabal. Quizás no sea mala idea desarrollar ese don, seguirle la corriente a Marifer y al Magno Padre, convertirse en un Vaso Espiritual, en una Ruiseñora capaz de ceder su voz a los muertos y de explorar el alma de los vivos. ¿Qué puede salirle mal, si se cuida?

—A propósito, Javier, ¿supiste lo de *El Mañana* de Nuevo Laredo?

—Sí lo escuché, Carmen, estuvo bueno. Pero cuéntalo tú, para que se enteren nuestros queridos radioescuchas.

—Pues resulta que ayer ese diario reveló algunos detalles sobre la carrera del Ingeniero M, presunto asesino intelectual del Secretario General. Lo más escandaloso fue su presunta amistad con un senador que antes fue gobernador de Tamaulipas, entre el 75 y el 81.

—Su sexenio estuvo movido, ¿no? En esos años se consolidó la leyenda negra de Tamaulipas.

—¿Te acuerdas? Se decía que el exgobernador era pariente político del famoso capo Félix Gallardo. Lo cierto es que a partir de entonces el narco empezó a controlarlo todo: la policía, las presidencias, las diputaciones, incluso la Universidad de Tamaulipas, donde se infiltraron para perseguir opositores. Pues bien, en ese contexto, *El Mañana* afirmó hoy que el

Ingeniero M aprovechó los vínculos del exgobernador con el narcotráfico para impulsar su carrera, enriquecerse y eliminar a sus rivales.

—¿Y qué cara puso el senador? ¿Se quedó callado?

—Obviamente no, Javier. Hace unas horas, el exgobernador se apresuró a desmentirlo todo. Negó ser amigo del Ingeniero M y tener vínculos con J García, jefe del cártel de Matamoros. A este narcotraficante, por cierto, también se le acusa de financiar el asesinato del Secretario General, lo malo es que nadie lo ha visto en los últimos meses, a pesar de que lo busca la Interpol por todo el mundo.

—Son acusaciones severas, como se ve. Lo insólito, no sé qué pienses, es que no fueron formuladas por la oposición, sino por funcionarios priistas…

—Así es, Javier. El exgobernador lo reconoció, pero sostuvo que el partido está más fuerte que nunca, que siempre han dirimido sus diferencias mediante el diálogo. También afirmó que, por las acciones de un solo legislador, no podemos juzgar que todos los tamaulipecos son delincuentes…

Como si anduviera crudo, Moctezuma trae en la cabeza un revoltijo de hipótesis y dudas. Lo más fácil sería ir a la Casa de Brujas y presentarse ante los guardias como un reportero interesado en escribir sobre el edificio y sus leyendas. Pero sus brujas interiores no están de acuerdo. «¿Estás loco, Molocho? Los Guardias Custodios te tienen en la mira, si te acercas van a quebrarte», le advierte Mahakali. «Más vale pedir perdón que permiso», opina Sobeida: «Observa de lejos el edificio, sus turnos de vigilancia, traza un plano mental y entramos luego a la mala». Por eso anda tan callado cuando se despide de Cristina frente a La Ópera: porque la cháchara de sus demonias interiores apenas lo deja pensar.

Para dejar de oírlas, Moctezuma se pone los audífonos, escucha un disco de Darkthrone y se sube a su moto. Ha decidido que debe consultar al Boticario: no le sentaría mal un hechizo preventivo antes de tomar cualquier decisión. Así que le pica las espuelas a su moto y galopa hacia la Roma evitando el Centro Histórico, que se puso histérico por los manifestantes que tomaron el Zócalo. Un día antes, el Subcomandante Marcos declaró que había recibido una carta del Sucesor Presidencial, y que no veía señales de paz sino provocaciones y calumnias contra los zapatistas. En respuesta, miles y miles de personas de todo el país se congregaron frente a Palacio Nacional para corear *¡Todos somos Marcos! ¡Todos somos Marcos!*, y mover el esqueleto al ritmo de un ska zapatista: «¡A defender la dignidad / gritando fuerte / ¡Tierra y libertad!».

—La patria está caliente, espero que no se incendie. —El Boticario Cagliostro deja de leer el periódico y saluda a Moctezuma—. Bienvenido, querido Moloch, me alegra verte, ¿para qué soy bueno?

—Buen día, maestro, disculpe por no avisarle. —Moctezuma se sienta frente a la barra—. Traigo varias dudas en el coco y creo que sólo usted puede resolverlas.

—Cuéntame, Moloch, te escucho.

—¿Se acuerda que el otro día evocamos a Scheva y que Mahakali aceptó protegerme? —El Boticario afirma con la cabeza—. Desde ese día traigo su voz acá en la sesera. Me da ideas y me regaña, ¿es lo normal?

—No es normal, por supuesto, pero fue el precio que se fijó en tu pacto. Y no será la única voz que vas a oír. Cuando un demonio se mete en una persona, deja abierta la puerta para que otros demonios entren y se instalen en el alma del poseso.

—¿Y tendré que aguantar esas voces siempre?

—No, claro que no. Sólo hasta que cumplan su objetivo. En tu caso, hasta que Cristina y tú queden fuera de peligro.

—Entiendo. —Moctezuma se rasca la nuca—. Una última duda. ¿Qué sabe de los caballeros águila?

El rostro del Boticario se contrae, intrigado.

—Nada en claro. Hay varias versiones. Unos dicen que son pistoleros de élite que el cártel de Matamoros entrena mediante artes ocultas. Otros dicen que son sicarios de otro nivel, con ideales profundos y misiones más sutiles. O que son simples mercenarios, sin sentimientos ni principios éticos. Unos afirman que quieren cambiar la historia a costa de su vida. Otros, que sólo buscan el poder por el poder. Se rumora que uno de ellos mató al Candidato Oficial y otro al Secretario General. No lo dudo ni tantito.

—Eso me preocupa, maestro. —Moctezuma se quita la chamarra y le muestra su antebrazo—. Mire. Este tatuaje me salió la otra noche, cuando visité la casa donde vivió una escritora vidente. Se me apareció su fantasma, dijo que se había transformado en una maga llamada Sobeida, y me anunció que yo sería un caballero águila a su servicio.

—Eso sería un gran honor, o una gran tragedia, según se vea.

—Cuál pinche honor. Si eso es verdad, me recae que renuncio. No hay ningún ideal por el que valga la pena matar.

—¿Por eso viniste, para esconderte de tu destino?

—No. Vine porque quiero conjurarlo, frente a frente, y creo saber dónde hacerlo. ¿Ha oído hablar usted de la Casa de Brujas?

—Claro. Ahí vivía la bruja Pachita, esa impostora. Ahí trabajaba también Jacobo G, ese charlatán.

—Y ahí mismo tiene sus oficinas León F, el Abogánster que mantuvo encerrada a Nellie C…

—…y que está relacionado con el Altísimo Eliasista y el Templo Gnóstico.

—Así es. Quiero entrar ahí y ver qué asuntos maneja ese Abogánster. Por eso vine, para que usted me proteja con algún hechizo de los Guardias Custodios que vigilan la casa.

—De tal palo, tal astilla —dictamina el Boticario y empieza a revolver cajones—. El Fantomas también me buscaba cuando iba a realizar un atraco peligroso, yo le daba… deja busco… mira, ya lo encontré. —Le muestra una pelotita negra, hecha de un material viscoso—. Esto necesitas: un ojo de cuervo. En la Edad Media lo comían los espías turcos para hacerse invisibles y cruzar las líneas enemigas. Lo fabriqué según la receta de un alquimista irlandés que murió en la hoguera, Guillén Lombardo. Sabe horrible, pero es muy eficaz. Anda, tómala, te servirá en su momento.

—Chales. Sí que apesta. —Vencido por la curiosidad, Moloch huele y palpa la pelotita—. ¿En serio esta mierda me va a hacer invisible?

—No literalmente. Supongo que modifica tu aura exterior, de modo que pasas desapercibido para el común de los mortales y para los equipos de seguridad. Tu padre decía que el ojo de cuervo lo despersonalizaba. Sólo tienes que tomarlo una media hora antes de requerirlo. Su efecto es monumental y dura hasta ocho horas.

—Chingón. Muchas gracias, ¿necesito tomar otra precaución?

—Sólo una. —El Boticario le ofrece un folleto—. Debes decir esta plegaria en voz alta en cuanto te la tragues. Memorízala.

—Entendido, maestro. ¿Y tiene algo para la cruda?

—Un tecito de muérdago. ¿Gustas?

—Conejo Blas, maestro. —El Moloch se frota las manos, feliz de ver que sus dilemas se han evaporado.

Justo a las 11 a. m., como lo habían acordado, un Buick blanco pasa por Cristina y Arrabal al *Unomásuno.* Con el pretexto de que el plantón zapatista en el Zócalo ha inmovilizado media ciudad, el chofer da un rodeo exasperante que desorienta a las dos periodistas y las retrasa media hora. Es la 1:30 p. m. cuando se bajan frente a una mansión de basalto, con motivos prehispánicos en su fachada. Su anfitrión, el Magno Padre, las recibe con sotana negra, sonrisa encantadora y el cuello oloroso a lavanda.

—Ya me imagino el tráfico en el centro, hermanas —se queja y las saluda de beso—. La ciudad es más inhóspita desde que manda aquí la oposición.

—Magno Padre —lo ataja Cristina—. Antes de ir con Marifer, necesito pedirle una explicación. Quiero que me cuente lo que pasó aquel día.

—Nada que temer, hermana. —El obispo las anima a caminar junto con él por el vestíbulo—. Tuviste un ataque epiléptico, y estoy seguro de que no fue el primero. Sí, te hipnoticé, es verdad, lo hice para aplacar tus convulsiones y que no te causaras más daño. Domino ese arte, gracias a Dios, y lo practico desde hace años. Te pido una disculpa si te sentiste vulnerada. No volverá a pasar.

—No hay problema, padre, sólo quería conocer su versión.

Unos pasos más delante, el Magno Padre se detiene frente a una reja metálica y las invita a pasar a un jardín interior, con un domo de cristal y acero que difumina la luz del día sobre los naranjos, las esculturas clásicas y la fuente de basalto.

—Aquí pueden realizar la entrevista. ¿Les gusta? Ojalá terminen antes de las cuatro, hermanas. A esa hora llegan los invitados.

—¿Cuáles invitados?

—Mi amigo el Señor Presidente, el Cardenal N, el padre Jacques Ch y una santa mujer, la madre Francisca. Esperen aquí a Marifer. Trátenla bien, se los ruego.

Sin más ceremonia, Arrabal y Cristina se ponen las pilas y se dedican a lo suyo. Una, a disponer sus cámaras. La otra, a checar su grabadora y sus preguntas. Justo a las 2:00, se presenta Marifer Rovira, transfigurada. En vez del hábito color paja que usa a diario, se ha puesto un traje café oscuro, de funcionaria pública, y se ha teñido las canas. «Me quedó horroroso el tinte», se queja, por más que Arrabal le asegure que se ve preciosa. En cuanto Marifer se calma, Cristina la interroga sobre su vida, su familia, sus estudios. Como lo temía, sus respuestas orbitan siempre en torno a su mentor. Incluso su tesis de maestría, *La filosofía jurídica del Estado Mexicano en materia educativa y cultural*, estaba dedicada a él.

—Nos conocimos cuando presenté esa tesis en el ITAM. Él estuvo presente, lo invitó mi asesor. Yo aprobé con mención honorífica, él quedó impresionado. La simpatía fue mutua y espontánea. Sabía que él estaba casado, admiro a su esposa y él siempre fue un caballero conmigo. Desde entonces, fui su amiga, su asesora jurídica y su consejera espiritual.

—O sea que estaba al tanto de sus asuntos personales y políticos.

—No del todo. Me consultaba cosas muy específicas. Por ejemplo, cuando le ofrecieron la candidatura de Guerrero, él tenía sus dudas, con razón. Es un estado muy violento, pocos gobernadores han terminado vivos su mandato. Entonces yo consulté la Biblia, oramos y se nos reveló la respuesta. Aceptar ese cargo era un deber moral para el Secretario General y también una oportunidad política irrepetible. No sólo concluyó vivo su periodo. Lo hizo con honores. Eso lo fortaleció dentro del partido y le ganó muchas envidias.

—¿Cuál fue el momento más difícil durante su gubernatura?

—Cuando un júnior, Alejandro Braun, asesinó a una pobre niña, Merle Yuridia. El crimen indignó a todos, sobre todo en Guerrero. Al Secretario General le caló muy hondo y se empeñó en imponer justicia. Yo le aconsejé que escogiera al fiscal, su colaborador más cercano, para que encarcelara al culpable. Pero no me pregunte más. Se me revuelve el alma nomás de acordarme.

—Supe que el abogado del Chacal, el Abogánster, amenazó de muerte al Secretario General.

—Lo siento, no puedo hablar de eso.

Desencantada, Cristina contiene un suspiro y cambia de tema.

—Hábleme entonces de sus planes.

—Voy a retirarme de la vida política. Me falta corazón para soportar tanta violencia, tanta muerte. Le soy sincera, temo por mi cordura y por mi salvación. Estas semanas fueron difíciles, así que decidí aceptar el consejo de mi confesor. Cederé mis bienes materiales a la Milicia del Señor, me convertiré en una consagrada del *Regnum Christi* y dedicaré el resto de mis días al servicio de Dios.

La respuesta desalienta a Cristina. No comprende por qué una mujer como ella es capaz de ceder todo su patrimonio, su servicio y su obediencia a un hombre como el Magno Padre, a cambio de una dudosa salvación. «Y lo peor es que también mi madre lo haría, si tuviera la oportunidad». A partir de este momento, los minutos se alargan. Cristina contiene el bostezo dos veces, adormecida por las respuestas de su entrevistada. Por fin, a las cuatro menos quince, Marifer da por concluida la sesión («No se me ocurre nada más, han de perdonarme») y las dos periodistas guardan sus cosas, sin ocultarse el desencanto.

«Ah, Molocho», se queja Cristina, «¿dónde andas? ¿Por qué estás tan lejos? ¿Por qué no me sacas de este sitio tan lujoso, tan vacío?».

«No te hagas tantas preguntas, Moloch», lo instruye Mahakali: «acábate ya la cerveza, respira hondo, enfócate en tu misión». Suspirando, el Moloch bebe sin prisas y observa la partida de ajedrez entre Watson y Finchetti. Hace hora y media que se instalaron en la terraza del café Capablanca, para vigilar por tercer día consecutivo la Casa de Brujas, resguardada por tres Guardias Custodios que fuman, piropean a las muchachas y juegan con su mascota, un pitbull negro con cara de escroto.

—Voy a echar una firma, no tardo —avisa Moctezuma a sus amigos y se encamina al baño. A solas, evacúa la vejiga, se lava la cara y (como dice el refrán) «al mal paso matarí lerí lerón», se mete en la boca el ojo de cuervo que le dio el Boticario. Lo mastica con calma, sin recelo. En su larga carrera como heavymetalero de barrio punkarra, ha probado de todo «sin que nada se me haga vicio», como presume ante sus amigos. «Ahí viene el golpe, lo siento venir», lo previene Sobeida mientras el jugo escurre por su esófago y se disemina por sus venas. Moctezuma recita la plegaria que le indicó el Boticario, «*Eheie Kether, Haioth Methratton, Reschith Hagalgalim, ¡Aralim Zabbathí, Hesel Hasmalim!*», y al terminar, un resplandor explota en su cerebelo, se propaga por sus células y disuelve sus contornos, la silueta de su cuerpo.

Cuando recobra el aliento ya no está en el baño del café Capablanca, sino afuera, en la Plaza Río de Janeiro. Sus pulmones hiperventilan, le suda frío el pellejo, su conciencia se aclara y sus sentidos se aguzan. Alrededor circulan las personas y los autos, los perros y los ciclistas, la nata y el fango de la comunidad romana. «De verdad nadie nos ve, Molocho, hay que actuar sin titubeos», lo apresura Mahakali y él redobla el paso hacia la Casa de Brujas, que destaca entre los demás edificios por sus muros de ladrillo rojo, su diseño decimonónico y su peculiar torre, coronada con un pico negro que recuerda el sombrero de una hechicera.

«No te la compliques», lo serena Sobeida, «camina como si nada pasara». Y cuando acuerda, Moctezuma ha traspasado ya la puerta sin que lo vean los Guardias Custodios ni lo huela el pitbull cara de escroto. Animado por ese triunfo cruza un zaguán y un salón adornado con flores de alcatraz, Ojos de la Sabiduría, efigies de la Hermana Blanca, un ícono de Benito Juárez, otro del Altísimo Eliasista. Oloroso a copal, laurel y parafina, el lugar funciona como una clínica parapsicológica. Varias veces se cruza (sin que ellas lo adviertan) con jóvenes Naves que trasladan en silla de ruedas a niñas, ancianas, muchachos y viejos con la mirada extraviada y un frasco de suero enchufado en sus venas. «¿Por dónde diablos entra tanta gente?», se pregunta Moctezuma, sin que le respondan sus diablas internas.

Sólo titubea un segundo cuando encara a la Nave que atiende en la recepción: una joven rubia con túnica blanca que no voltea a mirarlo, ni siquiera cuando él se para frente a ella y gira la cabeza en espirales, al compás de una rola de Halloween: «*'Cause I'm the invisible man / I have no body but a soul*». Sabiéndose invisible, Moctezuma explora sin prisas el resto del piso. Al entrar en un «Quirófano Psicosomático», ve a una Ruiseñora que extirpa, sin bisturí ni anestesia, el tumor abdominal de una mujer que yace desnuda sobre un camastro sucio. En una «Capilla del Maná Espiritual», ve a cuatro Naves y a un grupo de pacientes que rezan a coro frente a la Santa Hermana, un esqueleto ataviado con manto, corona y guadaña:

> Eres la que todos odian y todos aman,
> Eres la que llaman Vida y que llaman Muerte.

«No te distraigas, Moloch, busca las escaleras», lo apura Mahakali. Al llegar al segundo piso casi choca con un doctor y una joven Nave, vestida con bata clínica. En silencio los sigue hasta una «Galería Psiconáutica»: un viejo salón de baile adaptado para contener un laboratorio digno de una película del Santo. Un escuadrón de computadoras, luces y monitores conectado a cuatro cápsulas de cristal, donde flotan dos hombres y dos mujeres en estado de inconsciencia. El doctor es un hombre barbado, de baja estatura, que a Moctezuma le parece conocido.

—Ahora sí cuénteme, doctor G. —La joven Nave se detiene frente a unos monitores—. ¿Lo que vemos aquí son los pensamientos de los pacientes?

—Es más complejo. Mi teoría es que el cerebro humano crea un campo neuronal, de índole cuántica, capaz de enlazarse con otros campos y de interactuar con la realidad física. El pensamiento, como la luz, se irradia e interactúa con la materia. Con base en ese principio, el Atanor de Poimandres capta las ondas del campo neuronal y las transmite a una cámara sintérgica donde se traducen en imágenes. Es decir, capta las emociones, las ideas, los recuerdos, los sentimientos del paciente A, pero también puede captar lo que el paciente B, en otro laboratorio, le ha transmitido al paciente A.

—¡Una demostración científica de la telepatía! ¿O sea que esa máquina hace lo mismo que las Ruiseñoras?

—No todavía. El Atanor obtiene imágenes nítidas que no cualquiera entiende, sólo las Ruiseñoras. Y las Ruiseñoras, por su parte, no pueden sondear la mente a distancia. El Atanor sí, y además puede grabar sus imágenes de campo neuronal. Hace poco di una conferencia para la CIA. Se quedaron boquiabiertos, quieren que trabaje para ellos.

—No sé, doctor G, todo esto me da miedo.

—¡Uy! Y eso que no conoces la Transmigradora Ectoplásmica del Altísimo. La estamos armando allá, en la Basílica. El Eliasista robó sus planos de un laboratorio soviético de ciencias paranormales. Es un artefacto sobrenatural que implica la existencia de una vida más allá de la muerte. Su objetivo es trasferir la psique de un cuerpo a otro. Cuando la perfeccionemos, estaremos a un paso de alcanzar la inmortalidad del alma.

«Vámonos de aquí, antes de que te hagas visible», lo apresura Mahakali. «¡Lástima que emplee su conocimiento para

espiar el alma!», se indigna Sobeida, «y peor aún, que trabaje para el Altísimo y haya colaborado con la CIA». Desconcertado por el enfoque que Jacobo G le da a sus estudios, Moctezuma sube por las escaleras al tercer piso, donde él supone que están las oficinas del Abogánster y sus asociados.

No se equivoca. Al final de un vestíbulo muy lujoso, hay una puerta con el nombre «LEÓN F» grabado en placa de bronce. Como si lo esperara, la puerta se abre cuando Moctezuma se acerca, y se cierra a sus espaldas en cuanto traspasa el umbral. Nadie hay adentro. Solamente los estantes con libros jurídicos y herméticos. Sobre el escritorio de caoba, iluminado apenas, reposa un gravoso libro que casi parece respirar. Una estrella de siete puntas, grabada en la cubierta de cuero, le eriza a Moctezuma todos los vellos del cuerpo. «Es el Apocalipsis de Esdras», le informa Sobeida y Mahakali le advierte: «no se te ocurra tocarlo», justo antes de que el Moloch lo tome y lo abra al azar.

Antes de leer la primera frase, lo deslumbra una luz que brota como fuego de las páginas. Cierra de golpe el libro y al instante, frente a él, se encienden doce monitores empotrados en el muro. Doce pantallas que muestran sin sonido una misma escena: un prisionero con uniforme gris, encerrado en su celda, mientras escribe una carta:

> Así me lo dijo ella, la mujer de los labios negros, y
> yo se lo creí, y fue por eso que maté al candidato,
> ese que tanto lloran...

«¡Ése es Mauro A, en Almoloya!», exclama Sobeida, antes de que los monitores cambien de escena. Ahora muestran a otro prisionero, con otro uniforme gris, encerrado en otra celda, mientras dibuja garabatos en los márgenes de una Biblia. «Y ése, Damián T, el segundo caballero águila», concluye Moctezuma.

—Y ahora sabéis que sois el siguiente. —Una voz a sus espaldas lo sobresalta: un hombre maduro, con traje y bastón, que luce y que habla como un actor de cine gachupín—. Bienvenido, amigo, llegáis a tiempo para el sacrificio.

—¿Quién eres tú, de qué sacrificio hablas? —pregunta el aludido, molesto porque el ojo de cuervo ha dejado de funcionar.

—¿Quién creéis? Soy el Nuevo Elías, el Tercer Altísimo Eliasista, el Maestro Inmortal —exclama, blandiendo su bastón—. Y hablo, por supuesto, de vuestro sacrificio. El que haréis por nuestra patria.

—No me digas porque no te oigo… —Azuzado por sus diablas internas, Moctezuma se ríe y se abalanza sobre ese pinche jodido franquista pseudomesías para esquivar su bastón y atizarle una patada. Una descarga eléctrica detiene su ataque: un relámpago que brota del bastón hace destellar el aire y enciende sus entrañas.

Un instante después, se apagan las lámparas del edificio junto con la luz de su conciencia.

Cuando Marifer las hace pasar al comedor, Cristina y Arrabal se quedan boquiabiertas con su estilo arquitectónico. Las ruinas de una hacienda del siglo XVI, restauradas con acero, fibras de vidrio y de carbono, para albergar eventos al aire libre. Más las deslumbra el menú: doce cortes de carne roja, doce ensaladas, doce salsas y doce vinos diferentes. «Imposible hablar de asuntos espirituales con el estómago vacío», ironiza Cristina cuando ella y Arrabal ocupan su lugar en la mesa. Al reconocerlas, el Magno Padre se levanta, muy solícito, y les presenta a sus ilustres invitados, que vinieron sin escolta y en traje informal: el Señor Presidente, el Cardenal N y un sacerdote francés, con ojos turquesa de gato.

—Ahora les presento al padre Jacques Ch. Un hombre santo con una mente privilegiada. Es nuestro guía financiero espiritual. Nadie como él para predecir las variaciones de la bolsa de valores.

—Mucho gusto, padre —saluda Cristina a Jacques Ch, y al estrechar su mano una leve descarga la electriza.

—Ahora les presento a una mujer excepcional, la madre Francisca. Es sacerdotisa y médium del Templo Espiritualista Mariano. También nos acompañará en la ceremonia.

—Es un honor, hermana Cristina. —La saluda una señora mestiza, de blusa bordada y un girasol en el chongo le estrecha la mano—. Me alegra conocer a una vidente genética como tú.

—¿Genética? No entiendo, madre.

—Una vidente que nació con el don, que lo trae en los genes. Ya nos platicó Marifer. Debiste tener sueños muy feos de niña. ¿No es cierto?

Cristina prefiere desoír el comentario y vuelve a su lugar. El Cardenal N se pone de pie para bendecir los alimentos y los meseros se apresuran a llenar las copas y servir los primeros cortes. Entre bocado y bocado, el Señor Presidente se limpia el bigote y pregunta:

—Madre Francisca, la última vez que hablamos me quedó una duda. Cuando se convoca el espíritu de una persona muerta, ¿cómo sabe usted si se manifiesta el espíritu auténtico y no el de un impostor?

—Sólo puede averiguarlo el que convoca, señor, si es que conoce al muertito —responde la médium—. Hay que preguntarle cosas personales, que no sepan otros. Aun así, hay casos. Puede que sea auténtico el espíritu y no sepa responder. Unos lo olvidan todo o lo callan, si tuvieron una mala muerte. Como el señor Madero, lo canalicé una vez y su espíritu se quedó calladito, triste porque muchos se burlan de su doctrina. En cambio, el espíritu de Benito Juárez es reteconfianzudo, no se cansa de echarle piropos a una, aunque eso sí, ninguno le gana dando consejos y curando mal de ojo.

«Ahí está el verdadero reportaje, el que vine a buscar», piensa Cristina al oírla. «Al carajo la entrevista con Marifer, tengo que escribir sobre esta mujer, esta señora que dialoga con los fantasmas y discute sin empacho con el mismo presidente».

—¿Dónde aprendió a tratar con los espíritus, madre? —pregunta el padre Jacques Ch, mirando de reojo a Cristina—. ¿Es usted bruja? ¿Tiene pacto con el Diablo?

—Lo sé por mi abuela Josefina, y mi abuela lo supo por su abuela Damiana, que fue discípula del Altísimo Eliasista. Cuando él falleció, le concedió a mi tatarabuela el mando sobre su iglesia. Una vez por año, la madre Josefina lo evoca y recibe consejo. Hace poco, su espíritu la previno contra un impostor, un demonio con máscara de mesías, que usurpa su nombre y que vino a confundir a los gobernantes, a conducirlos al mal. Están advertidos. Sólo les pido que escuchen a los espíritus y juzguen ustedes mismos.

—¿Y cómo sabe, madre, si esos espíritus no son almas humanas sino espíritus demoniacos? —pregunta el Magno Padre.

—Ah, nunca se sabe del todo. En nuestro mundo, el Diablo se disfraza de santo y los santos son tratados como herejes. Usted sabe más de esas historias, usted sí sabe del demonio y del pecado.

—Me halaga, madre Francisca. —El obispo la mira a los ojos sin encajar la indirecta—. En realidad, tengo mucho que aprender en esos terrenos. El mal y el pecado son enigmas vedados a la razón humana. En el alma del más santo pueden habitar los peores demonios. Y en el alma del más abominable puede germinar una semilla de bondad.

Cristina y Arrabal se miran a los ojos, incómodas. En boca de un obispo como él, denunciado por repetidos abusos sexuales sin que ninguna autoridad lo investigue, esas palabras suenan intimidantes. Las invade un malestar casi físico, entre el miedo y la náusea moral, que en el caso de Cristina trastorna su cuerpo, sus sentidos, su mente. ¿Fue el vino, la carne, o el cinismo del Magno Padre? «Necesito un Tafil, ahora», concluye cuando termina el banquete y los comensales abandonan uno tras otro el comedor.

—Me adelanto a tomar fotos, te espero en el salón —le avisa Arrabal a Cristina, que asiente con la cabeza y camina por un sendero de guijas detrás de Marifer Rovira y el Señor Presidente.

—Me encanta su ropa. —El Señor Presidente le sonríe a Cristina—. Elegante y siniestra, como ahora les gusta a los jóvenes. Ese collar es bellísimo. ¿Puedo preguntar dónde lo adquirió?

—Sí, Señor Presidente. —Por puro reflejo, Cristina se lleva la mano al uróboros de oro que cuelga en su pecho—. Fui a cubrir la última temporada del Teatro Fru Fru. La Felina me lo regaló, ¿usted cree?

—La felicito. —El Señor Presidente sonríe sin aflojar el paso—. Fue fabricado en Florencia, lo digo porque es idéntico al que tenía una vieja amiga de mi padre. Yo suponía que era una pieza única. Tal vez me equivoqué.

—O tal vez no. ¿Puedo saber quién es esa dama?

—Claro que sí. Una mujer sabia y misteriosa. Usaba varios nombres: María, Francisca, Sobeida, Ernestina o Nellie.

—¿Cómo la conoció usted?

—Yo era un niño cuando mi padre me llevó a su casa para que me leyera el tarot. Recuerdo su cara cuando trazó mi carta astrológica. Brillaba de alegría. Dijo que yo sería presidente, pero no quiso revelar mi destino final. Mi padre se enojó mucho con su evasiva, yo en el fondo se lo agradecí. Prefiero creer que mi futuro depende de mí, no de las cartas ni de los astros.

—¿Cuál es su futuro, señor? ¿Cuál es el futuro de México?

—Uno de tres —el Señor Presidente sonríe—: la gloria, el olvido o la infamia. ¿Cuál preferiría usted, Cristina?

—Yo preferiría mi salvación —los interrumpe Marifer frente a una puerta cavada en una peña, bajo unos sauces—. Por aquí bajamos a la capilla, síganme, por favor.

Nerviosa, Cristina desciende por una escalinata fría y penumbrosa hasta una cripta de mármol, blanca y muy iluminada. Un anfiteatro poco convencional, con varias filas de butacas alrededor de un tabernáculo pentagonal, con cinco sitiales alrededor. La bóveda del techo es admirable: una alegoría del infierno pintada por algún discípulo de Siqueiros. De reojo, Cristina reconoce entre los asistentes al Sucesor Presidencial y al hermano del Secretario General, al Cardenal N, a los empresarios Carlos S y Justo P, sentados ya en sus butacas.

Ante semejante público, Cristina se angustia. Le sudan las manos, le falta oxígeno, vacilan sus tobillos mientras Marifer la conduce hasta la mesa central, junto a la madre Francisca. La tercera silla la ocupa el Señor Presidente, la cuarta el Magno Padre y la quinta Jacques Ch, que insiste en vigilarla con sus ojos turquesa de gato. «Nadie me ha dicho lo que debo hacer, lo

que va a pasar», piensa ella con las manos sudorosas. Como si la oyera, la madre Francisca se acerca y le habla al oído:

—De eso se trata, hermana, de no saber lo que haces ni lo que dices, de ser un vaso que recibe sin rechistar el agua, el vino o la sangre.

Vestido con mitra, manto y estola púrpuras, el Magno Padre se dirige a la audiencia:

—Damas, caballeros, la hora ha llegado y no falta nadie. ¡Que empiece la ceremonia y nos hable el Espíritu!

Al instante se apagan una tras otra las luces de la capilla, excepto el candelabro que ilumina la mesa central. Alguien se acerca a Cristina para colocar un manto blanco en sus hombros y una guirnalda de flores negras en su cabeza. Oculto a la vista, un coro de niñas canta en una lengua indescifrable: «*Bagahi laca bachahé Lamac / Cahi achababé harrahyal*».

Con el aliento en suspenso, Cristina desliza la mano bajo el vestido, clic, y su Panasonic empieza a grabar.

Un acoso de náusea y de ahogo anticipa el despertar de Moctezuma. Una bolsa negra cubre sus ojos, obstruye su aliento y reseca su gaznate. Ha olvidado lo que sucedió, ignora cuánto tiempo ha pasado y quién lo amarró en esta silla. Tiene sed y mucho frío. Las costillas le duelen, una jaqueca machaca sus neuronas. «Estás jodido, pero aguantaste candela, campeón», lo felicita Mahakali y antes de que rezongue, Sobeida le pide silencio: alguien entra a la habitación y se aproxima a sus espaldas.

—¡Por las tetas de Cristo! ¡Ha despertado el Moloch, la máquina de matar! —se burla el Altísimo Eliasista y le descubre la cabeza—. ¿Habéis repuesto energías, luego de segar tantas vidas?

—¿De qué chingados hablas? —gruñe Moctezuma, aturdido por los monitores que zumban frente a él como un enjambre de abejas eléctricas.

—¿No lo sabéis? Os refrescaré la memoria. —Al chasquear los dedos se activan los monitores para mostrarles un escenario común: la Casa de Brujas, vista por las cámaras que día y noche la vigilan.

«Ése eres tú, Molocho, el que cruza la calle», le avisa Mahakali. A Moctezuma le asusta ver cómo él mismo esquiva los autos y los peatones, cómo se acerca a los Guardias Custodios, cómo los desarma y los acribilla con agilidad inhumana. «¡Qué maldito eres, desnucaste al pitbull con la zurda!», se duele Sobeida y de plano enmudece cuando Moctezuma se acerca a la Nave que atiende la recepción y le destroza la cara crack crack, a puros cabezazos, crack crack crack.

—Yo... yo no maté a nadie, eso es falso. —Él cierra los ojos para no mirar la masacre que sigue.

—Eso no importa. —El Altísimo Eliasista chasquea los dedos y los monitores se apagan—. Importa lo que opinen los jueces que vean estas grabaciones. Ni vuestra AntiKris creerá en vuestra inocencia.

—¿Qué quieres de mí? No me engañas, esas imágenes las sacaste de mi cabeza con el Atanor. Son mis pesadillas, no mis acciones.

—Quieto, bravo, no quiero joderos. Vos me buscasteis, vos me habéis encontrado. Cuando fuisteis al Templo, Carmenchu no sólo os ha leído de cabo a rabo la mente, también se encargó de dejarla abierta. A partir de entonces empezasteis a ver y hablar con los espíritus. Por eso Mahakali y Sobeida se hospedaron en vuestra cabeza y parlotean adentro día y noche. Son ruidosas y encantadoras, no puedes negarlo. Gracias a ellas habéis venido hasta mí, y se los agradezco. Así que aproveché la ocasión, por qué no, y os he enchufado al Atanor. Buen paseo me he dado por vuestros secretos, culpas y temores.

—Berenice no miente, entonces. Ahora, como ya conoces mis miedos y mis secretos, vas a empezar a chantajearme.

—Son calumnias de Berenice. Está despechada, sin duda. Revelo a la gente sus debilidades para que las combata. Sé que teméis decepcionar a Cristina, por ejemplo, pues pensáis, con toda razón, que ella es más inteligente, tiene mejor empleo y podría conseguir otra pareja mejor, como su amiga Arrabal. Sé que guardáis rencor hacia vuestra madre, por su abandono, y sé que sentís culpa por no haber cumplido los sueños de vuestro padre, al que tanto idolatráis. Él quería que fuerais un profesionista, el mejor de vuestro oficio, y terminasteis como un mediocre reportero.

—Di lo que quieras. Sé lo que soy. Sé lo que fue mi papá.

—No seáis soberbio. Mientras no sepáis vuestras debilidades, no venceréis vuestros temores. Os bastará un solo acto para salvar a vuestra patria y redimir vuestros yerros. Y lo mejor de todo, evitaréis que sufra daño vuestra linda y talentosa novia.

—¿Es una amenaza? ¿Si no te obedezco vas a dañar a mi AntiKris? Qué pinche cobardía.

—No, Moloch. No diré lo que habéis de hacer. Tened en claro una cosa. Ellos son el dragón, nosotros no. Ellos quieren reclutar a Cristina, convertirla en su vidente, explotarla como a Nellie C, y combatir a los disidentes con sus poderes psíquicos. Atacadlos a ellos, si queréis evitarlo. Fueron el Señor Presidente y el Magno Padre, los tecnócratas y la Milicia del Señor los que pactaron con Estados Unidos y con el Vaticano para redoblar su fuerza, su poder, su opresión sobre México. Han tratado de imponer sobre el país una tiranía capitalista y católica, liberal y anticomunista, y ya conocéis las consecuencias, en Chiapas, en Lomas Taurinas y en la calle Lafragua. ¡México está enfermo de cristianismo y tú puedes curarlo!

—Puedo luchar contra ellos como periodista, no con las armas.

—Qué idealismo, qué mediocridad. Si los denunciáis en vuestro semanario, la gente se reirá de vosotros, y el poder os aplastará con un pisotón, como a una cucaracha. Hay tiempos en que la pluma puede más que la espada, pero esa ilusión no vale ahora. Os bastaría con matar al Sucesor Presidencial para arrodillar a los priistas, al Subcomandante Marcos para encabronar a la oposición, o al Magno Padre, nomás a ver qué sucede. Esa acción sí sería digna de un caballero águila.

Moctezuma no responde y el Altísimo Eliasista, satisfecho por la cizaña que ha sembrado, se despide con un ademán y enseguida se esfuma junto con el eco / eco / eco de su risa / risa / risa.

A solas en la habitación, amarrado con sogas invisibles a la silla, Moctezuma blasfema contra los jodidos, putos, malparidos demiurgos que lo trajeron aquí, frente al inmenso abismo de la nada. «No dejes que te intimide, está blofeando», lo azuzan Mahakali y Sobeida, molestas por las injurias del Altísimo Eliasista: «Reza por nosotras, reza por tu AntiKris, reza porque pronto encontremos la salida».

Obediente, Moctezuma cierra los ojos y empieza a rezar las plegarias que le enseñó el Boticario. A media jaculatoria lo sorprenden un zumbar de abejas eléctricas y el resplandor de los monitores que se encienden para transmitir un mismo escenario. Un anfiteatro de mármol blanco, con un mural demoniaco en su bóveda. Sentados en butacas de piel, los políticos y los empresarios más poderosos del país se disponen a celebrar el rito del poder. O eso presiente el Moloch al ver los pentagramas en los pendones, los amuletos en las columnas, el sonsonete de los cánticos, «*Karrelyos / lamac lamec bachalyos / cabahagi sabalyos*»...

«¿La viste? ¡Es ella, la AntiKris!», exclaman sus diablas interiores y Moctezuma se alegra de verla, hasta que reconoce al tipo que se le acerca, que la arropa con un manto y la corona con una guirnalda de flores. Es el pinche jodido ojete Altísimo Eliasista, el mismo que ahora voltea hacia la cámara y finge que degüella a Cristina con el dedo índice. Se incendian sus neuronas y un furor se propaga por sus células, mezclado con las voces de un coro que canta en una lengua arcaica:

*Eheie Kether Haioth*
*Methratton Reschith*
*Hagalgalim Aralim*
*Zabbathí Hesel*
*Hasmalim*
...

[UNA CAMPANA REPICA. Se escucha un himno en lengua arcaica.]

MAGNO PADRE: *In nomine dei nostri Domine, Elohim excelsis. Introibo ad altare Elohim.*

FIELES: *Ad Elohim, qui laetificat gloria meam.*

MAGNO PADRE: En nombre de Elohim, arquitecto del cosmos, la tierra, los cielos y los mundos espirituales, convoco a tu sombra para que nos otorgue su poder. Líbranos, oh Elohim, de los traidores y guárdanos de sus intrigas. Amo de todas las creaturas terrestres, celestiales e infernales, ábrenos las puertas del abismo, para que tus espíritus puedan salir, nos acompañen y atiendan nuestras preguntas. ¡Así sea!

FIELES: ¡Como en el principio, ahora y siempre, mundo sin fin, amén!

MAGNO PADRE: A tus fieles médiums Francisca, Cristina Olvera y Jacques Ch, concédeles tu gracia, oh, Elohim, para que canalicen la voz de tus súbditos espirituales, renunciando a su voluntad, a su conciencia, a sus principios, en tributo a tu Verdad. Te lo suplico por tu hijo, Señor de tus Ejércitos, y por tu príncipe, Señor de las Tinieblas...

FIELES: ¡Sálvanos, ten piedad!

MAGNO PADRE: Por tus siervas, María y Lilith, patronas de nuestra fe...

FIELES: ¡Sálvanos, ten piedad!

MAGNO PADRE: Por tus arcángeles Samael, Gabriel, Miguel, Azrael y Rafael...

FIELES: ¡Sálvanos, ten piedad!

[Prosigue la letanía. La campana repica nueve veces.]

MAGNO PADRE: Oremos, Elohim, oh, Padre... [Lo interrumpe un alarido.] Padre Jacques, ¿deseas decir algo?

MÉDIUM: [El sacerdote eructa con descaro.] No soy quien aparento. El padre Jacques está inconsciente y yo aprovecho. He poseído su cuerpo para usar su voz.

MAGNO PADRE: Dinos entonces tu nombre y de dónde vienes.

MÉDIUM: Soy Rofocale, ministro del infierno. Vengo del inframundo para responder sus preguntas.

MAGNO PADRE: Bienvenido seas, Rofocale, ¿cuál es tu mensaje?

ROFOCALE: Uno muy simple: tienen que abrir los ojos. Aceptar el Nuevo Orden, el orden del caos que infecta a todo el globo. La Hidra de la Guerra se decapitó a sí misma, y de esa herida brotaron mil cabezas que se combaten entre sí, se decapitan y se multiplican. En este nuevo orden, al rival no se le distingue por su raza, por sus banderas ni por su fe. Se le distingue por su lealtad ciega: por su complicidad y su obediencia al poder que lo respalda. A cambio de obediencia, la Hidra te paga con riquezas, goces y poderes. A cambio de traición, te paga con miseria, dolor y mil muertes.

MAGNO PADRE: ¿A quién le eres fiel? ¿Quién es tu enemigo?

ROFOCALE: Soy leal a dos Señores: al Deseo y a la Guerra. Mis enemigos son la Justicia y la Paz, esas mascaradas. Si quieres poder, si quieres riqueza, nunca debe bastarte lo que tienes, mientras no despojes al otro de todo poder y toda riqueza. Es la Guerra, no la Paz, el motor de la historia. Es el Deseo, no la Justicia, lo que mueve a las naciones. En cualquier caso, el combustible del poder, el octanaje de la riqueza, es la sangre, el dolor de sus vasallos.

[Los interrumpe un lamento agudo y gutural.]

MAGNO PADRE: ¿Madre Francisca...?

MÉDIUM: [La voz de Francisca se deforma.] ¡Están jodidos si creen que la historia necesita esos motores para rodar! Y no lo dice la madre Francisca, esa infeliz que trajeron aquí para burlarse de ella. Lo digo como la otra Francisca: como Nellie, la desgraciada, la rencorosa que alza la voz por las víctimas de sus guerras, de sus ritos y de sus venganzas.

ROFOCALE: ¿Harás una revolución, querida? Las revoluciones sociales se acabaron hace medio siglo. Todas parieron dictaduras.

NELLIE: No hablo de revolución. Para qué, si la pasada fue un fraude. Hablo del Caos, la Discordia total. La Hidra, ese demonio que tú veneras, será desafiado por muchos otros monstruos. Diablos como los chichimecas, esos caníbales que los mexicas y los españoles nunca vencieron. En vez de poder, esos demonios quieren joder, y en vez de riquezas cortan cabezas. Y no olviden a los dioses primigenios que se alzaron en Chiapas, ni a los demiurgos de importación que nos invaden. Aquí se librará esa batalla entre dioses y diablos, azuzados por la Hidra que tú veneras.

ROFOCALE: Si quieres el Caos, ¡bienvenido sea! Entre más violencia hay, más rencor y más miedo habrá. Se venden armas, se amplían las cárceles, se fortalece el ejército y el mercado. Por eso la violencia se cotiza tan alto en la bolsa de valores.

SEÑOR PRESIDENTE: [Golpea la mesa.] ¡Por favor! Basta de alegorías pendejas. Exijo respuestas. ¿Quién ordenó la muerte del Secretario General? ¿Qué quiere de nosotros? ¿Cómo podemos detenerlo?

[Los fieles murmuran. Los interrumpe un gemido.]

MAGNO PADRE: Hermana Cristina, ¿quién quiere hablar por tu boca?

MÉDIUM: [Cristina, con voz transfigurada.] Soy yo, el Secretario General.

MAGNO PADRE: Bienvenido, hermano. ¿Sospechas quién ordenó tu muerte?

SECRETARIO GENERAL: No lo sospecho. Lo sé. Las conclusiones de mi hermano son irrefutables: el Ingeniero M ordenó el complot, instigado por el Abogánster; lo promovieron el cártel de Matamoros y sus aliados políticos.

SEÑOR PRESIDENTE: Iremos tras ellos, amigo, y los castigaremos como manda la ley. Falta averiguar por qué y para qué lo hicieron. ¿Para vengarse de ti o para abortar mis proyectos?

SECRETARIO GENERAL: Las dos cosas. Me vieron como un obstáculo para conservar la gubernatura en Tamaulipas. Quieren intimidar al Sucesor, además, para que se distancie de ti y de tus aliados. Su objetivo es dividir al partido, a la Iglesia y al país en pequeños feudos, controlados por los caciques del narco, en perpetua guerra entre sí y contra el Estado. No debemos caer en su juego. No conviene enfrentar ahora al gobernador, al cártel y a sus brujos. En eso difiero de mi hermano. No hay que dividirnos.

SEÑOR PRESIDENTE: De acuerdo. Contra esos enemigos hay que mantener la unidad a cualquier costo. Cerrar filas y redoblar el paso.

SECRETARIO GENERAL: Pero la unidad no se impone por decreto. Esto te lo digo a ti, Sucesor, como futuro presidente. Hay que gobernar con la ley por delante para frenar la violencia, o perderemos la confianza de nuestros electores.

NELLIE: [Se ríe.] ¡Mira quién habla de imponer la ley! ¡El gobernador que permitió la matanza de opositores y que dejó escapar al Chacal! ¡O el presidente que se alió al Vaticano y que negoció en secreto con el narco! Por políticos como ustedes el pueblo rechina los dientes, y en la tumba se retuercen mi general Villa, Juárez y Madero.

SECRETARIO GENERAL: Querida Nellie, se equivoca. No mandé matar a esos perredistas, ni permití que huyera el Chacal. La falta de ley fue lo que nos jodió. Además, no entiendo por qué me odia, si fuimos víctimas del mismo hijo de puta.

NELLIE: A ti te jodió, yo nunca me he quejado. Fue mi protector, mi amante, mi albacea. Me traicionó, eso sí, como me traicionaron todos: el partido, mi amado Martín, incluso mi hermanita.

ROFOCALE: ¿Hablan del Abogánster? Por él no se preocupen, ayer lo arrestaron en San Antonio. [Murmullos del auditorio.] Sí, señores, ese hombre tiene cargos muy serios, pero sus aliados son poderosos, aquí y al otro lado. Es compadre de los republicanos de Texas, como Bush Júnior, el futuro gobernador. ¿Quieren su cabeza? Hay que mandar un fiscal competente para que lo refunda en la cárcel, no como el inepto que mandaron.

NELLIE: Ah, maldito hechicero, dime dónde lo tienen preso. A mi Leoncito nadie lo toca sino yo.

SEÑOR PRESIDENTE: Tendrás tu venganza, Nellie. Lo primordial es traerlo a México. No podemos dejar que lo rescaten Bush y la Familia. Lo necesitamos aquí para que pague por sus crímenes.

SECRETARIO GENERAL: También al Ingeniero M, antes de que se fugue a Argentina o al otro mundo.

NELLIE: ¡Pobres ingenuos! León y el Ingeniero están bien protegidos, mucho mejor que ustedes. Por Bush, por el cártel de Matamoros y por la Hermana Blanca, la Santa Muerta, una diabla milenaria que ustedes y sus rivales invocaron con sus ritos y sus tratados. Trae sed de sangre y apetito de violencia, se los juro yo, que soy su heraldo.

ROFOCALE: ¿En serio? ¿Te refieres al culto pseudognóstico del Altísimo Eliasista? ¡Ese maldito me traicionó en su vida anterior, qué alegría verle la cara, por los mil...!

[Un estruendo y un griterío interrumpen la sesión. Fin del audio.]

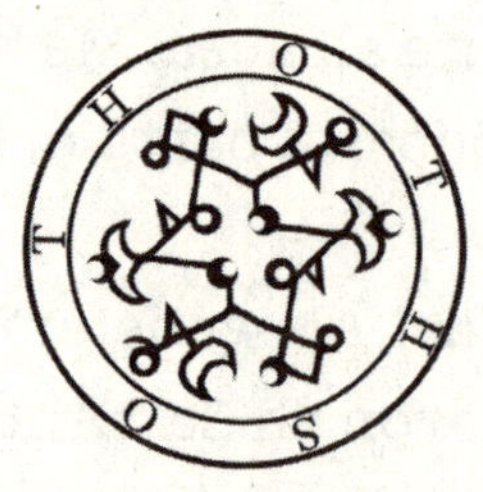

## El Atanor

sta vez el despertar de Cristina es lento y lúcido, sin amnesias ni neuralgias. Sólo la aflige una especie de resaca. Entre más evoca lo ocurrido (los himnos, las voces, el final), más y más se apena. No únicamente por participar en un ritual tan absurdo, tan *kitsch*, también por ceder su cuerpo a una voluntad extraña que la hizo decir barbaridades. O quizás no tanto. Estuvo lúcida todo el tiempo, incluso cuando estaba «poseída». En tal caso, el Secretario General no fue quien habló a través de su boca, sino su propio inconsciente. «Eso hacían las alumbradas del virreinato, supongo, dejar que su inconsciente hablara lo que su consciencia callaba», piensa con un escalofrío en la nuca.

—Es la ansiedad, hermana —le asegura la madre Francisca luego de saludarla, al día siguiente, durante el desayuno—: es la purita resaca que una siente después de tener visiones;

nomás no te asustes, la ansiedad es buena señal, indica que volviste enterita al mundo profano.

Aún inquieta, Cristina da por buena la explicación. Sólo se apacigua cuando revisa debajo de su corsé y encuentra ahí la Panasonic con el casete que grabó anoche. Ojerosas y risueñas, Mariana y Marifer bajan luego al comedor de servicio y le cuentan que anoche jugaron *bridge* mientras los demás asistían a la ceremonia. Al ver a su amiga tan pálida y frágil («ahora sí eres una vampira gótica, me cae»), Arrabal prefiere ahorrarse el desayuno y pedir un taxi para las dos.

—Dios se lo pague, hermanas —se despide Marifer en la puerta—. En especial a ti, Cristina. El Señor Presidente quedó impresionado con tus poderes, quiere volver a verte, cuídate mucho, chao. —Y le entrega en la mano un sobre amarillo con un cheque adentro.

—Temo que conseguiste chamba con el Diablo —se burla Arrabal poco después, a bordo en el taxi—. Nomás no dejes que la chamba acabe contigo, mira nomás qué ojeras, ¡y tu cabello, cada vez más blanco!

Cristina ignora el comentario, suspira y calla. Por un lado, siente el alma sucia, como si hubieran usado y abusado de ella. Por el otro, la halaga ese poder, esa habilidad (inconsciente y cada vez más lúcida) para influir en el Poder. Lo cierto es que ha cambiado su forma de percibir el mundo, sobre todo cuando distingue ese murmullo visible que emana de la gente, dentro o fuera del taxi. Un coro de emociones, ideas, imágenes y palabras que fluye por su mente, sin que nadie más lo perciba, gracias a sus nuevas antenas psíquicas, capaces de sintonizar las distintas frecuencias de pensamiento que circulan por el cosmos.

Absorta en esos y otros debrayes, Cristina se baja del taxi, atiende a medias las indicaciones de Arrabal y se despide de ella con monosílabos. Como sonámbula sube por las escaleras del multifamiliar hasta el último piso, sin fijarse dónde pisa ni a quién saluda. Al abrir la puerta no le sorprende ver que en su departamento no hay nadie. Incluso le alivia que su emperador azteca no haya regresado. Prefiere estar a solas, sin dar explicaciones, al menos por el momento.

Decidida a no preocuparse en vano, Cristina baja las cortinas, se toma un Tafil y se tumba en la cama sin zapatos, dispuesta a dormir la mañana completa. Eso sí, con la televisión encendida, aunque el rumor del noticiero, insípido y banal, agrave la sensación de irrealidad que la persigue.

> En otras noticias, el empresario saltillense José Luis G, dirigente del Grupo Aztlán, se presentó ante la Procuraduría General de la República para aclarar que él no es el narcotraficante J García, como han divulgado los medios. La Procuraduría lo señaló desde marzo, cuando se interceptó un vehículo del Grupo Aztlán con cuatro toneladas de cocaína. Al investigar el incidente se supo que ese grupo había legalizado millones de dólares para el cártel de Matamoros. Se descubrió además que José Luis G manejaba fondos a nombre de J García, por lo cual se especuló que el narcotraficante había asumido la identidad del empresario para burlar a las autoridades.
>
> En respuesta, el empresario sostuvo que «esa acusación es una infamia, me ha causado problemas; no sé quién es J García, ni lo que significa "lavado de dinero", pero aquí están mis huellas

digitales y estoy dispuesto a que las comprueben». A reserva del examen dactiloscópico, la Procuraduría no descarta que J García falsificara documentos y se sometiera a una cirugía plástica para asumir su nueva identidad y su nuevo rostro. Se sospecha que posee otras identidades, como la de Juan Chapa G, un traficante que se fugó de la cárcel en 1988.

Algunos medios divulgaron las declaraciones de una vidente, la madre Francisca, quien sugirió que Chapa G transmigró al cuerpo de J García y luego al de José Luis G mediante rituales de magia negra, realizados por el Altísimo Eliasista, gran discípulo del espiritista francés León Denis, quien/

A cuatro semanas del crimen, la muerte del Secretario General ya no ocupa los titulares de los noticieros. El caso parece resuelto. Catorce implicados se hallan tras las rejas y la policía de medio mundo busca al Ingeniero M, el presunto autor intelectual. Incluso se rastreó el dinero (un millón 300 mil nuevos pesos) que le transfirió el cártel de Matamoros para que urdiera el atentado. Según la oposición, ese contubernio entre políticos y narcos evidencia la podredumbre del sistema. Lo mismo opina el Subprocurador, hermano del Secretario General, que insiste en señalar a varios priistas por obstruir sus pesquisas y facilitar la huida del Ingeniero M: los legisladores que aprobaron su licencia y los dirigentes que hablaron con él luego del asesinato. Difamado el PRI ante la opinión pública, sus dirigentes objetaron al Subprocurador y le exigieron que probara sus acusaciones.

«Pinches buitres, eso son; se dan de picotazos para quedarse con la presa», refunfuña Moctezuma, sin botas ni chamarra, ni camisa ni cartera, parado frente al escaparate de un Sears, donde una docena de televisores transmiten el noticiero matutino.

—Así nos despedimos, querido auditorio. —La conductora sonríe—. Hoy es lunes 24 de octubre de 1994, son las nueve horas con quince minutos y tendremos un clima precioso, con una máxima de 18 grados y una mínima de 11 en la zona metropolitana. ¡Hasta la próxima!

«En la madre», rezonga Moctezuma al comprobar que ya pasaron tres noches desde que fue capturado en la Casa de Brujas, o sea, tres noches sin ver a la AntiKris. «No te preocupes por eso, ella entenderá», lo serena a medias Mahakali: «Preocúpate porque el Altísimo no te ejecutó; ahora le debes la vida y debes agradecérselo». Y Sobeida es más pesimista: «Si te rajas, va a desquitarse con Cristina, él sabe dónde vive y para quién trabaja». Su memoria, además, está repleta de agujeros. Ha olvidado dónde dejó su Thunderbird, por ejemplo, pero recuerda sus forcejeos con las ataduras, el crujido de la silla al romperse, su huida a través de azoteas y baldíos. La secuencia, en su conjunto, le parece absurda, como una pesadilla rota, como una película mal editada.

«¡Ojo ahí, Moloch, abajo del buzón!», lo alertan al unísono sus diablas interiores y él dirige su mirada al borde de la acera. Allí distingue, entre lodo y basura, un boleto de metro más o menos intacto. «Gracias, Mahakali, gracias Sobeida, por ampararme», murmura y se encamina a la estación Sevilla, entre el gentío que satura la calle y se aparta de él con la nariz

fruncida. Una reacción que otro día lo hubiera encabronado, pero que hoy le permite abordar sin broncas el vagón: sin que nadie le estorbe, lo aviente ni lo apretuje. Tiene ventajas dar miedo al otro, supone, excepto cuando ese miedo se vuelve contra uno.

Acurrucado en una esquina del vagón, Moctezuma cierra los ojos, conforme por estar vivo, medroso por lo que se avecina. Debe enfocarse en lo urgente: trasladarse en metro hasta Portales, caminar hasta el semanario, pedir ayuda a Bronstein y reportarse luego con Cristina, que debe estar preocupadísima, antes de volver por su moto. Una vez armado el plan se relaja y pone atención a los altavoces del metro, que transmiten una entrevista radiofónica sobre el próximo Día de Muertos y el culto a Mictlantecuhtli, cuya estatua fue descubierta durante las excavaciones en el Templo Mayor:

> —Entonces, profesor Matos, ¿qué tanto se parecen el más allá de los cristianos y el más allá de los mexicas?
>
> —Mucho. Ambas culturas creen en una entidad espiritual, un espíritu que se separa del cuerpo cuando morimos y que transita a otro mundo, dependiendo de nuestras acciones. Ambas culturas suponen que el más allá tiene varios niveles y que nadie vuelve de ahí, con excepción de algunos héroes, excepcionales, que van y vienen entre un mundo y el otro.
>
> —Supongo que también hay diferencias.
>
> —Claro. Los cristianos creen que cada persona posee una sola alma y que es inmortal. En cambio, los mexicas creen que tenemos tres almas.

El *teyolía* es la más importante porque radica en el corazón y regula nuestra vitalidad, nuestro conocimiento. También es la única que sobrevive a la muerte.

—¿Qué le pasa cuando morimos? ¿A dónde va el *teyolía*?

—Puede ir a varios lugares, pero eso no depende de cómo viva uno, sino de cómo se muera. Unos van al Tlalocan, otros al Mictlán, un inframundo oscuro, sin ventanas, regido por Mictlantecuhtli y su esposa, Mictlancíhuatl. Sólo unos pocos van al Cielo del Dios Sol: los guerreros que mueren en combate, las mujeres que fallecen durante el primer parto y los prisioneros que son sacrificados en honor a Huitzilopochtli.

Estas imágenes excitan su nostalgia. Con gozo evoca aquel sábado de octubre cuando su papá los llevó de paseo, a él y a su carnal, a las faldas del Popocatépetl. Habituado a los turbios ocasos del Distrito Federal, Moctezuma no imaginaba que el crepúsculo contuviera tantas formas, luces y colores. «Los ancestros creían que el sol muere a diario, bañado en la sangre de los guerreros, y que esta sangre lo nutre para crear y sostener la vida», les explicó don Xicoténcatl con palabras que nunca olvidó ni entendió del todo.

«Ése es tu destino, Moloch, ser un guerrero», murmura Sobeida en sus adentros, y Mahakali agrega: «Si cortas la cabeza del dragón, tu alma entrará al cielo por la puerta de los héroes, de los mártires, de los guerreros, ¿te imaginas lo orgulloso que se sentiría el gran Fantomas?». A Moloch la idea lo prende: volverse un héroe mítico, mexica pero heavymetalero. Y nomás de pensarlo sus heridas dejan de dolerle y él sonríe como un niño que acaba de conocer el crepúsculo.

«¿Lo cobro o lo rompo, lo deposito o lo devuelvo?», se pregunta Cristina, sentada en la mesa del comedor, mientras revisa el cheque (con membrete de la Milicia del Señor) con que Rovira pagó su participación en la ceremonia espírita. El monto es considerable (quinientos mil nuevos pesos), también sus repercusiones éticas. Con ese varo podrían pagar el enganche de una casita en la Doctores, si no fuera porque, al aceptarlo, ella firmaría un pacto implícito con *ellos,* los hombres del Poder. «Sin contar los chismes en la chamba si se enteran», suspira.

Cuando el teléfono suena (una, dos, tres veces) no es Moctezuma quien la busca, sino su jefe, Salomé Bronstein:

—¿Cómo estás, Cristina? ¿Anda por ahí tu novio? El cabrón se nos perdió el otro día y no se ha reportado. No sé qué mosca le picó.

—No está aquí, señor. —Cristina solloza—. Hace dos días que no lo veo. Nunca pasa la noche fuera sin avisarme. No sé qué hacer.

—¿Hablaste ya con sus amigos, con sus compas?

—Ya. Nadie lo ha visto. Nostradamus vio la moto estacionada en un Sanborns. Si Moctezuma va por ella, el encargado quedó de avisarnos.

—Qué cabrón. Espero que no se haya metido en algo peligroso.

—El periodismo es oficio de alto riesgo, por desgracia.

—Y más en estos tiempos, Cristina. ¿Necesitas ayuda?

—No, gracias. Una amiga pasará al rato para llevarme al jale. Como sea, en cuanto vea a Moctezuma le hablo.

—Ahí te encargo, Cristina, espero que pronto aparezca, adiós.

Bronstein cuelga, Cristina contiene un sollozo.

Sentada sobre la cama, el silencio se dilata y contrae al lento compás de su corazón y del reloj, por donde pasan las horas sin que Cristina pueda contener la impaciencia. No le gusta estar sola, no le gusta esperar a nadie, y menos a su emperador, que había jurado ante los dioses estar siempre al pendiente de ella. «Ay, Molochito, tienes que explicarme dónde y con quién andabas si no quieres que te divorcie», rezonga. Y no sigue rezongando porque entiende que ella también debe explicarle los enredos en los que se metió. De seguro pensará que está loca cuando le confíe que invocó en público la presencia de un muerto, y que a veces escucha los pensamientos ajenos, pero nunca los que ella desea oír.

Por eso la asusta cualquier ruido, justo como esos que vienen de la sala. El zumbido de la televisión al encenderse, la música de fondo, los aplausos y las risas pregrabadas: un programa matutino de variedades, según parece, que cuenta con «la presencia de la Felina, ¡flamante senadora por el estado de Chiapas!».

> —Buenas tardes, es un honor tenerla con nosotras. Dígame, usted siempre se ha relacionado con los hombres del poder, ¿qué se siente estar al otro lado?
>
> —A toda madre. Y no te rías, ¿eh? Yo me acerqué al poder por el lado oscuro, donde no entran los periodistas, ni las esposas de los políticos. Ahí aprendí las mañas que me trajeron hasta aquí.

—A propósito de ese lado oscuro, en sus memorias usted admite que practica el satanismo. ¿La práctica de su religión no interferirá con su labor política?

—Al contrario. El dios cristiano que conocí en mi infancia, allá en Chiapas, era un dios injusto que perdonaba a los violadores por ser hombres y castigaba a las violadas por ser mujeres. Desde entonces supe que ese dios era el Diablo y que su rival sería mi Dios. No soy la única, querida. Hay muchos políticos que lo veneran. Si lo dudas, pregúntaselo a mi amiga Cristina Olvera Báez, que nos está mirando, ¿verdad que tengo razón, querida AntiKris?

—¿Por qué me lo preguntas, si eres tú la especialista? —rezonga Cristina frente al televisor y la Felina le responde detrás de la pantalla:

—Porque quería hablar contigo. Como no tengo tu número, tuve que recurrir a mis poderes. Un pajarito me dijo que andabas bailando antenoche con el enemigo. ¿Eso es verdad?

—Sí, es verdad, señora, jamás lo oculté. —Apenada, Cristina se lleva la mano al cuello para mostrarle su collar—. Vea, seguí su consejo: traigo todavía el talismán que usted me regaló.

—Sólo por eso te perdono, Cristina. Dime, ¿no vas a platicarme lo que hicieron antenoche tus amigos espiritistas?

—Haré algo mejor, señora. —Cristina sonríe a medias, divertida por la delirante situación—. Grabé en secreto una cinta de lo que pasó. Hay cosas que no entiendo, quiero que usted la escuche y me diga su opinión.

> —Será un placer, cariño. Esa cinta vale oro. Hazme una copia y paso luego a buscarte. Ya me voy porque no tarda en llegar el guapo de tu novio. Besos, Cristina, cuídate mucho…

—Adiós, señora, claro que me… —responde Cristina, interrumpida por el chasquido de la televisión al apagarse.

Sentada a la orilla del sofá, una quietud de mal augurio, de vana espera, que se desvanece en cuanto suena el timbre de su domicilio (una, dos, tres veces) y una llave hace traquetear el cerrojo de la puerta.

Tres segundos más tarde, su novio entra en escena, mal peinado, mal fajado y mal vestido, con camiseta y botas prestadas.

—Abrí con la llave de la conserje —explica él con voz apagada—. Estaba asustado, AntiKris, desde afuera creí que discutías con alguien.

—No me peleaba con nadie, menso, estaba ensayando para regañarte, te lo mereces por dejarme sola tantos días —le reprocha ella, pero en vez de seguir se arrebuja en sus brazos y disfruta en silencio de su regreso, de su tibieza corporal, de su presencia física.

Agradecido, el Moloch corresponde con un beso muy lento, gozando sin prisa de su cariño a pesar de los raspones, ah, los hematomas, aay, las cicatrices que se abren con cada caricia, aaaah, y las lágrimas rojas que supura, aaaaay, su carne malherida.

Con la mente al borde del vértigo, el Moloch y la AntiKris hacen el amor como si así pudieran olvidarse de sus heridas, del Altísimo Eliasista y del Secretario General, del espiritismo y la nigromancia, de los guerreros águila y las cabezas de la Hidra. «A veces lo más cuerdo es fingir demencia», supone Moctezuma después del orgasmo, en cuanto recobra el aliento. Una solución tramposa, pero efectiva, para huir de sus especulaciones y para no inquietar de más a Cristina, que ahora duerme ronroneando entre sus brazos.

Lo gacho es que esa quietud no perdura más allá de la siesta.

—Debo irme, Molochito —se lamenta Cristina cuando termina de vestirse y arreglarse—. Arrabal me dará un aventón a la chamba, vuelvo tarde, no me esperes. Te dejé unos pastes en el horno. Si puedes, ayúdame con mis recortes de prensa, ¿me das un beso?

Él acepta en silencio, la besa y la deja ir. No tiene opciones, por más que le duela quedarse a solas, a merced de sus dilemas y demonios. Cuando se reportó con Bronstein, hace buen rato, éste le aconsejó que se tomara el día para curarse de espanto. Como si fuera tan fácil, y menos cuando empiezan a joderlo sus voces interiores: «Muévete, Moloch, no te quedes ocioso mientras tu novia arriesga el pellejo». Amodorrado todavía, se pone unas chanclas y se sienta en el comedor, donde Cristina estuvo recortando noticias, la mayoría sobre el Abogánster:

> Lugar y fecha de nacimiento: Distrito Federal, 22 de abril de 1934. Estado civil: casado. Estatura: 1.90 metros. Pelo: castaño claro. Cargos: entrar ilegalmente a EUA y sobornar a un juez mexicano…

Gracias a un artículo de *El Mañana*, Moctezuma se entera de que el susodicho fue detenido hace unos días en San Antonio y que su juicio va a ponerse bueno. El fiscal, enviado por el Señor Presidente para extraditarlo, llegó muy bravo a Texas, exigiendo que se investigara al Abogánster por el asesinato del Secretario General, al que llamaba su «enemigo jurado». Como evidencia, el fiscal presentó una grabación telefónica donde el acusado afirma saber por qué mataron al Candidato Oficial y que «va a haber más muertes». El fiscal insinuó, además, que el Abogánster trabajaba para J García y que organizó un banquete para que el jefe narco se reuniera con el Candidato Oficial, sólo que el Candidato Oficial rechazó la invitación. (¿Será que por eso se lo chingaron?). En respuesta, la defensa del Abogánster presentó una grabación telefónica para demostrar que las declaraciones del fiscal tenían un carácter pasional: quería joderse al abogado porque éste se acostó con su esposa.

Más cómicas le parecen las mutaciones de otro finísimo cliente del Abogánster: las cirugías plásticas (¿o transmigraciones mágicas?) que convirtieron a J García en José Luis G o en Chapa G. «Una comedia negra de máscaras y maridos cornudos», se ríe Moctezuma, «en eso se ha convertido nuestro país». «¡O sea que el Abogánster excarcela criminales y les busca un nuevo cuerpo!», se asombra Sobeida, y Mahakali remata: «Obvio. De seguro el Chacal sigue vivo en otro país, con otro cuerpo, gracias al Abogánster y a la magia del Altísimo Eliasista».

—Me cae que el Ingeniero M piensa hacer lo mismo. —Moctezuma pega el último recorte de periódico y lo guarda en la carpeta.

«A menos que tú se lo impidas, querido».

—¿Cómo? ¿Quieres que lo mate?

«No dije eso. Ese cabrón es un mediocre en todo, como ingeniero, como político, como matón». «Lo mismo opino: mandó matar al Secretario General para quedar bien con sus jefes o para intimidar a sus rivales, y todo lo hizo mal». «En resumen, no te conviene acabar en la cárcel, lejos de tu AntiKris, por liquidar a un pendejo». «Pero tampoco puedes cruzarte de brazos si alguien amenaza a tu novia...».

—Ahora que lo pienso, los caballeros águila no siempre matan a sus presas. —Moctezuma se dirige al baño—. A veces las capturan vivas para que los sacerdotes las sacrifiquen.

«¡Genial! Debes atraparlo vivo, infraganti, antes de que transmigre». «O antes de que otro lo mate».

—Más bien quiero exhibirlo, a él y a sus cómplices. —Moctezuma se desnuda y sonríe al comprobar que sus moretones y sus cicatrices se han curado por completo—. Presiento que el Ingeniero M se va a esconder en el Templo Gnóstico, para cambiar de cuerpo en la Transmigradora Ectoplásmica.

«¿Quieres volver al Templo? El Altísimo se va a molestar». «No hay que pedirle permiso, sólo debemos distraerlo, ponerle un señuelo, fingir que vas por el Magno Padre o por el Sucesor Presidencial». «Necesitas poderes extras, debes consultar a ese brujo inglés, David Farren, él adivinó que tu AntiKris era vidente». «De seguro el Boticario sabe cómo contactarlo, hay que preguntarle». «Por lo pronto debes irte preparando, necesitas un corte de pelo para quitarte lo guapo y que des miedo». «Y no olvides apartar un mechón, con él puedes hacerle un talismán a tu AntiKris».

Satisfecho por su plan, Moctezuma decide ponerle adrenalina. Así que mete un CD de Rage Against the Machine en el estéreo, le sube al volumen, busca unas tijeras en el cajón y se recorta la cabellera ante el espejo, mechón a mechón, como si se alistara al combate.

*Some of those that work forces*
*Are the same that burn crosses*
*Killing in the name of /*

A las 6:00 p. m. del 26 de octubre, un manto de nubarrones ensombrece el Valle de México. El Servicio Meteorológico informa que el huracán Mitch ha traído a las costas de Matamoros un torrente de inundaciones, destrozos y muerte. El Popocatépetl incrementó el furor de sus fumarolas, el índice de la Bolsa tuvo un alarmante descenso y el ozono en el aire llegó a su máxima concentración mensual. Nada de eso ha mermado el tráfico automotriz, ni el gentío que satura las calles, adornadas con calaveras de papel picado, cempasúchiles y veladoras. En toda la urbe sólo hay un lugar silencioso: el departamento de la colonia Palmatitla donde Cristina y Moctezuma se abrazan en la cama sin decir palabra.

Su silencio, por supuesto, está colmado de signos, gestos, miradas. Antes se decían todo y nada los dañaba, ahora lo callan todo y nada los alivia. Presienten que algo se ha roto en su relación y que no pueden repararlo. ¿Cómo le pregunta Cristina a su novio por qué se trasquiló el pelo, sin confesarle que ha firmado un pacto con los demonios del poder? ¿Cómo le pregunta Moctezuma a su novia cómo le fue en La Ópera, sin confesarle que unas voces mentales le aconsejan matar a un cabrón? Una y otro temen estar locos, uno y otra temen que sus delirios sean reales. Sin humor para poner música, sin hígado para ver tele, han hecho el amor tres veces (en la cocina, en el sofá, en la cama) espoleados por un deseo morboso. Como si alguien los observara, como si lo hicieran adentro de una cripta, a la vista de sus cadáveres y fantasmas.

Sólo al final se dicen, «buenas noches, te amo», y simulan dormir para ocultarse la melancolía. Por dos años vivieron en un oasis: un hogar, trabajo, juventud y mucho rock. Les faltó tener un bebé y dos gatos, como lo planearon y pospusieron muchas veces, a la espera de un mejor trabajo, una mejor casa, un mejor futuro. Ignoraban que «el futuro no existe, ni tampoco la muerte», y eso les impidió disfrutar su modesta pero irrefutable dicha. Hasta que una especie de relámpago, ciego como el azar, bruto como el destino, desbarató la torre que habían edificado con su cariño, con sus afanes, con sus proyectos.

Cuando por fin se duermen, la melancolía se vuelve onírica.

Cristina sueña que una reina (¿su madre o Rovira?) le regala una moneda de oro para que adquiera una espada, un manto de viuda y un féretro tallado en piedra. Moctezuma sueña que un hechicero (¿su padre o Cagliostro?) le ofrece siete cálices con siete «demonios» que lo convertirán en un guerrero inmortal. En ambos sueños, una y otro terminan mal, con una certeza amarga: saber que deben separarse, discretamente y en silencio, si quieren concluir sin tanto daño su romance. Pase lo que pase, ni una ni otro podrán amarse igual, ni seguirán el mismo camino. ¿O sí?

Como sea, Cristina y Moctezuma no interpretan sus sueños como una amenaza sino como un consejo. Si desean proteger a su pareja deben actuar en secreto, a solas. Ella a espaldas de él, él a ocultas de ella. Una conclusión más bien cínica, que les permitirá afrontar con mayor libertad las broncas que se avecinan. Por esa razón, Moctezuma apaga el despertador a la hora de siempre y prepara el desayuno mientras finge creer que todo ha sido una pesadilla, que pronto volverá al trabajo. Lo mismo hace Cristina, que se baña, se viste y se maquilla para presentarse al periódico y editar con Arrabal el suplemento de esa semana.

Una escena típica de su vida diaria, excepto porque hoy no se hablan, ni oyen radio, ni ponen música. Sólo se miran y sonríen, como si eso bastara para comprobar que todo está bien, que se aman todavía.

¡Ya pasaron cuatro días!
El Sol sigue inmóvil en el cielo,
y se eternizan las sombras
sobre la Tierra temerosa.

Así declama un señor moreno, rollizo y melenudo, que se ha instalado en la esquina del Zócalo para narrar a sus oyentes el origen, el esplendor y la caída de la gran Tenochtitlán. Ataviado como dios del fuego y del tiempo (con plumaje coloreado, taparrabo de manta, joyería de plástico) ha atraído a medio centenar de turistas y transeúntes. Entre ellos Moctezuma, quien lo escucha con asombro, tal como antes escuchaba las historias de su padre.

Ahora vuela el gavilán y se dirige al Dios Sol:
«Los dioses quieren saber por qué te has detenido»
y el Sol dice: «¡Porque quiero beber la sangre humana!
¡Quiero que los hombres me den sus hijos,
quiero que me ofrezcan su prole!».

—¡Salve Moloch, amo de las tinieblas! —Lo sorprende por la espalda su compadre Nostradamus, recién salido del metro Zócalo—. Óyeme, qué feo te ves pelón, hasta pareces sargento. No me digas que ya eres abstemio y que abjuraste del *heavy metal*.

—Al contrario, compadre, luego te platico. —Moctezuma sonríe sin ganas mientras se aparta de la gente—. ¿Tienes mi encargo?

—Agüelita de Huitzilopochtli. —Destanteado por la seriedad de su compadre, Nostradamus saca un paquete de su morral, envuelto en papel periódico—. Aquí la tienes: una Beretta nueve milímetros, con balas de plata, bendecidas por san Juditas y amparadas por la Guadalupana. Te dije que en Tepito todo se consigue.

—Gracias, cabrón, te debo una. —Moctezuma le entrega el dinero, casi la mitad de sus ahorros; toma luego el paquete y se despide.

—¿Y a dónde vainas, pinche Moloch? —Nostradamus lo toma del brazo—. No te la mames y desembucha. ¿Quieres matar a algún vampiro con esa pistola, o qué pedo?

—Casi, casi. —Moctezuma alza los hombros—. No te asustes, el arma no es para mí, es para un intercambio de regalos en el semanario.

—Ni que fuera navidad. Mejor acepta que no quieres invitarme.

—El viernes hablamos y te cuento, ¿sale?

—Vale. ¿Nos videamos en la tocada de El Clan? Lleva a la AntiKris, se va a poner bueno.

—Ahí nos vemos —asegura Moctezuma y abraza a su compadre, que hoy anda más efusivo que lo habitual.

«El cabrón se las huele, mejor ni le doy cuerda», piensa Moctezuma mientras camina hacia el museo del Templo Mayor. Así se lo indicaron sus diablas interiores hace rato. «Lleva a Cristina a su chamba y luego te lanzas al museo», dijo la voz de Mahakali. «Ahí te espera el mago Farren, pídele consejo y poderes para consumar tu misión», agregó la voz de Sobeida, y a partir de entonces quedaron calladas, por más que el Moloch perciba su influjo en cada paso, en cada decisión.

Al trasponer las puertas del museo lo aguarda un laberinto en ruinas que lo guía a otra realidad. Un espacio sin tiempo, poblado por deidades de piedra y creaturas de barro que lo vigilan suspicaces desde sus jaulas de vidrio. Más que la anómala soledad del recinto (lleno casi siempre de turistas) lo intriga su frialdad, un frío que ciega la carne y hace tiritar el pensamiento. Oprimido por esa quietud de catacumba, un murmullo imanta su curiosidad. Una invocación, más fuerte a cada paso, que lo conduce hacia una efigie de barro y sangre seca. Una deidad mexica que sonríe con la cara desollada, las costillas al aire y el hígado colgando del vientre.

Hincado frente a la estatua, el mago reza: un hombre canoso, de pelo largo y túnica negra, que canta con los brazos en alto:

Alabado seas, Mictlantecuhtli,
Señor del Mictlán, tierra de los Muertos,
Donde yacen las almas y los corazones
olvidan sus penas...

Al terminar la estrofa, el mago se levanta y saluda al recién llegado:

—¡Salve, hermano! Soy David Farren y tú debes ser el Moloch.

—No sé quién le dijo mi nombre, míster. Sólo sé que me disgusta ver a un extranjero adorando a nuestros dioses.

—No es tu dios ni mi dios, hermano: es de nadie y de todos. Los dioses verdaderos no tienen patria, nombre ni pueblo.

Eso los hace inmortales. Hades, Lucifer, Shiva, Tezcatlipoca o Cthulhu son vocablos, sílabas vacías que los sacerdotes inflan de significado, de mitos y rituales, para nombrar lo que teme la gente: lo ominoso, lo siniestro, lo abyecto.

—Me encanta la teología, míster, pero hoy tengo prisa. Dígame qué debo hacer para que nadie toque a mi AntiKris.

Con la cortesía de un diplomático, el mago lo invita a seguirlo por un pasillo oscuro antes de responderle.

—Planteemos el dilema de otro modo. Tú eres un caballero águila. Tu misión es combatir al lado de los dioses, no de cualquier diablo.

—¿Y cómo le hago para distinguirlos?

—Por sus intenciones. Sé lo que ocurrió en la Casa de Brujas y lo que te propuso ese maldito hechicero, el Altísimo Eliasista. Él y los suyos, los narcopolíticos, desean que estalle la guerra para arrancarle el liderazgo del partido a sus enemigos, los espiritistas científicos, los tecnócratas aliados con la Iglesia y la Milicia del Señor.

—Los dos bandos son infames. Los dos han construido su poder mediante la opresión y el engaño.

—Como sea, debes elegir entre los aliados de Cristina y sus enemigos, es decir, los que te han amenazado. Si lo piensas bien, el Altísimo Eliasista es el que sale ganando en esta trama. Él se ha propuesto sembrar un estado de caos que permita militarizar el país e instaurar un narcogobierno en México, con disfraz de democracia, capaz de intimidar a las naciones extranjeras. Si caes en sus tentaciones, colaboras a esa causa.

—¿Y si elimino a ese Rasputín? Dejaría de apoyar al Abogánster y ya no podría dañar a mi AntiKris.

—Buena comparación: Rasputín y el Altísimo son muy afines. Espíritus que se corrompieron en cada una de sus reencarnaciones hasta volverse demonios. Cuando el Eliasista transitó al ultramundo, se propuso aprender allá de los espíritus y volver al mundo para consumar su objetivo final: que México abjure del catolicismo y se vuelva espiritista.

—Para mí que no aprendió una chingada.

—Aprendió mucho, pero mal. Murió emponzoñado de rencor, porque Benito Juárez no lo apoyó como él deseaba. Eso malogró su tránsito y corrompió su aprendizaje. En el más allá atrajo sólo espíritus destructores, que lo volvieron cruel y cínico. Así era el espíritu que engañó a Madero y se alió con Victoriano Huerta: un *dandy* elegante y cruel, que incitaba a la violencia con pruebas científicas y datos estadísticos.

—Ese cabrón me puso una trampa, amenazó a mi novia. Si usted me ayuda, míster, con gusto voy y le meto unos balazos de plata bendita...

Farren se ríe, divertido, y su carcajada hace reverberar el recinto al que han ingresado: una sala cóncava, alumbrada por cirios, con un círculo salomónico trazado con salitre sobre el piso de mármol.

—Adoro tu actitud, cabrón. Esas balas que traes, por muy benditas que estén, sólo matarían su cuerpo. Y sería peor porque liberarías la legión que habita en su alma. En concreto, el demonio que el Eliasista invocó cuando pasó por el averno: el gran Baphomet, primer ministro de Satanás; el Diablo patrón de los malos ministros que manipulan a los gobernantes y a los gobernados mediante el temor y el temblor.

—¿También debo luchar contra él? ¿Debo exorcizar primero al Altísimo y matar al Diablo que salga de él? ¿O qué hago?

—Primero hay que distraerlos, hacerles creer que tu presa es otra. Luego hay que atacarlos cuando se realice la ceremo-

nia de transmutación del Ingeniero M. Será el 31 de octubre, te lo garantizo: la noche de brujas es ideal para esas operaciones.

—Seguro la harán en la Basílica del Templo Gnóstico, donde tienen presa a la Xirau. El Altísimo tiene personal y equipo médico ahí.

—Tiene sentido. Al Ingeniero M lo vieron en Brownsville, luego en Matamoros, hace unos días en Tulancingo. Es probable que se dirija a Puebla. Tenemos poco tiempo.

—¿Cómo sabe usted que anduvo en esos sitios?

—Lo sé porque soy mago y tengo muchas, muchas orejas. —Farren se para junto al círculo de salitre, en actitud devota—. Ahora, lo que necesitas son poderes biopsíquicos para derrotar al Altísimo Eliasista. Ya posees dos, concedidos por Mahakali y Sobeida. Te falta la bendición protectora de Mictlancíhuatl, la diosa de la muerte, y la vas a obtener ahora, usando el rito de Thelema bajo mi dirección. ¿De acuerdo? Desnúdate, entonces, acuéstate de espaldas en el círculo, los brazos bien abiertos y los ojos bien cerrados.

Resignado a hospedar más voces en su cabeza, Moctezuma lo acata. «Mamá me nalguearía si me viera acostado y en cueros sobre el piso frío», bromea antes de acordarse de su jefe: «¿Qué pensaría el gran Fantomas, si me viera ahorita? ¿Sentiría orgullo, compasión o vergüenza?».

Por desgracia lo ignora, por fortuna ya no importa. («*Thiao rheibet, atheleberseth, blatha abeu ebeu phi, Thitasoe ib thiao…*»). La ceremonia ha comenzado y ya no hay retorno posible.

—Válgame el Santo Cristo, ¿qué le pasó a la pobre Cristina?

—Ay, madre Francisca, fue muy feo. Tuvo un ataque de epilepsia, el segundo en la semana. Estaba conmigo en el periódico, como si nada y de pronto perdió la conciencia. Iban a llevarla al Seguro y yo me opuse. Le hablé a Marifer Rovira, ella tramitó su traslado para acá.

—Entiendo, hermana. ¿Qué dijeron los doctores?

—El neurólogo dijo que seguirá en coma inducido hasta que pueda respirar sin ayuda de la máquina.

—Válgame Cristo Rey… ¿Por qué no va a cenar, hermana? Yo la relevo un rato. Sirve que rezo un rosario por ella.

—Se lo agradezco, madre. Cristina no cree en Dios ni puede oírla, pero le hará bien su compañía. Vuelvo a medianoche.

—No se apure, hermana, Dios la guarde.

«No te vayas, no me dejes…», suplica Cristina en su mente, con ganas de desmentir a su amiga Arrabal. De hecho, sí las oye, pero muy apenas, como si conversaran tras la puerta o al otro lado del limbo. Le preocupa no acordarse de su desmayo, le aterra no poder hablar ni moverse, pero todos sus temores se evaporan al oír las primeras jaculatorias de la madre Francisca. Con el corazón aquietado, evoca a su madre, doña Arcángela, cuando iba con ella al templo parroquial, martes, jueves y sábado, a rezar mil padrenuestros, diez mil avemarías y un millón de *ora pro nobis*. Aceptaba ir porque le daba miedo quedarse sola en casa, a merced de sus fantasmas, y también porque tenía un método para no aburrirse: disociar la palabra del pensamiento. Mientras su voz repetía las plegarias, su mente fluía de cosa en cosa, de idea en idea. Lo mismo hace hoy, en cuanto descubre que la madre Francisca no reza el mismo rosario que su madre:

Satán te salve, Scheva Pititis
llena eres de Sombra,
el Horror es contigo,
bendito el Siervo de tu vientre, Moloch…

«¡A él no lo metas en tus blasfemias, santurrona!», rezonga Cristina, ofendida, aunque luego se alegra. El puro nombre de su emperador azteca, como un conjuro, le basta para evadirse de ahí, para que su mente fluya lejos de esta cama, esta clínica, este limbo. Como alma sin cuerpo o conciencia sin peso, la mente de Cristina vaga entre autos, ciclistas y peatones, buscando a su novio heavymetalero por las calles de una colonia muy fresa y exclusiva. Aunque no tiene cuerpo, siente algo de frío y una pizca de rencor mientras se mueve entre esta gente, tan rubia y opulenta, una bola de privilegiados que festeja en bares exclusivos y antros de *electro dance*.

«En medio de tanta luz se me va a perder tu sombra, Molochito», se queja. Luego recapacita: en realidad, empezó a perderlo desde antes. Algo cambió en su tlatoani desde que entró en el semanario, y empeoró con sus incursiones, con sus reportajes. «Tengo que hacer algo por ti, no lo sé, alejarte de esa chamba, llevarte con un neurólogo, carajo, ¿de qué me sirve ser vidente, Molochito, si no puedo prever tus males?», así solloza Cristina, y al hacerlo reconoce a su tlatoani (o cree reconocerlo), allá, en la banqueta de enfrente. Un muchacho prieto y guapo, con el pelo mal cortado, que destaca entre el gentío como un murciélago entre las palomas. De lejos no distingue su rostro, pero presiente su furia, su miedo, su apetito de sangre. «Así te sentías la otra vez, lo percibí muy clarito; estabas furioso contra el sistema, herido en tu orgullo, borracho de dudas», piensa y muy preocupada lo persigue entre los turistas, los meseros, los vendedores ambulantes.

Un presagio la electriza cuando lo ve alejarse de la fiesta y dirigirse a una colonia inhóspita, con mansiones paranoicas, murallas de cinco metros, alambres de púas, portones de seguridad. «Aquí vive gente poderosa, con enemigos muy temibles», supone. A su presunto tlatoani eso le da lo mismo: sin rehuir las cámaras, se mete en una caseta telefónica donde tiene guardado su disfraz: gorro y overol negros, botas y chaleco antibalas, pistola y macana al cinto. Cuando Cristina se acerca y lo mira de frente, comprueba lo que ya presentía. Este cabrón no es su novio, pero podría serlo si esto fuera una pesadilla. «Sí, podría ser otro Mauro A, otro Damián T, otro loco que quiere arreglar el mundo con un balazo».

Con paso firme, sobreactuado, su perseguido se acerca a uno de los portones y teclea sin titubeos la contraseña. Los batientes se abren y Cristina supone que debe largarse, pensar en otra cosa. Este asunto no le incumbe, «aunque vine hasta aquí por alguna razón, no puedo rajarme», y su mente camina tras los pasos de su perseguido, que ingresa a la residencia y saluda con familiaridad a otros guardias uniformados como él. Uno de ellos le notifica su puesto en la terraza norte. Desde ahí debe vigilar el jardín central de la residencia y su alcoba principal, ubicada en la segunda planta. Una vez que él se instala, la mente de Cristina se asoma al patio y entrevé, tras las ventanas y cortinajes de la alcoba, al propietario de la residencia. Un hombre al que no reconoce desde aquí, y que duerme con dos mujeres (una joven y otra vieja), sobre una cama portentosa, entre paredes rojas y cirios negros, frente a una efigie de la Hermana Blanca, esculpida en marfil.

—¿Para esto mandaste matar al Candidato Oficial?, ¿para esto querías ganar la presidencia, hereje? —Sentado sobre un capitel, su perseguido refunfuña, prende un cigarro, revisa el cargador de su pistola—. Ni te imaginas la que va a armarse cuando sepan lo que eres, hijo de puta, hereje, libertino. —Apoyado sobre el antebrazo izquierdo, su perseguido respira hondo y apunta su pistola hacia el propietario de la residencia.

A Cristina se le traban las neuronas. «¿Evito que dispare, lo miro nomás o le echo una mano?», duda y se acerca con cautela, le acaricia el hombro, le pide al oído: «No dispares, no te jodas la vida, piensa en la gente que te ama». Insensible a su presencia, sordo a su voz, el perseguido sigue quieto, como si calculara la trayectoria de la bala. Una campana tañe allá lejos y Cristina insiste, «¡si disparas, tu vida y el país se irán a la mierda!», sin lograr que él separe el ojo de su objetivo. Al sonar la última campanada, Cristina cambia de tono y lo amenaza: «¡Si no te detienes, morirás y te seguiré al infierno para masticar tus tripas!», y justo entonces aparece, al otro lado de la azotea, un pelotón de guardias armados.

—¡Baja el arma, cabrón, o te jodemos! —ordena uno de ellos.

Sin dudas y sin temor, el perseguido sonríe, coloca su arma en el piso, levanta los brazos y se arrodilla ante los guardias. Luego empieza a pronunciar una plegaria que se confunde, palabra a palabra, con las letanías finales de la madre Francisca:

> Salve Scheva Pititis,
> Santa Muerta de la Muerte,
> Defiéndeme de mis enemigos,
> Ahora y en la hora de mi tránsito…

—¡Amén! —Despabilada por su propia voz, Cristina abre los ojos y al instante la encandilan las lámparas de la clínica.

—¡Despertó, madre, alabado sea Dios! —celebra la monja enfermera que ha venido a examinarla—. ¡Se supone que iba a dormir dos días más!

—Alabada sea mi Señora por atender a su sierva. —Se persigna la madre Francisca y felicita luego a Cristina—. Aunque pienses que fue sólo un sueño, realizaste una hazaña secreta por el bien de nuestra patria. Serás muy poderosa, puedes jurarlo, si no desoyes mis consejos.

—¿De qué habla, madre? —pregunta Cristina entre sofoco y sofoco—. ¿Dónde estamos?, ¿a dónde se fue Arrabal?, ¿ya le avisaron a mi novio?

—No te apures, hermana, todo está en orden. —La madre Francisca trata de calmarla mientras le hace un ademán a la monja enfermera—. No debes tener miedo, sino orgullo por tu poder y por la gracia de nuestra Santa Señora.

Sin fuerza para oponerse, Cristina se calla y cierra los párpados. Una sola lágrima escurre por su cuello, heladísima, cuando la monja enfermera liga su brazo y prepara la jeringa.

Un pinchazo después, por vía intravenosa, su mente y su cuerpo se disuelven de nuevo en el limbo.

Como un alebrije en su jaula, Moctezuma gruñe y se pasea entre los muebles de su departamento.

Hace tres días, después de hablar con David Farren, le preocupaba que su novia (con toda razón) lo sermoneara por pasar la noche fuera sin avisar. Por eso sintió alivio al llegar y ver la casa sola, y más cuando Cristina le habló para disculparse por no esperarlo la noche anterior, y para avisarle que iba a trabajar hasta muy tarde editando un suplemento.

«No me atrevo a viajar a esas horas, la calle está caliente, voy a quedarme en casa de Arrabal, te hablo mañana». Con un peso menos en la conciencia, Moctezuma le dijo que no se preocupara. Eso ocurrió el miércoles y desde entonces ella no se reporta. La primera noche Moctezuma no resintió su ausencia porque se la pasó barriendo y trapeando el departamento. Tampoco el día siguiente, porque estuvo en el Registro Federal de la Propiedad, junto con Catalina de la Cruz, buscando en vano los planos del Templo Espiritualista Gnóstico. A las siete de la tarde del jueves, impaciente, telefoneó al *Unomásuno* y la operadora, como siempre, se negó a darle razón de su novia.

«Cristina prometió llamarme, si llamo de nuevo va a pensar que la estoy checando», concluye, y para distraerse se pone a reordenar su colección de revistas, sus *compact discs* y los recortes de prensa de Cristina.

El viernes por la mañana, cuando está a punto de marcar otra vez al *Unomásuno,* le entregan por debajo de la puerta el periódico del día, con una noticia desconcertante en la contraportada:

**Ingresó en la casa del Sucesor Presidencial un sujeto con intenciones homicidas**

*Viernes 28 de octubre.* En boletín de prensa, la Procuraduría General de la República informó que la noche del pasado miércoles un sujeto armado penetró en el domicilio del Sucesor Presidencial, triunfador de las últimas elecciones presidenciales, con la intención de asesinarlo. Según el boletín, el sujeto se llama Lino S y fue delatado por unos vecinos que lo vieron deambular por las azoteas del inmueble. «El personal de vigilancia del Sucesor Presidencial fue quien lo detuvo y lo presentó ante esta Procuraduría, en virtud de que lo sorprendieron cuando trataba de cometer el delito de robo en tal domicilio».

Se dijo primero que Lino S perteneció a las fuerzas armadas y que se infiltró en el cuerpo de seguridad para realizar el atentado. Él mismo lo desmintió en su declaración ministerial. Primero dijo que era miembro del Ejército Zapatista de Liberación Nacional y consideraba al Sucesor Presidencial como un enemigo de guerra. Luego se desmintió y dijo que era un «traficante pacifista de armas». Por último, sostuvo que militaba en una cofradía secreta que combatía contra los ideales del capitalismo occidental.

La noticia, que conmovió al medio político y periodístico, fue confirmada indirectamente por el Procurador, cuando afirmó que Lino S será procesado por homicidio en grado de premeditación. Negó que el incidente esté relacionado con los asesinatos del Candidato Oficial y el Secretario General, aunque pidió discreción a los medios «para no crear un clima de crisis política». Por último, aseguró que ya fue reforzada la seguridad privada en la casa del Sucesor Presidencial y en sus oficinas de Cuicuilco, donde se prepara su despedida formal del PRI y su toma de posesión como presidente, el próximo primero de (sigue en la página 64).

Luego de leer y releer esta nota, Moctezuma blasfema en secreto contra este maldito país sin dios, sin madre y sin ley. «Cristina tiene razón, la calle está caliente», piensa: el atentado contra el Sucesor Presidencial demuestra que aquí la vida cuelga de un hilo muy frágil. Aunque en este caso hay algo que no cuadra: si Lino S era otro caballero águila, como Mauro A, como Damián T, «¿por qué no cumplió su misión?, ¿por qué se entregó tan fácil? ¿O será que ese atentado sólo fue un señuelo, un simulacro para distraer al enemigo?». Por más que las invoca, esta vez sus voces interiores no acuden a socorrerlo. En busca de consejo, pide por teléfono audiencia a su jefe, y una hora después se reúne con él en su oficina.

Salomé Bronstein (a quien lo *hippie* no le quita lo colmilludo) lo escucha con interés, valora sus conjeturas y concluye:

—Esa historia que cuentas, esa guerra entre brujos, narcos y políticos es tan absurda que debe ser real, cabrón. ¡Me encanta! —exclama Bronstein y celebra la idea con un trago de *whisky*—. Andas inspirado, tu reportaje sobre la casa de Nellie te quedó de lujo.

—Sí, ¿verdad? Lástima, no pude traerme la fotografía espírita, donde aparece Francisco Villa.

—No te preocupes, ya encargué un fotomontaje para sustituirla, va a quedar muy realista, luego te la enseño.

—De acuerdo jefe. Por otro lado, le aviso que voy a ir a Puebla. Quiero entrar al Templo con otra identidad.

—No es necesario, Moloch. *Take it easy*. Llévate la máquina a tu casa, enciérrate y escribe un reportaje chingón de aquí al lunes.

Sin discutir, Moctezuma acata el consejo de su jefe. Empaca la Printaform en una caja, junto a la pistola de balas benditas y un par de libros. Cuando se dispone a salir, Catalina lo abraza con mucho dramatismo, «como si me fuera para siempre», piensa él, conmovido a medias. Evitando a sus colegas, camina al estacionamiento, amarra su equipaje en la parrilla, monta la Thunderbird y se aleja por la calle Tokio. Antes de volver a casa decide pasar por Los Encantos de Hipatia, donde el Boticario lo recibe con un té de ajenjo y una pipa de cannabis.

Luego de enterarse de las andanzas y conjeturas de su amigo, el Boticario enciende un Kent, se limpia las gafas y exhala el humo:

—Lo que te dijo Farren tiene sentido, pero debo consultarlo en mis manuales. No escribas aún sobre el asunto, no nos conviene alertar a los involucrados. Tampoco vayas hoy a Puebla a cometer una tontería. Descansa esta noche, vuelve mañana temprano, prepararé un ritual para vencer al Eliasista y neutralizar a sus demonios.

—Y por lo pronto, maestro, ¿me regala o me vende otro ojo de cuervo? Sólo por si lo necesito.

—Mañana, Moloch, mañana te lo entrego.

Sin argumentos para discutir, Moctezuma acepta su consejo, se despide y maneja sin escalas hasta su casa para esperar a su novia.

En su depa, solitario todavía, hace más frío que nunca y un irritante polvillo flota en el aire, dorado por el atardecer. Y de Cristina, ni sus luces. Eso lo exaspera porque hoy mismo debe decidir si se lanza a Puebla, si se pone a escribir el reportaje o si regresa mañana con Cagliostro. Incapaz de resolver nada en esas circunstancias, mejor se tumba en el sofá, se echa dos cobijas encima y se pone a ver MTV hasta desmayarse.

Casi a medianoche lo despierta el teléfono. Es Mariana Arrabal, que llama para informarle lo que ocurrió el miércoles a mediodía: el ataque epiléptico de Cristina, su desmayo, su traslado a una clínica de la Milicia, el Hospital Ángeles del Pedregal.

—¿Y por qué no avisan? Aquí me tienen pensando chingaderas…

—Tranquilo, amigo. Te acabo de decir que ella estaba inconsciente y además sí te estuve buscando, en tu casa y en el semanario.

—¿O sea que ya recuperó la conciencia?

—Sí, se despierta en ratitos. No te preocupes, ya pasó lo crítico. Esta noche la cuido yo, mañana te aviso qué plan. Por lo pronto, ella dormirá tranquila sabiendo que estás en casa.

—¿Quién va a pagar la cuenta? Esos hospitales cuestan un huevo.

—Mañana hablamos, debo regresar con ella, adiós —se despide Arrabal y Moctezuma cuelga, enmudecido.

«¿No te das cuenta? Ese ataque fue provocado por el Altísimo Eliasista, el hijo de su espírita madre», lo increpa la voz de Mahakali. «Si no le pones un hasta aquí, querido, te seguirá jodiendo y jodiendo hasta que truenes», le advierte la voz de Sobeida. Antes de que Moctezuma discuta con ellas, se hace oír una tercera voz, cortante como un cuchillo, que cercena de un tajo todas sus dudas:

«¡Ay, Moloch, ay de ti! Soy Mictlancíhuatl, la deidad que el mago Farren invocó a tu nombre. ¿Acaso me hiciste venir desde el Mictlán para aburrirme con tu cobardía? Enarbola cámara y grabadora, hijo mío, disponte a combatir con tus armas de reportero a ese maldito fascista, el gachupín malinchista del Altísimo Eliasista, tres veces malparido, y a los demonios que lo respaldan».

Incapaz de refutarla, Moloch desempolva su mochila y empaca su cámara fotográfica, su pistola, la Guía Roji y el resto de sus ahorros. Dispuesto a emprender la aventura de su vida, se pone sus pantalones de cuero, su chamarra, sus botas y sus amuletos mexicas, y declara, envalentonado: «Todos los días son buenos para morir, pero hoy mejor que nunca».

Carga entonces su mochila al hombro, cierra la puerta detrás de sí y baja a trote por su Thunderbird, mientras suena en su rockola mental la rola más combativa de Exodus:

*Woke up this morning and he*
*He took a look to the sky*
*The sun was hot and glowing*
*Decided today is a good day to die…*

BIENVENIDA, HERMANA, ¿cuál es tu nombre?

He tenido tantos nombres que olvidé el original. Puedes llamarme Última: fui la última entidad espiritual que se alojó en el cuerpo de Moctezuma López Chew, mientras consumaba su última misión.

¿En qué consistía esa misión?

Quería detener una conjura pseudognóstica, urdida por un poder siniestro y secreto. Un poder que desea someter al gobierno y al pueblo de México mediante el crimen, el terror y la hechicería. Creyó identificar a uno de sus agentes más nocivos y por eso se introdujo en la Basílica de la Santa Hermana, mientras realizaban ahí una de sus ceremonias más nefastas.

¿Quién era ese agente?

Se hace llamar el Altísimo Eliasista. Fundó hace cinco años un culto secreto, el Templo Espiritualista Gnóstico, que congrega a personajes muy siniestros, como el Abogánster, J García y el Ingeniero M.

¿Qué ofrece ese culto a sus feligreses?

Hay servicios a tres niveles. Para los adeptos profanos están las consultas y curaciones parapsicológicas que les brindan las Ruiseñoras. Los creyentes iniciados pueden participar en los rituales de magia negra que oficia la

Ruiseñora mayor, la Guardiana. Sólo los iniciados, como el Abogánster o J García, acceden a los ritos más radicales, como la transmigración ectoplásmica, que permite al alma transmigrar a un cuerpo nuevo.

¿O sea que el Altísimo Eliasista ofrece la inmortalidad a esos iniciados?

Algo así. Les ofrece la posibilidad de morir varias veces, a cambio de un precio obsceno y fidelidad eterna a la Hermana Blanca.

¿En qué consiste la transmigración ectoplásmica?

Es una metempsicosis controlada. El profeta Esdras le reveló el secreto al Altísimo Eliasista después de su primera muerte. En su segunda vida, hizo pacto con Baphomet, un demonio que le aconsejó vender el secreto a la KGB. Durante muchos años, los parapsicólogos rusos habían intentado extraer la información psíquica de un cerebro para transferirla a otro sin pérdidas de identidad. El Altísimo Eliasista supuso que el proceso implicaba violar las leyes naturales, y lo resolvió con un proceso sobrenatural: la invocación de un demonio. Cuando pusieron en práctica su hipótesis, el resultado fue la Transmigradora Ectoplásmica.

¿El Altísimo Eliasista usó después ese artefacto, por su cuenta?

Construyó otro prototipo acá, en México, con la ayuda de un neurólogo chamán, Jacobo G, quien agregó un irradiador sintérgico para detectar y grabar los campos neuronales. El Altísimo Eliasista lo probó con Juan Chapa G, cuando transfirió su psique en el cuerpo de J García. Muy pocos la han usado. No cualquiera se atreve. Para empezar, la psique únicamente puede ser transferida un milisegundo antes de la muerte. El retraso más ínfimo manda todo al averno. El otro problema es que la Transmigradora funciona alimentada por el dolor. No sólo extrae un dolor indecible a los dos cuerpos que participan en la transferencia. La máquina también requiere de muchísimo dolor para cargar sus baterías. Muchas ovejas deben ser torturadas: muchos niños y niñas secuestrados exprofeso. Entre más inocente sea la oveja, más dolor aporta a las baterías y el proceso tiene más probabilidades de éxito.

¿Sólo el Altísimo Eliasista puede operar la Transmigradora?

Sí. Ni siquiera Jacobo G sabe operarla. Aunque el Altísimo Eliasista no la maneja solo. Necesita el patrocinio de un demonio, que le permita transgredir por unos milisegundos las leyes naturales. Por supuesto, a este demonio hay que invocarlo antes, y para eso se requiere más dolor: el metódico suplicio de otra víctima.

¿Sabía todo esto Moctezuma al emprender su misión?

Lo intuía casi todo. Fue uniendo cabos y datos sueltos con la ayuda de su novia, sus amigos, sus mentores y las entidades espirituales que lo habitamos. Además de su audacia innata, fue azuzado por nuestras voces y apoyado por nuestros poderes.

¿En qué forma lo apoyaron?

Cada una con su poder. Con un cántico inaudible Mahakali narcotizó a los Guardias Custodios que velaban la entrada, y con otro domó a sus cancerberos: unos pitbulls del demonio, entrenados para cazar intrusos, que dejaron pasar a Moctezuma meneando la cola. Después, Sobeida lo orientó por los senderos del Jardín Alegórico. Una vez en la Basílica, Moctezuma ocultó su rostro bajo una capucha de Iniciado, Sobeida le sopló al oído las contraseñas adecuadas y un Guardia Custodio lo condujo hasta el Hipogeo de Asclepíades, la sala subterránea donde se realizaban las ceremonias clandestinas del Templo.

¿Qué vio ahí?

Vio a los trece iniciados, en sus bancas de piedra, frente a una especie de altar futurista, bajo una bóveda ennegrecida por el humo. Detrás del tabernáculo, vestido con túnica roja, reconoció al Altísimo Eliasista, que pronunciaba unos conjuros mágicos sobre una oveja recién desollada. Los balidos de la pobre mujer ya habían activado la Transmigradora Ectoplásmica: un aparato fosforescente y fractal que impresionó a Moctezuma y parecía diseñado por una civilización de ultramundo. Entre cables, bobinas y tubos catódicos destacaban tres cápsulas transparentes, rellenas de líquido amniótico, dispuestas en triángulo. En una de las cápsulas superiores flotaba el Ingeniero M, el Sujeto 1. En la otra, el Sujeto 2: el joven cuyo cuerpo alojaría, de aquí en adelante, la psique del Sujeto 1. Los dos se retorcían adentro de sus cápsulas mientras se aglutinaba en la cápsula de abajo una forma nauseabunda. Un adefesio de ectoplasma, con risa de esqueleto, pupilas de ciega, manos de leprosa. Era Scheva, la Hermana Blanca, el demonio que ampararía la transferencia psíquica.

¿Cómo reaccionó Moctezuma al verla?

Supo que su plan era inviable. No podía tomar fotos ni grabar lo que pasaba sin atraer la atención. Sus diablas interiores le aconsejamos mirar, tener paciencia. Vio a Scheva salir de su cápsula, todavía amorfa, y escurrir hasta el tabernáculo, mezclada entre babas coloidales. Luego de beber la sangre de la mujer inmolada por el Altísimo Eliasista, la Santa Muerta vociferó un alarido que suspendió por unos instante las leyes físicas y termodinámicas que sostienen el cosmos. En las cápsulas superiores, los dos Sujetos dejaron de agitarse, y sus almas se transfirieron a la cápsula central. Era el momento de actuar. Mictlancíhuatl petrificó con un ademán el tiempo exterior y Moctezuma aprovechó para correr hasta el tabernáculo, tomar al Altísimo Eliasista por el cuello, e hincarle la pistola en la nuca. Luego de respirar profundo, Moctezuma jaló el gatillo, el tiempo volvió a fluir, y los sesos del Maestro Inmortal se desparramaron sobre los feligreses. Antes de que Scheva reaccionara, Moctezuma hizo estallar con un disparo la cápsula de la Transmigradora donde el alma del Sujeto 1 se absorbía en el cuerpo del Sujeto 2. Dispuesta a destriparlo, la Hermana Blanca se abalanzó sobre Moctezuma, rugiente. En respuesta anticipada, Mahakali, Sobeida y Mictlancíhuatl crearon un pórtico cuántico que teletransportó a Moctezuma a espaldas de su agresora, y desde ahí la acribilló a tiros. Sólo entonces comprendió que ninguna bala, ni siquiera de plata, puede matar a una demonio como Scheva, al menos en este mundo.

¿Ella lo mató, entonces?

Si Scheva lo hubiera devorado, su alma se hubiera perdido para siempre. Por eso Moctezuma reservó la última bala para sí mismo. Como había incumplido su misión en este mundo, decidió consumarla desde el ultramundo. Por eso me he manifestado yo, la Última entidad que habitó en su pecho. Para dar fe de su destino, para que no lloren su muerte ni se desesperen por su ausencia. Para que lo apoyen a ciegas, con sus ritos y plegarias, en su próximo combate.

# El Mictlán

Como cada año, los muertos, las brujas y todos los diablos salen de sus nichos entre el 31 de octubre y el 2 de noviembre para asolar el país entero con sus influjos. En Chiapas, decenas de chamulas se arman con machetes, palos y antorchas, invaden el pueblo de Mitontic y linchan a siete tzotziles por órdenes de una bruja que «recibió una luz del cielo». En la Sierra Gorda de Querétaro, un grupo evangélico se levanta en armas contra el gobierno, «por ser engañadores del orden social, zopilotes que vienen devorándose nuestros muertos». Y en una vecindad del Estado de México, una vieja bruja le saca los ojos a un recién nacido, robado de una clínica del Seguro Social, para evitar que el Quinto Sol llegue a su fin.

A las nueve de la mañana del martes 2, Mariana Arrabal acude al lujoso Hospital Ángeles del Pedregal, ubicado en Magdalena Contreras y administrado por la Milicia del Señor.

Ahí debe recoger a Cristina, que fue dada de alta en el transcurso de la noche.

—Tú, amiga, cada vez más fina. Comparado con éste, el Sanatorio Español se ve de tercera. —Arrabal intenta distraerla mientras abandonan la clínica—. Te trataron de lujo. Parece milagro: hasta recuperaste el rubor, pero te salieron más mechones blancos.

Cristina sonríe y se deja conducir del brazo hasta el Volkswagen rosa que Arrabal acaba de comprarse en abonos. Todo la encandila y enerva. No pregunta por su emperador azteca. Si el cabrón no fue por ella al hospital significa que estuvo perdido en esos días. «Tú no eres así, mi rey, algo gacho te pasó, estoy segura», piensa, confiada en la fidelidad de su novio, temerosa de sus impulsos aventureros.

—Ya sé que voy lenta, tenme paciencia, estoy acostumbrada a mi moto. —Arrabal parlotea sin parar mientras conduce—. Ahora que estás mejor, quiero contarte algo. Antier visité a Maribel Frías, ¿te acuerdas? La asistente pelirroja de Adela Morales. Ella habló al periódico, preguntó por ti, le platiqué que estabas mala, y aceptó verme.

Con dificultad, Cristina consigue preguntar:

—¿Te habló sobre el mal de Nellie?

—Sí. En la oficina del Abogánster encontró un expediente con sus exámenes médicos. Le pasó lo mismo que a ti. Entre más se jodía su cuerpo, su mente se activaba más. Al parecer, el Abogánster fue acelerando el proceso con fármacos con tal de aumentar sus poderes psíquicos.

—¿Temes que me estén haciendo lo mismo?

—Bueno, eso es obvio, ¿no? Lo raro es que esa técnica era exclusiva del Abogánster y su gente. Ahora sus enemigos la usan contigo.

Cristina se cubre el rostro, asustada. Nellie C y la Xirau fueron abusadas física, psicológica, mágicamente para explotar sus poderes. Y ella corría el mismo peligro. No puede negar que su mente capta las emociones, los pensamientos, los sueños de otra gente. Lo que quisiera es controlarlo a voluntad, meterse en la cabeza del Magno Padre, por ejemplo. Quizás él le robó el secreto de la transmigración psíquica al Altísimo Eliasista, y por eso mataron al Candidato Oficial y al Secretario General. A menos que alguien más, un tercero en discordia, estuviera inmiscuido…

—Oye, camarada, ¿recuerdas que el Magno Padre mencionó a una médium, la que predijo la muerte del Secretario General?

—No, Cristina. Eso lo supe por Rovira, cuando jugamos *bridge* aquella noche. ¿Por qué lo preguntas?

—Sospecho que fue la madre Francisca. Ella canalizó al espíritu de Nellie C y le avisó que intentarían matarlo.

—¿Tú crees? ¿Lo hizo para vengarse del Abogánster? ¿No fue ella la dama de negro que tentó a Damián T y Mauro A?

—No. Ésa fue Berenice Xirau, instigada por el Altísimo Eliasista, aunque tal vez la ayudó Nellie nomás para joder. Durante la ceremonia conocí de cerca su rencor. Quiere joderse a todos los priistas por parejo. Tiene razones para hacerlo: les sirvió a todos y todos la traicionaron.

—¿La crees capaz? Tan mosca muerta que se ve en las fotos.

—La pura máscara, ya lo dijo la Felina.

—Oye, a propósito, la Felina te buscó en el periódico. Dijo que necesita hablarte por lo de la entrevista. ¿Qué le digo?

—Pásale mi teléfono, que me marque mañana.

Arrabal está de acuerdo y no hablan más en todo el viaje. Cuando llegan a su destino, Arrabal se ofrece a acompañarla, pero Cristina prefiere subir sola. «No te preocupes; si ya volvió el Moloch, debo hablar con él; si no ha vuelto, debo empezar a buscarlo». Convencida sólo a medias, Arrabal se despide de beso y Cristina sube hasta su departamento sin prisa, mientras evoca los últimos momentos que pasó con su emperador. Descubre nada más silencios, como el que ahora la aguarda detrás de la puerta:

—Moctezuma, mi rey, amooorcito…

Nadie responde. «¿Dónde andas, Moctezuma López Chew?», reclama al ver las huellas inconfundibles de su tlatoani: la ropa lavada, los libros y los discos en sus repisas, la cocina y el piso impecables. Eso adora del Moloch: que sea ordenado y hacendoso más allá de su valemadrismo. Incluso le conmueve descubrir, sobre el secreter, los recortes de prensa (ordenados por tema y por fecha) que ella le encargó. A un lado reposa la Printaform que él se trajo del semanario, junto a su *Enciclopedia de ciencias ocultas*, amén de un sobre blanco con un mensaje escrito a mano: «Para que te hagas un amuleto, mi reina».

«Ah, mi rey, para qué quiero tu pelo, te quiero a ti completo», solloza Cristina cuando toma la trenza entre los dedos. Una descarga eléctrica, breve pero intensa, le transmite de golpe toda la angustia, el rencor, la confusión que padecía su tlatoani al cortarse el mechón.

Con el pulso agitado, Cristina lo guarda debajo de la Printaform y se recuesta en la cama. «Ah, debí aceptar que te quedaras, camarada», se queja, aunque luego recapacita. No necesita ayuda. Debe acostumbrarse a estar sola, a tomarse sus pastillas, a cuidarse sin ayuda de nadie, «a fingir que no presiente en la nuca la mirada corrosiva y voraz de Scheva, la Hermana Blanca». Lo urgente es relajarse, bajarle al estrés. Si Moctezuma se apacigua ordenando sus cosas, ella funciona más bien al contrario. Lo que requiere es un poco de caos, y comienza por arrancar los carteles *dark* y metaleros que decoraban la pared. Pone luego un *compact disc* de Love Is Colder Than Death en el estéreo y ajusta bajo el volumen.

Por casualidad o no, la letra de la canción parece escrita para expresar su angustia: la certeza de que el Moloch y ella son utilizados por otros, «*Oh, I know we're both being used*», la negativa a continuar así, «*Don't make no sense just to carry on*», la callada promesa, «*You know I'd love you*», la premonición del abandono, «*If I knew you'd let me down*».

Sólo así, anestesiada por la música, Cristina abre el cajón y toma un par de lápices, decidida a emplear la única magia que ella conoce y utiliza desde niña. Traza sobre la pared una muñeca, luego otra y otra y otra más, hasta conformar un ejército de muñecas feroces, muñecas fatídicas, muñecas funestas que se alinean para rechazar a cualquier demonio que se atreva a acosarla.

En el principio es el dolor. Un dolor histérico, voraz como una jauría que mordisquea sus nervios, que muele sus huesos y que lo engulle célula a célula. Luego viene el fuego. Las llamas que recubren el cielo, la ciudad que tiembla en sus adentros, el asfalto que abre sus fauces y que vomita cadáveres, magma, cenizas y humo. Al final viene la caída, la culpa, la rabia, los remordimientos. Está convencido de que metió la pata, pero no sabe dónde ni en qué momento se resquebraja el piso bajo sus pies, cuando lo sólido se hace líquido, lo líquido aire, el aire éter y el éter nada. En su caída, atraviesa terremotos y tsunamis, remolinos y granizadas, hasta que se sumerge, chapoteando, en una quietud semidivina.

Por dentro un resplandor enrojece sus párpados y un aroma a ladrillo y petróleo excita su olfato. «Huele a casa de mi abuela», supone Moctezuma, sentado sobre una cama que conoce bien. Saltaba sobre ella de niño, y ahí nació, hace veintinueve años, alumbrado por doña Marina Chew, con ayuda de su suegra. Todo lo que ve encaja con su molde en la memoria: los gatos de porcelana, el radio Telefunken, el ropero de caoba, el foco de sesenta *watts* en el techo. Incluso su rostro es el mismo cuando lo encara en el espejo, excepto por el cabello, que le ha vuelto a crecer a media espalda.

No es la única anomalía que detecta. La habitación carece de puertas para huir y de ventanas para asomarse al patio. Sobre el tocador, las manecillas del reloj giran a su capricho: tic tac, el minutero hacia delante, tac tic, el segundero hacia atrás. «O sea que estoy muerto, atrapado en el Mictlán, en el umbral de la vida y la muerte», deduce. Para averiguarlo se sube en una silla, desenrosca el foco y ve que sigue brillando entre sus dedos hasta que lo oculta en un cajón. «Aquí no funcionan las leyes del mundo exterior», concluye, «sino las leyes de mi mente, de mi *teyolía*».

En cuanto lo piensa, la habitación se desvanece y Moctezuma camina ahora en un túnel del metro, sucio y mal alumbrado por unas lámparas que parpadean a su antojo. Es noche cerrada cuando sale a la Alameda Central. Más que el resplandor de las luces, lo sobrecoge el desolado silencio de la ciudad. No hay carros en las calles, ni peatones en las aceras, ni pájaros en los árboles. Si no presintiera que alguien lo sigue, juraría que la ciudad entera se ha convertido en su tumba.

Sólo entonces se percata, con alivio y nostalgia, de que sus diablas interiores se han ido. «Soy el hombre más solitario de mi universo», piensa al entrar en el Sanborns de la calle Madero, abierto las 24 horas, que hoy se encuentra limpio, monumental y vacío, como si lo acabaran de evacuar.

Montado sobre el muro, un monitor se prende y muestra al conductor de un noticiero, mientras ajusta su corbata y se dirige al público:

> En otras noticias, la noche de ayer un sujeto, adepto al *heavy metal*, se infiltró en un Templo Espiritualista y disparó contra un grupo de cirujanos que realizaba un trasplante espiritual. El homicida, aún sin identificar, se suicidó después de iniciar un fuego que consumió gran parte del quirófano. En el atentado murieron dos personas, el Altísimo Eliasista y su paciente, la señora Berenice Xirau…

—¿Y el Ingeniero M? ¿Por qué no lo nombran? —protesta Moctezuma.

—No te endiables —le contesta a su espalda una voz vagamente familiar—. Es lógico que oculten su identidad. Apuesto a que ya enterraron su cadáver, tal vez junto al tuyo.

—¿Quién es usted? —Moctezuma se dirige a una mujer muy elegante, de mirada esdrújula y vestido negro, que le sonríe desde una mesa.

—Soy Berenice Xirau. No conocías mi rostro. Me oíste por boca de la madre Carmenchu, allá en el Templo Gnóstico, ¿recuerdas?

—Sí, usted me guio hacia el Templo, y de algún modo me trajo hasta acá. —Intrigado, Moctezuma la acompaña a la mesa y aparece frente a él una olorosa taza de café. A su alrededor circula un vago rumor de voces y de música entre las mesas vacías, como si el local estuviera lleno de gente semiinvisible: hombres y mujeres que fuman, beben café y leen el periódico, sin que puedan ver a Moctezuma ni a su elegante amiga.

—O sea que usted también está muerta —dice él después de probar el café, que le sabe a gloria.

—Todo indica que sí, a menos que la autopsia lo refute. —Se burla Berenice—. Perdimos la vida casi al mismo tiempo, o sea que somos mellizos de muerte. ¿No me viste, allá, durante la ceremonia? Estaba atada en el tabernáculo. El Altísimo Eliasista me sacrificó con sus propias manos, el maldito, para castigar mi traición y propiciar la encarnación de Scheva.

—Lo siento. Lamento no haber llegado a tiempo.

—No te preocupes. Estoy habituada a viajar en espíritu, así que no echo de menos mi pobre cuerpo. —Con delicadeza, Berenice lo acaricia en la mejilla—. Gracias por atender a mi llamado. Me liberaste del Altísimo Eliasista y de paso le diste su merecido a esos asesinos.

—¿Qué pasó con el otro joven, al que le iban a quitar el alma?

—Lo mismo que al Ingeniero M. Quedaron hechos un mazacote de carne y huesos. Cuando le disparaste, la Transmigradora perdió el control. ¡Hubieras visto cómo se puso Scheva! ¡Estalló en llamas de coraje!

—¿Y usted cómo lo sabe, si estaba muerta cuando llegué?

—Mi cuerpo había muerto, no yo. Vi el resto del *show* desde fuera.

—¿O sea que desde aquí podemos ver a los vivos?

—No a todos. Antes de morir yo aprendí a ver lo que pasaba entre los muertos. Por eso ahora puedo ver lo que pasa entre los vivos.

—Como Cristina.

—Exactamente. Ella podría invocarte, de hecho, si no estuviera atada al hechicero que develó sus poderes.

—¿El Magno Padre? ¿Qué le hizo?

—Quiere convertirla en una Ruiseñora, como nosotras, pero al servicio de sus intereses. Utiliza un Atanor parecido al que usaba el Altísimo Eliasista. Ella es más fuerte que nosotras, pero el Magno Padre es terco, no se rendirá hasta someterla. No lo consigue aún, así que ella tiene esperanzas todavía. Ojalá se libere pronto. Algunas lo conseguimos sólo con la muerte.

—¿Puedo avisarle desde acá que corre peligro?

—Debes intentarlo, no me preguntes cómo. Si estamos aquí es porque dejamos un pendiente atrás. Yo debo convencer a mi hija de que el Altísimo Eliasista nos engañó, de que deben abandonar el Templo, ella y su padre.

—Yo juré ante la tumba de mi padre cuidar de por vida a mi AntiKris. Si me queda media vida, con ésa debo apoyarla.

—Hazlo, entonces. Sólo tú conoces tu deuda, sólo tú sabes cómo la pagas. Tenemos mucho que aprender antes de desafiar a hechiceros como el Magno Padre o a demonios como la Santa Hermana.

—No tengo tiempo para ponerme a estudiar.

—No te apresures, no te confíes. Aquí el tiempo funciona distinto. Por lo mismo, aquí jamás debes dormirte, ni siquiera una siestecita. Aquí existimos únicamente porque estamos conscientes de nuestra existencia, ¿entendido?

—No lo entiendo, pero gracias por el consejo.

—Perfecto, amigo. —Berenice se retoca el labial, guarda sus cosas—. Fue un gusto verte, ¡chao! —Y se evapora como una llamarada fría.

De nuevo solo, indigesto de información, Moctezuma no se entera en qué momento se desvanece el Sanborns. Los muros se despojan de sus mosaicos, se enrejan las ventanas, se esfuman las mesas y las sillas. Una nostalgia se anuda en su garganta cuando identifica ese vestíbulo, sucio y oloroso a amoniaco, a donde llegó sin moverse. El mismo que hace muchos años recorría, junto con su madre y el Pataquemada, cuando visitaban a don Xicoténcatl en la cárcel de Lecumberri.

Sin prisa, Moctezuma termina su café, respira hondo y se encamina al reencuentro con su ídolo de infancia, con su padre muerto.

El 4 de noviembre, a media mañana, Cristina se da por vencida. Incapaz de dormirse, e incapaz de seguir despierta, ha recubierto los muros con sus muñecas y sobre el piso se amontonan los papeles, las fotos, los recibos que ha revisado con minucia tratando de adivinar en qué líos anda metido su pinche tlatoani. Una punzada la atormenta al ver que retiró la mitad de sus ahorros, y otra peor al leer la confesión de Berenice Xirau transcrita por su novio. Intenta llamar a Arrabal para que la aconseje o para que venga por ella, pero el teléfono está muerto: con tanta bronca encima olvidaron pagar el recibo.

«De qué me sirve el aparatito del Tecolote, si me cortaron la línea», reniega Cristina y se toma un Tafil. Ha decidido presentarse en la chamba, pero le basta salir al pasillo para comprobar que no puede. Aunque retarda sus reflejos, el insomnio agudiza sus sentidos psíquicos. Al bajar por las escaleras va absorbiendo lo que piensan y sienten sus vecinos. Es horrible. Intoxicada con sus culpas y temores, dolida por sus pecados y sus pesares, abrumada con sus odios y sus deseos, las rodillas se le doblan y tiene que recargarse en el muro para no perder el equilibrio.

—¡Cristina, por Dios, cuidado! —Una monja con hábito color paja consigue detener su derrumbe—. Vengan, hermanas, ayúdenme. —Y entre todas la suben por las escaleras.

Una vez en su sofá, Cristina da las gracias a sus samaritanas y ellas se presentan: las cuatro son monjas del *Regnum Christi*, enviadas por la hermana Marifer Rovira para cuidarla tiempo completo.

—No te preocupes por nada —aclara la mayor—. Nosotras nos encargamos de todo: limpiar tu casa, prepararte comida, todo.

—Lo siento, hermanas, agradezco su buena voluntad, la neta es que no tengo con qué pagar sus servicios.

—No hay que pagar nada —aclara la más joven—. ¿No lo sabías? Pagaste con un cheque de la Milicia, expedido a tu nombre.

—No recuerdo haber firmado nada.

—Te lo repito, no te preocupes. Estarás en las mejores manos, no puedes quejarte, ya verás que pronto te curas.

Cristina tiene que redoblar esfuerzos para domesticar su coraje. Siente que ha caído en una trampa: que Marifer y el Magno Padre se cobraron a lo chino el dinero que ellos mismos le pagaron por la sesión espiritista, un dinero que ella no había aceptado aún. «¡Y de pilón, tengo que sentirme agradecida con ellos!».

—De acuerdo, pero no pienso quedarme enjaulada —les advierte—. Tengo que trabajar y buscar a mi novio, creo que algo malo le pasó.

—No, no, no. —La mayor se muestra inflexible—. Nada de eso importa, sólo tu salud. Ya solicitamos un permiso en tu trabajo por tiempo indefinido. Una colega tuya, Mariana

Arrabal, vendrá esta tarde a visitarte y a traer el permiso, para que lo firmes. Nosotros nos encargamos de buscar a tu novio y de todo lo que necesites.

—Podemos buscarlo desde aquí, por teléfono —comenta la más joven—. No daba línea, pero ya lo arreglé. Se le acabó la pila a este aparato.

—Ah, lo había olvidado. —Cristina toma el interceptor de llamadas que le dio el Tecolote, y al abrirlo advierte que el casete está grabado a medias. «Tal vez se registraron las llamadas del Moloch, a lo mejor algo más».

—Entonces, ¿tenemos un trato? —pregunta la monja mayor.

—De acuerdo. Necesito dormir un rato para pensar con claridad.

—Sí, descansa, al rato viene la madre Francisca para tu terapia.

—¿Por qué ella? ¿Terapia para qué?

—No pongas esa cara. Son simples ejercicios mentales, corporales y espirituales para que aprendas a domar tus poderes. ¿No te has fijado cómo te enfermas cada vez que tienes visiones o lees mentes ajenas? Debes aprender a controlar tu ángel, para que tu ángel no te controle a ti. La madre Francisca es una experta en esos asuntos.

—No siga, no quiero pensar en eso.

—Entonces haz como nosotras, hermana. Cuando no queremos pensar, rezamos. Siempre, todo el tiempo. Día y noche.

—Sí, lo haré. —Cristina se levanta y se dirige a las dos monjas que empiezan a ordenar y barrer la sala—. Por favor, les suplico que no borren los dibujos de las paredes. Esas muñecas me protegen.

Las monjas prometen no tocarlas y Cristina se encierra en la alcoba, harta ya de su presencia. Hace unas horas le aterraba estar sola, ahora le aterra no estarlo. ¿Las enviaron de buena fe o para vigilarla? En el fondo le inspiran confianza. No hace falta telepatía para percibir la calidez de su alma, la sinceridad de su fe y la sumisión total en que viven. Por ahora no quiere preocuparse. Más le urge ponerse los audífonos y escuchar lo que grabó ese aparato que ella enchufó al teléfono sin decirle a nadie.

Tres llamadas se grabaron: *a)* cuando ella le avisó al Moloch que se quedaría en la chamba para editar el suplemento, *b)* cuando él preguntó por ella a la operadora del *Unomásuno, c)* cuando Arrabal le contó a él que Cristina estaba internada. Pero entre esas conversaciones se registraron también varios monólogos en voz alta: frases sueltas, intermitentes, poco nítidas, como si Moctezuma conversara con alguna amiga imaginaria, o como si leyera en voz alta los diálogos de una obra teatral.

«¿Qué te pasa, mi rey azteca, con quién hablabas?», pregunta Cristina al quitarse los audífonos y recostarse en la cama. «¿Me dejaste para irte con otra? No, tú no eres así, háblame, dime que estoy loca, que ya vienes en camino para correr a estas monjas tan encimosas...», y continúa así hasta que se duerme, dando vueltas y vueltas a sus temores, soñando que persigue a Moctezuma por un laberinto de piedra, sin jamás alcanzarlo, sin jamás perder su pista.

Al salir del vestíbulo, Moctezuma no encuentra a su padre, sino un pasillo que lleva a otro vestíbulo, seguido por otro corredor y otro vestíbulo más. A punto de desesperar, una puerta lo conduce sin aviso a un campo de futbol americano, solitario y lodoso. «Ah, cabrón, ¿cómo salí de la cárcel?», se pregunta, bajo una llovizna fría que enturbia su vista. Observa entonces a un joven güero y robusto que atraviesa la cancha. Viste como mariscal de campo, tiene cara de gringo matón y carga al hombro un bulto en un costal ensangrentado. En la espalda, cosidos sobre el uniforme, son legibles su nombre y su número: León 313.

«Sólo eso faltaba, que fueras un pinche porro», rezonga Moctezuma y lo sigue con sigilo, hasta que llegan a una fosa recién excavada en la zona de anotación. Entonces pierde la compostura:

—¿Qué piensas hacer ahora, hijo de puta? —brama y el joven Abogánster se detiene en seco al escucharlo. Por más que mira hacia arriba, mira hacia abajo, mira hacia todas partes, no consigue divisar al fantasma o demonio que ha hablado.

—Seas quien seas, me la pelas, cabrón —refunfuña, muy sonriente, antes de arrojar el costal al fondo de la fosa—. Si vienes por mi alma, ya te jodiste: se la vendí a Baphomet, su poder me protege del tuyo.

A punto de darle un empujón a la fosa, «nomás para ver si es cierto», Moctezuma cambia de opinión.

Allá, en el fondo, el bulto del costal se agita como si envolviera a una persona viva, y Moctezuma salta al interior, decidido a liberarla. Mientras el Abogánster echa paladas de tierra sobre sus espaldas, Moctezuma logra abrir el costal. Para su asombro, adentro no descubre el cuerpo de una víctima, sino un montón de billetes, miles y miles de dólares.

«¿Qué carajos significa esto?», pregunta, y allá lejos, un trueno suelta la risa, la lluvia se enfurece y un relámpago lo deslumbra por un instante. Cuando recobra la vista, la lluvia se ha ido, lo mismo que el joven Abogánster, la fosa y el campo de futbol.

«Ah, chingado, ¿a qué horas volví a Lecumberri?», se pregunta al reconocer el patio de piedra, sucio y solitario, donde ahora se encuentra.

—Tranquilo, mijo, aquí no debes confiar en lo que ves —le habla un hombre risueño, flaco y moreno, recargado sobre el muro. Un presidiario igualito a Moctezuma si no fuera por su pelo corto, recién retocado con tijera y rastrillo.

—¿Papá? ¿Don Xicoténcatl López, en persona?

—El mismo que te malcrió, mijo de mi alma. —El susodicho abre los brazos para recibirlo—. Caramba, creía que no te volvería a ver. Cómo has crecido. Te ves igualito que yo cuando me dieron cran.

—Curioso, ¿no? A los dos nos gusta meternos donde no debemos, aunque tú eres el jefe en eso. —Se queda pensativo un rato—. Oye, si tú y yo pudimos vernos aquí, ¿significa que también voy a ver a mi madre? No estoy preparado todavía, neta.

—Aquí todo es posible mijo, pero también muy improbable. —Don Xicoténcatl enciende un cigarro—. Yo la vi un par de veces, si acaso, y luego se esfumó, literalmente. Aquí todo se revuelve. Nuestros recuerdos con nuestra imaginación, la historia con el mundo real, nuestros sueños y los sueños de otra gente. Como el güero matón que viste hace rato.

—¿Lo viste? ¿Verdad que sí es el Abogánster?

—Así es. —Don Xicoténcatl se sienta en un banco de piedra—. A ese cabrón lo veo seguido, o sea que todavía me sueña. A veces lo veo joven, a veces viejo, pero siempre como lo que es: un cabrón que abusa de todo aquel que se deje.

—¿Lo conociste en vida?

—Claro. ¿Te acuerdas de la historia del obispo y la prisionera?

—Sí, jefazo. No la he olvidado. Hace poco, por las noticias, supuse que ese obispo era el Magno Padre, ¿verdad que sí, jefe?

—Eres listillo, mijo —Don Xicoténcatl palmea su espalda—. El caso es que tuve una aventura parecida en una casa del Abogánster. Yo lo conocía de vista. En aquel entonces el Distrito Federal era un pañuelo. Entre la policía, los ladrones, los jueces y los abogados, todos teníamos compadres. Un poli, que además era masón, me sopló que el Abogánster guardaba ahí muchos tesoros. Para empezar, cuadros muy valiosos: obras de Herrán, de Miguel Cabrera, incluso de Murillo. Yo no iba por esas pequeñeces. Robar cuadros famosos es incosteable porque hacen bulto y está en chino venderlos. Yo iba por algo más valioso: por las joyas mágicas que el Abogánster le había estafado a una gran hechicera.

—¡No manches! ¿Y las encontraste?

—Clarines. Tuve en mis manos el rubí de Sobeida, con su uróboros dorado: el talismán que Nellie C usaba como astróloga.

—¡El mismo que ahora está en poder de Cristina!

—A mucha honra, mijo. Se dice que ese rubí atrae a sus dueños, que los escoge. A mí me llamó, te lo juro, hasta la caja fuerte. En cinco minutos la abrí y me lo embolsé. Ya iba de salida, neta que sí, cuando me asomé sin querer tras una escotilla, y desde ahí lo vi, clarito, a ese cabrón hijo de puta, entregado a un rito privado de magia sexual.

—O sea, ¿cómo?

—En términos profanos, estaba sodomizando a un jovencito adentro de un círculo mágico. Unos chamacos en cueros les untaban aceites y otros les cantaban salmodias en latín. Haz de cuenta una porno italiana. Yo pensé que nadie me había visto y salí de puntitas, con todo sigilo. A los pocos días los judiciales fueron a la casa, me arrestaron y nunca más salí del bote. Seguro que el Abogánster se dio cuenta de mi hurto, utilizó sus poderes para identificarme y su influencia en la Judicial para joderme. No dudo que ese cabrón pagara por mi muerte, ardido porque nunca revelé dónde quedó el rubí de Sobeida.

—Chale. ¿Y por qué no te has vengado?

—Porque se me apagó el rencor y tengo otras prioridades. Si me hubiera vengado, no te hubiera visto de nuevo, mijo, ni te hubiera dado unos nortes para que vayas y vengas por el Bardo y el Mictlán. La Interzona es un lugar complejo pero hermoso, mijo, ya verás.

—Enséñeme, jefe. Ya sábanas que soy todo oídos.

—Primero que nada, hay que estar trucha, atento a las señales. A primera vista ciertos objetos parecen parte del escenario, y resulta que son puertas hacia el exterior, ventanas hacia el mundo ordinario.

—¿Qué tipo de objetos?

—No puedo decírtelo. Se reconocen por su aura. Pueden ser cosas cotidianas, como la tele, un bolígrafo o un teléfono. Por lo regular son objetos consagrados, como los talismanes y los amuletos.

—¿Como el rubí de Sobeida?

—Ándale, mijo. Y hablando de ventanas al otro mundo, ¿te acuerdas de aquella mota que nos fumamos, cuando me visitaste tú solo?

—Ts. Clarines, jefe, hasta aluciné esa tarde.

—Si te gustó la de allá, la de acá ni te imaginas. —De la manga saca un toque y del bolsillo un encendedor—. La cultivan los angelitos del Señor en los jardines del Edén, ¿le doy fuego o tú mero?

—Yo mero. —Moctezuma enciende el cigarro y aspira el humo—. Tsss, qué bienvenida tan chingona, jefe.

—Disfrútalo, mijo, recuerda que aquí en la Interzona todo es ilusión, apariencia, sombra de las sombras…

«Amén», piensa Moctezuma y exhala el humo. Luego cierra los ojos y se deja arropar por la sensación de levedad que lo envuelve, que lo arrulla, que lo transporta y lo trasciende.

Al otro lado del espejo, Mariana Arrabal también exhala el humo y también cierra los ojos, aunque no consigue aliviar sus preocupaciones. Sentada ante la barra del bar, bebe un *whisky* con hielo al compás de *Under the Bridge,* que suena en la rocola sin que nadie la haya pedido. Hace cuatro días que no sabe nada de Cristina: desde el jueves pasado, cuando le llevó la solicitud de permiso laboral para que la firmara. Las monjas del *Regnum Christi* la recibieron y muy amables le comunicaron que su amiga había recaído «en sus males». La encontró recostada en su cama, más flaca, más pálida que nunca. Su pelo había encanecido casi por completo, su mano vaciló al firmar la solicitud y su boca temblaba cuando le dijo «estoy bien, amiga, ellas me cuidarán, busca al Moloch, por favor».

Con reservas, Arrabal le aseguró que iba a creerle y que haría lo posible por encontrar al irresponsable de su novio. Muy amables, las monjas prometieron mantenerla al tanto sobre la salud de Cristina y ella se tragó el anzuelo. Entre el viernes y el sábado se puso las pilas, habló con Bronstein, Nostradamus y el Boticario, y dedujo que Moctezuma se había ido a Puebla en su motocicleta con turbias intenciones. El domingo quiso informarle a Cristina y su línea telefónica estaba muerta.

Enfadada abordó su Volkswagen y no se detuvo hasta llegar a la Palmatitla, sólo para comprobar que Cristina no estaba en casa. Según la vecina, el sábado por la mañana una ambulancia la trasladó a quién sabe dónde.

El barman se acerca a Arrabal y le sirve otro *whisky*. En la rocola se acaba la canción, la puerta se abre y entra a la cantina una mujer de gafas oscuras, falda negra y traje blanco.

—¿Mariana Arrabal? —La mujer se quita las gafas—. Mi nombre es Catalina de la Cruz. Hablaste el viernes con mi jefe para preguntar por Moctezuma López Chew.

—El gusto es mío. —Arrabal la invita a tomar asiento—. ¿Eres su compañera en el semanario?

—Sí, de eso quiero hablar. —Con un gesto pide un *whisky* al cantinero—. Temo que se metió en un asunto peligroso, aunque Bronstein quiera ocultarlo. Eres amiga de su novia, ojalá puedas ayudarme.

—Sí, tal vez. Dime lo que sabes.

—Moctezuma anda mal desde hace rato, la verdad. Compartimos cubículo en el semanario y, bueno, varias veces lo oí pelearse en voz alta con alguien que sólo él escuchaba. —El barman trae el *whisky*, Catalina bebe un sorbo y deposita en la barra un sobre amarillo—. La última vez que lo vi se notaba trastornado. Dejó esto en sus cajones. La mayoría son notas suyas que no tiró por alguna razón. Ojalá pudieras leerlas, ahí menciona a un tal Altísimo Eliasista, no sé si lo ubicas.

—El Tecolote me habló de él, también Cristina, creo. —Arrabal toma el sobre, prende un cigarro—. Para mí es nada más una leyenda siniestra.

—Para Moctezuma, en cambio, es algo más que un mito. Un brujo que merecía morir para que no dañara a Cristina ni a la patria.

—¿Por qué dañaría a Cristina? ¿Cómo pensaba hacerlo?

—Porque colabora con su enemigo, digo yo. —Catalina bebe otro sorbo de *whisky*—. Mira, amiga, yo no sé nada de magia, pero soy experta en la Segunda Guerra Mundial y conozco el uso que los nazis le daban a las ciencias ocultas; no dudo que aquí hagan lo mismo para perseguir o castigar enemigos políticos.

—Vale. Hoy mismo los leo y te hablo luego —Arrabal apura su *whisky* y apaga su cigarro.

—No te vayas aún. —Catalina la retiene del brazo—. Necesito otro favor. Unos amigos de Moctezuma y yo queremos invocarlo en una ceremonia, para averiguar si está vivo o no. Para eso necesitamos algún objeto suyo, muy personal. Una prenda recién usada, por ejemplo. Pensé que tú podrías pedírsela a Cristina.

—Ni siquiera sé dónde localizarla. —Suspira, consulta su reloj—. Temo que la secuestraron sus supuestos amigos políticos.

—¿Sabes dónde vive?

—Sí, fui ayer. Su depa está vacío, no tengo las llaves.

—En el sobre que te entregué hay unas. Moctezuma las olvidó ahí, o las escondió por si pasaba algo. ¿No quieres que nos echemos una vuelta para probarlas?

—Me parece genial —reconoce Arrabal, entusiasmada, mientras le pide al barman la cuenta—. Ahora que lo pienso, tal vez puedas ayudarme a rescatar a mi pobre amiga.

—Por mí, encantada. —Catalina apura su trago, muy sonriente, paga su parte y camina detrás de Arrabal hacia la salida.

Cuando abren la puerta, algo de lluvia se cuela a la cantina, y en la rocola, sin que nadie lo pida, vuelve a sonar *Under the Bridge:*

*I don't ever wanna feel*
*like I did that day*
*But take me to the place I love*
*Take me all the way...*

El efecto del porro es instantáneo, abrumador como el rugido de un avión. A la distancia brama el Popocatépetl y una guitarra hace vibrar el cielo. Muy apenas Moctezuma escucha a su padre que se despide, «¡nos vemos, mijo, no olvides mis consejos!», y sus pies se elevan sobre el piso. Con la agilidad de un avión de papel, planea sobre los tejados, sobre el esmog, sobre las nubes que abrigan la ciudad y sobre la canción que parece sostenerlo en vilo con sus notas, «*I don't ever wanna feel / like I did that day / But take me to the place I love / Take me all the way*»...

Al igual que en sus sueños de infancia, le fascina olvidar el lastre de su peso, ver desde arriba la geométrica anarquía de la ciudad, que recubre de cabo a rabo el horizonte. Sentirse un águila que planea con las alas abiertas, a merced del viento, y que aterriza en la azotea del multifamiliar donde vive. Cuando baja eufórico hasta su departamento, Moctezuma evoca peldaño a peldaño los penúltimos momentos que pasó con su novia. En busca de un indicio que explique su lejanía, sólo halla silencio, el mismo silencio que ahora lo recibe cuando abre la puerta y llama:

—Cristina, amooorcito, mi reina...

Nadie le responde, por supuesto. Es evidente que ella estuvo aquí. Aunque todo se ve tan ordenado y limpio como lo dejó, las muñecas feroces y funestas dibujadas en los muros

atestiguan los terrores que ella ha padecido. Ésa es la Cristina que él adora y teme: una mujer creativa y sensible, con una inteligencia activa y una pavorosa imaginación. «Quizás presiente lo que me ocurrió», piensa, adolorido por la culpa, antes de que lo distraiga el rechinar de la puerta al abrirse.

—¿Eres tú, mi reina? —Moctezuma sale a su encuentro y se desilusiona. No es su AntiKris la que entra al departamento, sino dos presencias invisibles: dos mujeres que no puede ver ni oír y que únicamente advierte por su perfume y sus acciones: porque una enciende la luz, porque otra revisa las alacenas, o porque las dos inspeccionan las habitaciones en busca de algo. Sólo las identifica cuando pasan frente al espejo y las mira en el cristal. Nunca lo hubiera imaginado: «La Arrabal y Catalina juntas, qué chistoso, como el yin y el yang en versión chilanga».

Por puro instinto, las vigila tras la puerta del baño. Por el espejo de la recámara ve a Catalina mientras hojea sus libros, y a Arrabal cuando descubre, debajo de la Printaform, el sobre blanco que guarda el mechón de su pelo. El alma se le electriza cuando ellas lo toman y lo examinan al tacto. Con los sentidos al máximo, incluso distingue sus voces: «¿Segura que es de él?», pregunta una al guardar el mechón. «Lo sabrás si funciona», responde la otra al apagar las luces y cerrar la puerta. Sus voces se alejan peldaño a peldaño, y atrás queda el eco de su visita.

Bien oculto en el baño, Moctezuma repasa lo ocurrido, en especial lo que sintió cuando ellas tomaron su pelo. Tiene razón el Fantomas: hay aquí ciertos objetos (como su cabello o los espejos de su departamento), que funcionan como puertas, vínculos, puentes entre los seres del mundo y los del ultramundo.

Sólo para comprobar su teoría, Moctezuma entra a la recámara, atraído por un calorcillo, y se dirige al secreter, donde reposa su hermosa Printaform. Emocionado, Moctezuma la enciende, coloca una hoja de papel en el rodillo y teclea una frase que aparece en pantalla: «Amada AntiKris, soy yo, tu tlatoani, muero por verte». A punto de presionar la tecla para imprimir su mensaje, se lo impide una refulgencia bajo la cama. Al asomarse, adentro de un zapato de Cristina encuentra una cadena de oro con un rubí engarzado en un uróboros, que entibia sus dedos y hechiza sus ojos. «¡El rubí de Sobeida!», festeja y se lo guarda en el bolsillo.

Un doble carraspeo, detrás de él, lo pone en alerta.

—Así te quería agarrar, pelao —lo increpa un viejo con cara de guarura, cabello corto, bigote espeso, traje negro y pistola en el sobaco—. No sé por qué se fijó Cristina en un prieto como tú, pero si ella te eligió, no me queda sino felicitarte.

—¿Don Atanasio? ¿En serio? Mucho gusto, señor, por fin nos conocemos, Cristina me habló mucho de usted.

—Puras chuladas, de seguro. —Don Atanasio lo saluda con un firme apretón de manos—. Cristina me quería, lo sé por la manera en que me odiaba. Se puso como loca cuando se enteró a qué me dedicaba. Y me cae que no le conté lo peor.

—Ella siempre ha estado intrigada por su muerte.

—Me maté para salvarles la vida. —Don Atanasio se sienta en un sillón, enciende un cigarro—. Aunque también hubo algo más. Algo que hasta a mí me dio asco, y no pude perdonarme.

—Ya me picó la curiosidad. —Moctezuma se sienta en la cama—. Ahora suelte la sopa, ni modo que vaya y me raje con Cristina.

—Te lo voy a decir por otra razón. —Exhala el humo—. Supongo que tienes una idea de cómo funcionan acá las cosas.

—Sí, más o menos.

—Entonces, ya viste que, si estás muerto, sólo puedes comunicarte con otro muerto que ande por acá.

—Sí, a menos que uno tenga poderes para hablar con los vivos.

—O que el vivo los tenga para hablar con los muertos. —Sonríe con recelo—. Como el muchacho güero y mamadote que viste hace rato.

—¿Al Abogánster? ¿Usted cómo supo que lo vi?

—Porque yo iba siguiéndote, por qué más. Ésa es mi naturaleza. Desde que vives con Cristina les echo un ojo, de lejecitos para no interrumpir. —Don Atanasio sonríe en medio del humo—. No has sido mal esposo, aunque a veces se te bota la canica. En fin. Te decía que León F pudo verte porque ese hijo de puta es un brujo. De ahí obtiene su poder como abogado. Ve a los muertos y les habla, también a los demonios. Lo conozco bien, demasiado. Fui su guarura un tiempo, hasta que conocí a su verdadero patrón.

—¿Al mentado Baphomet?

—Ese mero. El dios secreto de los templarios y algunos rosacruces. Pero me hace falta un trago para contarte esa historia. ¿Eres gustoso?

—Será un placer, señor —acepta Moctezuma, tranquilizado por la (aparente) aprobación de ese temible personaje.

Uno detrás del otro, don Atanasio Olvera y su yerno salen del departamento y bajan por las escaleras a la calle. «En este mundo no funcionan los relojes ni los mapas, todo sabe delicioso, la gente revela sus secretos, las cosas parecen vivas y no hacen falta audífonos para escuchar música chingona», piensa Moctezuma y empieza a sonar en su cabeza el estribillo de *For Whom the Bell Tolls* de Metallica. «Podría ser feliz en el Mictlán, claro que *yes*, si tan sólo pudiera subirme a mi moto, recobrar a mi AntiKris», concluye, y abandona el multifamiliar, tras los pasos de su suegro, para internarse en la noche.

Cristina nunca lo hubiera imaginado. «Mi padre y mi tlatoani juntos, qué miedo, como el yin y el yang en versión chilanga», piensa al reconocer sus siluetas desde una torre de iglesia, a donde la acarreó a la deriva su mente. No se engaña: sabe muy bien que está soñando, que su padre no conoció a su tlatoani y que en la vida real nunca hubieran sido amigos. La madre Francisca insiste en repetirle, día tras día, que sus sueños no son quimeras, que detrás de ellos se oculta una verdad secreta. Esta vez, Cristina decide develar ese misterio y se arroja desde la torre, confiada en que caerá hasta la calle con la levedad de una pluma. La suerte no le ayuda. El cielo se cubre de nubes, estallan los relámpagos, ruge la tormenta y una pesada lluvia la obliga a despertarse.

En cuanto abre los ojos se arrepiente. Sus dientes rechinan cuando reconoce la oscuridad que la rodea, la tibieza líquida donde flota su cuerpo real. Ingrávida, sorda y paralítica en el interior del Atanor de Poimandres, la aterroriza su desamparo. Alejada de su novio, su madre y sus colegas, es prisionera de unas monjas santurronas y unos médicos sin rostro que la drogan y la sumergen en este simulacro del limbo. «Para ellos soy un bulto, nomás les importa mi mente», se queja mientras dos monjas enfermeras abren las compuertas del tanque, extraen su cuerpo desnudo y lo trasladan en camilla hasta una habitación en tinieblas, donde lo lavan y lo secan.

Una vez en su cama, bajo una sábana que no la protege del frío, la saluda una voz que no reconoce del todo. Una voz de mujer, amable y maliciosa, cuyo rostro se oculta tras la penumbra.

—Buenos días, hermana —dice—. ¿Cómo estuvo hoy el paseo?

Rencorosa y ultrajada, Cristina se niega a responder. En parte porque su laringe está malherida, en parte por puro coraje.

—Entiendo, no hables si no quieres. —La mujer acaricia su rostro y toma su mano—. Has sido buena alumna, no me quejo, aunque no me hagas caso a veces. Tus visiones mejoran y poco a poco las vas a controlar, vas a meterte en ellas y salirte cuando quieras.

«¿Es usted, madre Francisca? ¿O eres tú, Marifer?», pregunta en silencio Cristina.

—No importa quién soy ni quién me envía. —La mujer habla como si hubiera oído su pensamiento—. Sólo debes saber que estamos de tu lado. No somos como ellos, como el Magno Padre y Jacques Ch. Te apoyamos, aunque sea en secreto. Eres especial para nosotras. Supimos cómo salvaste al Sucesor Presidencial. Tu poder se hizo real porque lo hiciste de corazón, ¿no crees?

«No. Lo hice por pendeja», piensa Cristina, «¿a mí qué me importa la vida de ese cabrón?».

—Si a ti no te importa su vida, a nosotras sí. Lo necesitamos como aliado por el momento, para que los tecnócratas, los obispos, los narcos y los brujos no inmolen al país en sus altares sacrílegos. Gracias a tu acción, el futuro presidente comprobó nuestro poder, aceptará la tregua que ofrecimos y tendrá que cumplir su parte. ¡Así lo quiso Scheva Pititis, la Santa Muerta, y nosotras acatamos su voluntad!

«¿Quién eres tú? Ni Francisca ni Marifer son tan fanáticas…».

—Yo soy la Santa y la Puta, soy la Madre y la Bruja, la que todos odian, la que todos aman, la que llaman Vida y llaman Muerte —contesta la voz, muy solemne—. Y por favor, querida, no me digas fanática sólo por ser fantástica.

«¿Es usted, señora Felina?», pregunta Cristina, ilusionada, «¡tenía tantas ganas de hablar con usted!».

—Soy la Felina y la Zetina, la danzante Nellie y la astróloga Sobeida, soy la Maestra y soy Marifer, soy todas las mujeres que los poderosos temen, desprecian, minimizan con sus palabras y sus acciones. Hoy he adoptado esta voz para decirte que cuentas con nosotras para enfrentarlos y vencerlos. No puedes dejar el país en manos de estos machistas, que piensan con la verga y gobiernan con los huevos. Por ahora sólo hay que resistir, Cristina, sin ceder ni rendirte. Pronto pasaremos a la ofensiva.

«Mi cuerpo ya no aguanta, mi pelo se vuelve más blanco cada día, ¿lo ves?, sólo me queda un mechón negro».

—Y cada día se fortalece más tu mente, hermana, pronto vas a bucear muy hondo donde los demás apenas flotan —afirma la mujer. En la oscuridad, Cristina cree distinguir que su silueta traza unos símbolos en el aire, pronuncia un conjuro y toma con ambas manos su cabeza. De su contacto brota un calor que desflema sus pulmones, reanima su pulso, limpia su garganta—. Ahora estarás mejor, hermana. No tarda en venir el enemigo. Resiste, utiliza tu talismán, no olvides tus plegarias y que Scheva te ampare —advierte la mujer y se aleja.

«¿Mi talismán? Lo dejé en casa, eso creo…», piensa Cristina antes de escuchar unos pasos que se avecinan por el pasillo. El acento de sus palabras y su aroma a lavanda y tabaco le permiten identificar a los dos visitantes que ingresan a su habitación.

—Qué belleza, por Dios —suspira el padre Jacques Ch luego de levantar la sábana que cubre a Cristina– -. Debo reconocer que me impresionas, Magno Padre. Esta dama no sólo tiene talento psíquico. Digna modelo de un Tiziano, lo juro por Elohim.

—No es una doncella, Jacques, tampoco una princesa. —El Magno Padre abre a la fuerza los ojos de Cristina, los deslumbra con una lámpara y los examina con una lupa—. Es una sacerdotisa, un ángel en potencia. Una mente poderosa que abre sus alas. No puede vernos, pero nos escucha, incluso lo que pensamos.

—Si se mete en las mentes ajenas y puede influir en sus acciones, pronto será un arma invencible. Podríamos utilizarla para enemistar al Sucesor Presidencial con la Maestra, por ejemplo.

—Primero debe entrar en la mente de León F. Ese cabrón es inmune a la tortura. No confesará nada, a menos que Cristina lo obligue.

—Así será, Magno Padre. Nos consta que Cristina viajó en espíritu hasta el ultramundo, en busca de su novio.

—Eso la distrae. ¿Crees que esté lista para recibir al Señor Presidente? El tiempo apremia. Si Cristina lo aconseja con sabiduría, el Señor Presidente nos concederá muchos, muchos privilegios a corto y mediano plazo.

—La madre Francisca calcula que Cristina estará lista en una semana. Como sea, hay que acelerar su proceso, su desapego al cuerpo. Un coctel lisérgico la ayudaría. O una sodomía ritual. —Y los dos obispos ríen.

—¿Te imaginas qué hermosa se vería desnuda sobre el tabernáculo?

—Sí. Ganas dan de morderla. —El Magno Padre ríe y se inclina sobre Cristina para besar sus pies.

Antes de tocarla, una chispa eléctrica quema sus labios y lo obliga a retroceder. Sin inmutarse por fuera, ella se regocija por dentro. Lo ha logrado. Tal como le ocurrió con el Tecolote, el puro contacto físico le ha permitido abrir la mente del Magno Padre y penetrar en su intimidad psíquica. Vaya espectáculo. Un diorama de imágenes turbias que le exhiben a Cristina los recuerdos más ocultos del obispo, sus vicios y sus crímenes, sus deseos y sus rencores. Una película libertina que devela su obsesión por el falo propio y el ajeno, la lujuria y la riqueza, el oro bañado en esperma, los dólares mojados en sangre. Lo mira oficiar misa mientras un acólito lo masturba. Lo mira sodomizar a una joven violinista en un dormitorio del Vaticano. Lo mira violar a sus propios hijos enfrente de sus propias madres.

Al borde del colapso, la náusea de Cristina se vuelve indignación y suelta un alarido intraducible, *N'gai, n'gha, ngha, bug shoggog, H'ha, Yog Sothoth, n'gai, Jig Sothoth, nghaagoog,* mientras sus músculos se contraen, se desfiguran sus facciones, se encorva su esqueleto, *Eh-ya-ya-yahah-e, Cthulhu, N'gai, nghaaa. ¡Shoggog, Yog Sothoth, n'gai, Jig Sothoth!*

Pasmados por su furia sobrenatural, el Magno Padre y Jacques Ch se alejan de espaldas, salen muy despacio de la habitación y cierran la puerta con cuidado, con el temor y la codicia de un militar que posee un arma traicionera, capaz de asesinar al que la usa.

—¿Oye ese borboteo, señor? —se inquieta Moctezuma, sentado en una cantina sucia y rasposa, arquetípica de Garibaldi—. Es como el bramido de un rinoceronte, allá lejos, oiga: *Eh-ya-ya-yahah-e, Cthulhu ngh'aaa, N'gai, n'gha, nghaaa.*

—Sí, sí, Moctezuma, lo escuché. —Don Atanasio vacía su tequila y pide otro al cantinero—. Son los demonios de rapiña que andan graznando allá afuera. A esta hora salen de sus cuevas, ¿no lo sabías?

—Nada de qué preocuparse, pues. —Moctezuma apura su trago, enciende un cigarro y mira de reojo a los parroquianos que se han reunido en el bar. Una docena de viejos empistolados: tahúres, ladrones, guaruras de traje oscuro y bigotito siniestro—. Ahora sí, señor, platíqueme de nuestro amigo el Abogánster, dígame cómo lo trató ese maldito.

Don Atanasio se atusa el bigote mientras vuelve el cantinero.

—Es el Diablo en persona. Simpático como villano de película. Nunca ladra sin morder, eso decían, ni muerde sin arrancar trozo. En ese entonces yo estaba en la Dirección Federal de Seguridad. En mis tiempos libres chambeaba como chofer con el padre del Secretario General. Luego se murió el señor y me quedé sin chamba. León F me contrató como guarura, con un sueldazo que me permitió renunciar a la Federal. Ni me imaginaba en qué asuntos andaba metido. Transas muy pesadas, magia negra, drogas y tráfico de personas. Él me tenía confianza, me contaba sus aventuras en Europa con los rosacruces, sobre los ritos templarios y los misterios de Baphomet. Sus cófrades eran como él. Políticos y empresarios que se apoyaban en sus negocios y sus crímenes. Yo nomás veía y callaba. Pero hasta un culero como yo tiene límites.

—Ahora sí ya me asustó, don Atanasio, ¿qué pasó?

—Me mandó hacer un trabajito: cuidar a tres niñas en una de sus mansiones. —Don Atanasio apaga el puro, gruñendo de coraje—. Según él, eran hijas de unos inmigrantes nicaragüenses, muy ricos, a los que estaba defendiendo. No soy bueno como niñero, bien lo sabe Cristina, pero las traté de lujo. Eran muchachitas finas, bien educadas, muy listas, que extrañaban a sus padres y hacían preguntas que yo no sabía responder. Por ahí, entre mis colegas, me enteré de la neta: León F había encarcelado a los papás y les estaba pidiendo a sus familiares en Nicaragua un rescate para liberarlos, a ellos y a las niñas, de unos presuntos secuestradores. No sé si le pagaron, supongo que no. Una tarde León F fue por ellas, le pregunté qué les iba a pasar y me dijo muy tranquilo: «Voy a sacrificarlas a Baphomet, para que Él las despose».

—¿En serio eso dijo?

—Sí. Lo dijo muy en serio y luego de eso renuncié. Nunca supe más de las niñas, y cuando quise averiguar su paradero empecé a padecer pesadillas. El Abogánster me lo advirtió. Aceptó mi renuncia con una advertencia: si yo lo delataba o traicionaba, así fuera de pensamiento, lo pagaríamos caro mi familia y yo. Cada noche soñaba con demonios que secuestraban a Cristina o cortaban en pedazos a mi vieja. Hasta contraté a una bruja para que me protegiera con su magia negra.

—Y como no funcionaron los conjuros, mejor se dio un tiro.

—Así es. Obvio, cuando llegué aquí busqué mi revancha, pero jamás vi por acá a ese cabrón, hasta que tú viniste. Una de dos: o León F se ocultó de mí con algún sortilegio, o bien, estaba escrito que jamás podría tocarle un pelo. Una mujer muy linda me reveló esa verdad. Por mucho que yo odie a ese Abogánster, no puedo dañarlo: la vida de mi hija depende de ese cabrón. Y también de ti, por cierto.

—No entiendo, señor.

—A ver si me explico. León F era invisible para mí hasta que tú llegaste. Tú lo hiciste visible, y eso significa que él puede mirarte allá, en el mundo real, como si fueras un fantasma. ¿Te das cuenta? Tú sí puedes acecharlo, invadir sus sueños, obligarlo a que ataque a los enemigos de Cristina. Tú juraste protegerla y en lugar de eso la abandonaste. Tienes una oportunidad para enmendarlo.

—Lo acepto, señor, y asumo mi parte. Me siento mal por mi AntiKris. Quise salvarla de un demonio, y la dejé a merced de otros peores. Usted nomás dígame qué hago para ayudarla, y yo le entro… Pero antes dígame, ¿quién fue esa mujer que le inspiró la idea?

—Ahorita la vas a ver, Moctezuma, por eso te traje aquí. —Sonríe don Atanasio y apunta hacia el extremo opuesto de la cantina. Un reflector se enciende para iluminar un pequeño escenario, en la sinfonola empieza a sonar un danzón, se abren los telones, los parroquianos aplauden y aparece ante ellos una joven rumbera, con falda abierta y plumaje de pavorreal, que se pone a bailar sobre una tarima.

—¡Ante ustedes, Gloria C! ¡Un aplauso para la diosa de la danza negra! —proclaman los altavoces y a Moctezuma se le iluminan las pupilas de la sorpresa.

«Carajo, se parece a la AntiKris», suspira cuando la Gloria se acerca y lo saca a bailar. Como buen heavymetalero de barrio punkarra, detesta en público la cumbia, el mambo y el danzón, pero los baila retesabroso en privado, por puro instinto, como si trajera el ritmo en la sangre desde los tiempos de Quetzalcóatl. «A bailar y a gozar, que el ultramundo se va a acabar», se resigna Moctezuma cuando Gloria lo toma de la cintura, con gesto casi viril, y lo hace bailar como a una dama.

Para ser feliz le basta imaginar que son de Cristina esas manos que lo ciñen, esos pies que guían sus pasos, esos labios que se le acercan al oído y le cantan:

Luz, roja es la luz,
luz de neón
que anuncia aquel lugar,
baile Kumbala Bar...

—Ah, qué pinche rolita, ya me hartó, a todas horas la ponen —se queja Mariana Arrabal, que conduce su Volkswagen por la glorieta de Insurgentes—. Puto Kumbala Bar mis ovarios —y mejor apaga el radio.

—Ay, qué aguada, a mí me encanta. —Se burla Catalina de la Cruz, que fuma a su lado—. Estás como el Moloch. Una vez la puse en la chamba y él me contó que la odiaba, hasta que la bailó con su novia.

—¿Con Cristina? Lo dudo mucho, ella sólo escucha música triste, ruidosa y autodestructiva.

—Qué sé yo, eso me contó él. O a la mejor era otra novia. Tranquila, Mariana, hay que dar vuelta aquí en Orizaba.

—Sí, ya vi la entrada. —Arrabal gira el volante—. Pero no me digas Mariana, odio ese nombre.

—De acuerdo, de acuerdo. Mira, andamos de suerte, aquí hay un lugar para el carro. Adelantito están Los encantos de Hipatia.

—Vale, espero que tus amigos sean puntuales. —Con tres giros del volante acomoda su Volkswagen junto a la acera.

—Ya llegaron, ahí están Bronstein y Nicodemo. —Alza la mano y la voz para saludarlos—. ¡Buenas noches, jefe, buenas noches, Nostradamus! ¿Ya conocen a mi amiga Arrabal?

—Hola, Catalina, hola señorita Arrabal. —Bronstein las saluda de beso—. Es un gusto conocerla. ¿Nos vamos?

—Sí, el Boticario nos espera. —Los apura Nostradamus—. Es aquí dando vuelta. Ya tiene todo listo, incluso la médium.

—No me digas. ¿Sabes quién es?

—¿La médium? No, sólo sé que la invitó el Boticario. ¿Ustedes consiguieron las prendas?

—Así es. Unos pelos del Moloch y sus escritos.

—Con eso la hacemos, ¿nos vamos?

Todos acceden y dan vuelta a la cuadra de dos en dos, sin hablar más de la ceremonia, sin confesar sus dudas, sin reconocer esa sensación que todos padecen y callan. La sospecha de que alguien los observa, de que una presencia espiritual observa, desde allá arriba, cada uno de sus actos.

Cuando la canción termina, Gloria y Moctezuma dejan de bailar y se miran a los ojos. A su alrededor todo se disipa. El escenario, la cantina que los rodea, don Atanasio, la sinfonola y los demás parroquianos. Muy serios, pero contentos, se sientan sobre el césped de un jardín que surgió de la nada. Gloria estira sus piernas y bromea en silencio: «No, Molochito, no me mires así porque Cristina puede estar soñándonos». También en silencio, él se lamenta: «Ojalá Cristina me soñara, para que supiera cuánto me hace falta».

—Ya sé. —Gloria alza la voz y arrima sus piernas a Moctezuma—. Ojalá Cristina se libere pronto de sus amos, para que no se amargue como mi hermanita. ¿Sabías que Nellie me rompía mis muñecas para que no me distrajera con ellas y ensayara mis pasos de ballet? Las quemaba a las pobres, les ponía alfileres en los ojos, les abría la panza con tijeras y les metía adentro ratones vivos. —Se estremece y Moctezuma la abraza—.

Ella decía que era nomás para asustarme, yo siempre supe que estaba ensayando sus hechicerías.

—No lo dudo, Gloria. —Moloch aspira con discreción el perfume de su cabello—. Supe que Nellie odiaba a tu novio.

—¡Intentó envenenarme cuando me escapé con él! Mi novio decía que era mi paranoia, pero es horrible despertar a medianoche y descubrir una tarántula debajo de tus sábanas, ¿o no? Yo sabía que me la mandaba Nellie porque era siempre la misma araña, peluda y con cara de anciana. Me hizo muchas así. En cierto modo lo entiendo: ella no quería que me fuera porque se veía en mí, porque yo hacía muy bien lo que ella no podía hacer más. O sea, danzar y seducir a los hombres. Esa envidia y otros rencores le pudrieron el alma. Por eso se volvió un demonio.

—¿O sea que un alma puede volverse un ángel o un diablo?

—O las dos cosas. A ti no te veo facha de querubín, por cierto, y menos con ese apodo que tienes.

—¡A huevo! ¡Ya me vi! —Él se pone de pie, envalentonado—. Seré el temible Moloch, aterrorizaré al mundo con mis ojos de fuego, mis cuernos enroscados, mi cola de reptil y mis zarpas de acero. Sería chingón.

—Como portada de disco, ¿no? Uno de esos ruidosos que te gustan. —Risueña, Gloria se levanta detrás de él y lo jala del brazo—. A propósito, quiero mostrarte algo, sígueme.

Él se deja llevar, sin preguntar a dónde caminan, por una vecindad deshabitada, entre tiliches, trebejos y telarañas, corredores y muros de ladrillo erosionados. Un murmullo de voces los recibe al final del último patio: una jaculatoria que emerge detrás de una puerta en ruinas, junto con la luz temblorosa de unas candelas. *Herego gomet hunc geridans*, cantan unas voces masculinas, *Sesserant deliberant amet*, responden otras, femeninas. *Herego gomet hunc geridans*, repiten unas, *Sesserant deliberant amet*, repiten las otras.

Al cruzar la puerta, a Moctezuma se le escapa una lágrima de emoción. «¡No manches, son mis compas!», exclama al ver al Boticario Cagliostro, a su compadre Nicodemo, a la salerosa Catalina de la Cruz y a la hosca Mariana Arrabal. Unos a otras se toman las manos sobre una mesa, presidida por una señora muy elegante, con una mirada esdrújula; la reconoce con un sobresalto. «¡Es la madre Carmenchu!», murmura Moctezuma, «¿o sea que se escapó del templo?». Gloria le impone silencio: «Sssh, sí, es ella, está a punto de canalizar» y la Ruiseñora, en efecto, empieza a sacudirse sobre la silla como epiléptica. Un soplo apaga de tajo las velas, y en la oscuridad sólo permanece la silueta de una sacerdotisa, en miniatura, que levita y fosforece sobre la cabeza de la médium.

—Bienvenida, hermana, ¿cuál es tu nombre? —pregunta el Boticario.

—He tenido tantos nombres que olvidé el original —contesta la dama luminosa—. Puedes llamarme Última: fui la última entidad que se alojó en el cuerpo de Moctezuma López Chew durante su última misión…

«¡Vámonos, no los interrumpas!», Gloria lo jala del brazo, «me da gusto por ti, es lindo que te extrañen, que te invoquen», explica ella, «lo malo es que tú tienes trabajo pendiente, una tarea que cumplirle a tu padre y a tu querida Cristina».

Moctezuma, por supuesto, está de acuerdo, y camina detrás de ella por unas escaleras que los conducen al sótano, y de ahí al drenaje más sulfuroso de la ciudad. No necesita preguntar a dónde van, porque lo intuye: van hacia la cueva del ogro, el calabozo del monstruo que debe enfrentar.

Si no presintiera que alguien lo sigue («¿eres tú, AntiKris?»), juraría que la ciudad se ha convertido en la antesala de su infierno.

A esa misma hora (minutos más, minutos menos) el departamento de Moctezuma López y Cristina Olvera sigue vacío, cerrado con llave, en calma y a oscuras. Como no queriendo se filtran por la ventana las luces de la ciudad, los taconeos de los vecinos, la música de alguna fiesta, unos ladridos, el rugir de la avenida. De pronto el reloj eléctrico marca las 3 a. m., la máquina Printaform se enciende sin que nadie se lo pida e imprime la línea que tenía almacenada en su pantalla:

> Amada AntiKris, soy yo, tu tlatoani, me muero por verte…

Luego, la Printaform duda, recapacita y tacha la línea anterior. Dos líneas abajo, comienza a transcribir un nuevo texto, a espacio sencillo, con un mínimo de márgenes. El monólogo de León F, el Abogánster, el león enjaulado: el último testimonio conocido sobre el destino de Moctezuma López Chew, el temible Moloch de la colonia Palmatitla.

DE NUEVO CAÍDO, CARAJO, refundido en el fango hasta el fundillo. No será la primera, ni la última, ni la peor. Todo por un puto pasaporte. Ni que fuera yo un bracero. ¿Qué le costaba al aduanal hacerse el sordo, aceptar mi *cash* y *shut up*? Una trampa, eso fue. El Señor Presidente y los suyos pagaron por meterme en la ratonera. No nacimos iguales, no somos iguales. Cuando ellos mamaban teta yo era ya senador. Qué arrogancia, pedir mi extradición, cuando los libré de tantos líos, a ellos y a sus familias. ¿O necesitan que se los recuerde? Y no me salgan ahora con que la ley es la ley. La ley es lo que disponga el poder, nunca al revés. Algo falló. Me confié. No esperaba que procediera su demanda. Cuando mandaron al fiscal yo dije «a éste me lo como vivo». Qué bravo llegó, exigiendo «investiguen al Abogánster por la muerte del Secretario General, por su amistad con J García y con el Ingeniero M». Pinche cornudo. Gracias debía de darme por consolarle el chiquillo a su esposa. No me perdonan lo del Chacal, les arde todavía (y les va a arder más si ventilo los datos que robaron las Ruiseñoras). Todos tienen esqueletos en el clóset: el obispo, el subprocurador, el presidente y sus familias. Como los dólares que están sacando, con la ayuda de Jacques Ch, sin avisarle al Sucesor Presidencial. Por eso se lanzaron contra el Altísimo, por eso hechizaron a ese maldito sicario. ¡Quién fuera a decirlo! El hijo del Fantomas, ese ladronzuelo. Cuando supe que alguien había incendiado el Templo, no quería creerlo. ¿Cómo fue que el Altísimo no previno la traición de su caballero águila? ¿Fue un error suyo, una travesura de Nellie o de quién? No sé. Alguien metió su cuchara (¿la Maestra?), y va a costarnos caro. El Templo se quedó sin cabeza, el Altísimo Eliasista pagó su error con la vida, y de paso la transmigración del Ingeniero M se fue al carajo (el Chacal se va a emputar cuando se entere). Para acabarla de joder, dejamos libre a la Santa Muerta. Ahora sí, que Dios esconda la cabeza y que el Diablo nos proteja el culo. Si Berenice se rebeló, como presentía el Altísimo Eliasista, nos va a seguir jodiendo desde el más allá. Así me fue con Nellie C. «Nadie te vencerá mientras viva Nellie», eso me prometió Azazel cuando firmé pacto con él, sobre el vientre desnudo de mi Nellie. Fue lo más cerca que estuve del amor, y también de la locura. Por eso la mantuve viva tantos años, a pesar de sus tentativas de suicidio. ¿Fue ella la que me ató a sus brazos? ¿O fueron mis hechizos los que la ataron? Maldita Nellie, méndiga Francisca, pinche Sobeida, no creí que lo consiguiera: que trascendiera la muerte y allá se aliara con Scheva para venir a chingarme. Ingrata. Gracias debía darme por el cariño que le regalé, viejilla libidinosa, con sus labios dulces y sus tetas duras, secas como cecina, «muérdelas, muérdelas hasta que sangren», me ordenaba. (Si se supiera lo que le hicimos al novio de Gloria para castigarlo: la pócima de pus, con un quiste piloso de ovario y un prepucio inflamado que le dimos a beber y que le provocó...). Tsss. Chitón, ¿qué fue eso? ¿Quién está aquí? ¿Quién proyecta esa sombra entre las sombras de mi celda? ¿Eres tú, Nellie? No, no eres ella. Puedo oler tu cuerpo joven, correoso, viril. Apestas a raza de bronce, diría el Altísimo Eliasista. Un peladito correoso, de esos bravucones que abundan en las calles, los mercados, el mundo. Maldito arquetipo, deberías quedarte en los libros de historia, como un símbolo muerto, como un... ¿Qué fue eso? ¿Insistes, chingado? ¿Quién eres? ¿Por qué te ríes en lo oscuro, sin darme la cara? «Mi nombre es Moloch», respondes al fin, con voz de teporocho, «soy el demonio que anoche soñaste, León F; me desprecias y me temes, pero no puedes escapar de mí». Así que eres tú. Claro que te recuerdo. Soñaba que iba a enterrar a Silvia, mi niñera, en el campo de futbol, y tú te apareciste de la nada, prieto, greñudo, feo, lleno de tatuajes. Quisiste detenerme y te mandé a la verga, como siempre, cada vez que te apareces: no ibas a estropear de nuevo un momento épico de mi biografía. Das entonces un paso, te haces visible ante mí, imponente como un bisonte, rojizo y lampiño, con siete ojos en tu cara de bruto y siete cuernos en tu cráneo de buey. «Te lo advertí en tu sueño, León, y te lo advierto de nuevo: quiero ver si tu Baphomet te protege de mis poderes, de mi *heavy metal power*», y con los dientes de fuera sueltas una carcajada que se transforma en bramido. Mil guitarras horrísonas que retumban y hacen crujir mi celda, mil demonios que blasfeman histéricos y mil tambores que trituran metal pesado, roca fundida al interior de mis tímpanos («Tú sólo soportas la música exquisita, mi Leoncito», se burlaba Nellie mientras disfrutábamos a Brahms, la tercera sinfonía, y le di la razón, me cagan las bandas de guerra, los bailes vernáculos, el rocanrol y la música de negros), hasta que mis oídos revientan de plano y me desangro por la nariz. «¡Ya basta, cabrón, no jodas!», te suplico, «tortúrame si quieres, pero en silencio», lloriqueo, enroscado en el suelo como un puto gusano. Satisfe-

cho, haces tronar tus dedos para que vuelva el silencio. «Qué poco aguantas, Leoncito, ¡apenas iba ponerte a Napalm Death, Cannibal Corpse y Meshuggah, todas sus rolas al mismo tiempo, una y otra vez, hasta que cagaras sangre por las orejas!». Maldito seas, oh, poderoso Moloch, no te esperaba, por pura precaución debí trazar un círculo mágico. «Tranquilo, León, que no vine a joderte; eres un hijodeputa, racista, avaro y tramposo, pero acuérdate que soy un demonio y que me caes bien por eso, así que he venido a ayudarte». (Ahora soy yo el que ríe: conozco bien esa frase, mil veces la he dicho a personas que siempre me acabo jodiendo. Ya lo dijo antes aquel conde uruguayo que conocí en París: he nacido malo, oh destino, y la naturaleza es más fuerte que la voluntad. A todos supero en crueldad y eficacia, dentro o fuera del juzgado, desde que aprendí las sabias lecciones del derecho, más dulces que la miel, más venenosas que el láudano. Procesal, fiscal, y penal, ¡trinidad grandiosa del derecho que a todos domina y doblega!). Sin prisa me pongo de pie, meditando, me sacudo la ropa y te doy la cara: «No te la creo, amigo Moloch, pero si vas a ayudarme, no te andes con rodeos y dime el precio». Tú contienes la sorna y te agigantas, tu joroba se hincha, tu cornamenta alcanza al techo, tu cuello se estira, se llena de gordas chinches, y tu aliento, apestoso a pulque y azufre, me quema la cara cuando vociferas: «¿Estás hundido en la mierda y te pones arrogante? Entérate de una vez, tus aliados se jodieron y tus enemigos se fortalecen: tu castigo final se avecina». «Eso ya lo sé, oh, poderoso Moloch, si me joden por las buenas o las malas, todos van a quedarse muy contentos: el fantasma de Nellie, la maldita Felina, los perredistas, los tecnócratas del PRI, la Iglesia y el Vaticano». «Entonces no ignoras que están entrenando a una médium más poderosa que Nellie y que Berenice juntas». Ah, cabrón, ¿es en serio? «Su nombre es Cristina Olvera Báez y el Magno Padre la mantiene en cautiverio; si él doblega su voluntad, la usará en tu contra, ella se meterá en tu cabeza, registrará tu memoria, te inducirá la locura». «Por una chingada, eso no me preocupa; si se mete en mi cabeza se ahogará en la mierda». «¿Y si te confiara que Cristina tiene el rubí de Sobeida, el que empoderaba a Nellie?». (Ah, qué caray, había olvidado ese maldito rubí. Ella me lo regaló poco antes de que los Claudio S y Cristina B la encerraran. Viví años de gloria, invencible, intocable, mientras lo tuve en mi poder. La Felina me lo robó para vengarse. ¿En qué año fue? Me dolió la pérdida y tuve algunos tropiezos, hasta que el Altísimo Eliasista vino en mi ayuda, recién llegado de Europa, con su carga de amuletos, hechizos, secretos militares de los soviéticos, técnicas psíquicas de los yanquis, los rusos y el Opus Dei. No he conocido a nadie tan cabrón, capaz de arrancarle la lengua a un bebé con una mordida, nomás por intimidar a sus padres. Con su respaldo me olvidé del rubí, ahora él está muerto y yo estoy jodido). «¿Y cómo vas a devolvérmelo, ¡oh, poderoso Moloch!?, ¿me dirás cómo vencer a tu querida vidente?». «No hay razón para confrontarla, León, sino al revés. La tienes que liberar del Magno Padre y ella te entregará el rubí de Sobeida». Vaya, vaya, me agrada tu pacto. Con el rubí en mis manos recuperaré mi poder y esos cabrones estarán a mi merced. «Entonces, ya sabes qué hacer: avisar a tus asistentes y decirles que busquen a Cristina en los hospitales de la Milicia». Sí, sí, claro, mañana veré a Roy, él le hablará a Maribel y le dará mis instrucciones. «De acuerdo, León, pero necesito que eso me lo firmes con tu sangre». ¿Y cómo firmo, me pregunto, si aquí no me dejan tener navajas? En respuesta (¡hijodetuputa!) revientas mi hocico con un puñetazo, y con otro (¡hijodeturreputa!) machacas mi nariz. «¡Ahí está la tinta!», bramas en mi cara, furibundo, y yo me arrodillo, mojo el dedo índice con mi sangre, trazo mi firma sobre el pergamino que me ofreces. «*Vade retro*, maldito!», vociferas y desencadenas un estruendo, un ejército de tambores, un tsunami de guitarras eléctricas que golpean mi cabeza por dentro con un marro metálico, mientras clamas tu victoria sobre mí, «Matando güeros, ¡viva la raza! Matando güeros, ¡estilo Pancho Villa! Matando güeros, ¡el Moloch me cuida!».

# La epifanía

Sumergida en el líquido amniótico del Atanor, Cristina pronto confunde el antes con el después, el aquí con el allá, la memoria con el olvido. Sin el soporte de los sentidos, su consciencia se disemina sobre un mundo inagotable, que multiplica sus tiempos y sus espacios mientras sus ensueños, sus visiones y sus pesadillas se proyectan en monitores catódicos y se graban en videocinta. Un templo piramidal en el bosque, recubierto de musgo. Los tatuajes de Moctezuma, envueltos por la desnudez de otros cadáveres. Una vedete (¿Gloria o Nellie?) que baila mambo con su padre y su novio. Una cárcel infinita, poblada por fantasmas y regida por demonios.

Al término de la sesión, las monjas enfermeras la trasladan en camilla hasta su cama. Ahí la aguarda la madre Francisca, dispuesta a instruirla en el arte de navegar por el océano de sus visiones, usando como brújula su intuición y como timón su voluntad.

—Tú sólo resiste, fluye y reza —le aconseja Francisca después de las oraciones iniciales—. Te falta dominar tus filtros. Cómo abrir y cómo cerrar los velos de la mente para que filtren tus visiones. Para distinguir lo falso en lo real y la verdad en la ilusión.

Cristina contesta en silencio: «No sé. Odio despertar y ver lo que soy: una paralítica, una Ruiseñora esclavizada».

—Insisto, Cristina: debes distinguir lo que hay de falso en tu realidad y la verdad oculta detrás de la ilusión. Tu enfermedad y tu esclavitud no son tan reales como crees. Ya verás, ya verás.

«Ojalá, madre, ojalá. Anoche soñé con Moctezuma. Vi que me dejaba un mensaje en su máquina y que encontraba el rubí de Sobeida».

—Sé cuánto lo extrañas, Cristina, estamos buscándolo, créemelo.

«Está muerto, lo sé. El Moloch que soñé es sólo su fantasma. Pero algo de verdad debe haber en esa ilusión, como dice usted».

—Tal vez. Por eso lo soñaste con tanta claridad. Si mataron su cuerpo, su alma sigue penando.

«Busque su cuerpo, madre, por favor. No podré llorar su muerte hasta que no incinere su cadáver».

—De acuerdo, hermana. —La madre traza unos gestos mágicos sobre su rostro—. Después me platicas, me tengo que ir. —Y agrega después sin decir palabra: «Que nuestra Señora te bendiga por siempre…».

Cristina responde «Amén» y suspira. A solas en su calabozo, se enfoca en aquietar su pulso y sus pensamientos. En aspirar, retener, exhalar a ritmo constante, disfrutando la caricia del aire en sus adentros. Desnuda de toda emoción, en vez de rezar a

la diosa, como le aconseja la madre Francisca, decide acudir a la poesía. A los enérgicos versos de Nellie C, mártir de las desamparadas, que Cristina declama ahora con devoción: «Miren cómo / puedo echar abajo / los árboles / volverlos pedazos / Son mis manos / rojas de sangre / que me obedecieron / No quiero / manos pálidas / que pidan / perdón / al cielo / las quiero / rojas / para derribar / cerros».

Mientras recita, se desprende una parte de su yo, que divaga a la deriva por el inconsciente colectivo, por el perpetuo chismorreo de la ciudad: «la Secretaría de Hacienda y Crédito Público reconoció que a partir de junio se registró una fuga inusual de capitales del país, pero se / Miren cómo puedo echar abajo los árboles volverlos pedazos / La rebelión de Chiapas develó las paradojas del régimen salinista, como la revuelta de Tomóchic que evidenció al porfiriato y / No quiero manos pálidas que pidan perdón al cielo las quiero rojas para derribar cerros / A causa del cáncer que padece, se agravó la salud de la viuda del Candidato Oficial, quien fue internada en e…».

Hipnotizada por ese flujo de palabras, el Mundo se le muestra en su totalidad y en su plenitud, en su banalidad y su vacío. Como una madeja que ella debe desenredar y tejer de nuevo, se le revela la estructura septenaria del cosmos, con tres dimensiones espaciales y cuatro temporales, como las tres del alma humana (razón, imaginación, memoria) y las cuatro de su cuerpo (físico, biológico, sensorial, cósmico). Al ver a la humanidad como un sujeto colectivo, supone que debe tener una razón, una imaginación y una memoria colectivas, encarnadas en un cuerpo (una geografía), una biología (una genética), una sensibilidad (un carácter) y una visión cósmica (una mitología). Una semejanza entre lo macrocósmico y lo microcósmico que

Cristina puede usar como un mapa, para ubicarse en el mundo y orientarse en la pesadilla de la historia.

—Soy un ojo que acopia la luz perdida del cosmos —susurra con una voz cada vez más potente—. Soy el vaso que recoge la voz y la sangre de las víctimas. Soy la madre que nunca acepté y la hija que nunca tuve. Soy la hermana débil y la amante poderosa. ¡Soy mi enfermedad y soy mi cura!

Entonces sucede la magia.

Un bienestar, sutilísimo, enmudece sus labios, entibia su piel y la incita a abrir los ojos. Al verse en medio del cuarto, a tres metros de su cama, Cristina teme estar delirando. De pie sobre el piso frío, sin ayuda de nadie, puede mover las manos y los dedos, flexionar sus rodillas, dar un paso y luego otro. «Un milagro, eso es, si puedo sanarme también puedo huir», piensa y se encamina a la puerta, jubilosa.

Dura muy poco su huida. Al tercer paso, un mareo la sofoca y una punzada tortura su vientre. El rencor hacia su padre, el silencio de su madre, la situación del país, sus decepciones amorosas, su fracaso en la escuela, la desaparición de su Molocho, entre otros terrores y angustias, todo eso se aglutina en sus intestinos y le induce la náusea. Asqueada, cae de rodillas y vomita sobre el piso un ectoplasma negro, un coloide antinatural que se volatiliza en el aire, tizna las paredes y se escabulle por las ventilas del aire acondicionado.

«Paso a paso, no desesperes», se exhorta Cristina. Con sumo cuidado se yergue, se pone de pie, se limpia la boca y sonríe. Le satisface haber expulsado ese negro tumor de su alma. Ahora necesita volver a la cama, canalizar el suero en su antebrazo, colocarse los electrodos en las sienes: antes de proclamar la victoria, antes aún de sublevarse, es necesario fingir demencia ante las monjas enfermeras, ante los frailes guardianes. Aspirar, retener, exhalar el aire, a ritmo constante y paciente. Que su boca no hable, que su oído no escuche, mientras su cuerpo termina de curarse y su mente, fortalecida, elabora un plan de fuga.

Sentados sobre el pasto seco, Moctezuma López Chew y Gloria C disfrutan en silencio del crepúsculo. Dos fantasmas absortos en la danza de las nubes que enrojece el paisaje de piedra volcánica, las monumentales esculturas que aluden al cosmos mesoamericano y los treinta y cuatro prismas de concreto que amurallan el lugar. Aunque no recuerda cómo llegó hasta aquí, Moctezuma supone que lo atrajo la nostalgia: antes de vivir con la AntiKris, solía acampar aquí, en el Espacio Escultórico de la UNAM, con Nostradamus y sus cuates, para poner en práctica sus conocimientos de astronomía y astrología.

Aunque ese recuerdo endulza su humor, una duda lo amarga. Gloria lo intuye cuando toma su mano y pregunta:

—Dime, Molocho, ¿te sientes mal?, ¿qué te molesta?

—Que no me la creo, eso me molesta. Hace un rato estuve en la celda con el Abogánster, ¿no? Él me vio como a un demonio, tuvo miedo de mis poderes y aceptó ayudar a mi AntiKris. Dime, ¿tú te la creerías?

—Vamos por pasos. ¿Es real la luz? Es imposible saberlo. La luz como tal sólo existe si la mira un ojo. Es decir, la luz nada más es real en la conciencia. La luz no existe ni afuera ni adentro sino en la visión individual, que sólo se convalida con la visión del otro.

—Sin rodeos, por favor.

—Ah, cómo eres impaciente. Si el Abogánster y tú se soñaron uno al otro, ocurrió algo real: hubo sincronía entre ustedes. Tal vez él despertó con esa misma duda: «¿Fue real el pacto con Moloch, o nomás lo soñé?». Sea como sea, él lo tomará en serio y lo cumplirá. Su fe en la magia lo obliga a confiar en sus sueños. Deberías seguir su ejemplo.

—O sea, debo creer que soy un demonio.

—No todavía, pero vas para allá. Antes debes reconocer que Cristina puede cuidarse sola, allá, entre los vivos, sin tu ayuda.

—Lo sé, lo sé. Ella tiene más talento que yo para resistir a la realidad. Nomás dime cómo me obligo a olvidarla.

—Por lo pronto, enfócate en tu papel. Actúas genial como demonio.

—¿Tú crees? Una vez fui el viejo de la danza en el novenario de la Guadalupana, con máscara y fuete de cuero. Fue chingón espantar a los niños y a las señoras que no rezaban el rosario. Eso que ni qué: hoy sentí más chingón porque no tuve que disfrazarme. Mi cuerpo se agigantó solo, y solos me salieron los cuernos, las zarpas, los ojos extras. ¿Te fijaste en mi lengua? ¡Mejor que la de Gene Simmons!

—Pronto aprenderás a transformarte a tu antojo. Podrás intimidar a tus rivales, socorrer a tus amigos o seducir a tus víctimas.

—Chingón. Además de ver a la AntiKris, traigo en la mira a unos chamacos de la colonia, quiero que vendan su alma al *death metal*…

—Eres libre de hacer las diabluras que quieras, Molocho. Pero antes dime, ¿en qué se distinguen los fantasmas y los diablos?

—Es sencillo. Un fantasma es un alma que se queda suspendida entre el mundo y el ultramundo. Son nostálgicos y lo normal es que reencarnen tarde o temprano, aunque olviden su vida anterior. Un diablo es un alma colérica que decide quedarse acá, que domina las leyes sobrenaturales y las usa para interactuar con el mundo natural.

—Más o menos. Hay de todo: hay demonios caritativos o traviesos, hay ángeles crueles y vengativos. Unos se nutren de compasión, otros sólo quieren divertirse, otros sólo disfrutan del odio y la venganza.

—Como Nellie, tu hermanita.

—Sí, pero ella se corrompió únicamente en parte. Su corazón albergaba tres almas, y al morir, las tres se separaron. Ya conoces a Sobeida, esa niña astróloga, traviesa y bromista que hospedaste en tu cabeza. Francisca fue la poeta, la escritora de la Revolución, la bailarina talentosa que de pronto se aburrió de escribir y bailar. Nellie, por supuesto, fue la tercera, la dominante: la dama cosmopolita que manipulaba a la gente para adquirir poder. Yo quise a las tres. Mucho más a Sobeida y a Francisca, claro.

—Puede ser. Su espíritu se corrompió al morir, como el del Altísimo Eliasista, por eso se aliaron para joderse a los tecnócratas.

—Y para invocar a la Hermana Blanca, además.

—¿Qué es la Hermana Blanca, exactamente?

—Luego te explico. Para que te des una idea, la Santa Muerta es una especie de arcángel, a la altura de Miguel, y destructivo como Samael. En comparación, Nellie y el Altísimo Eliasista son unos simples querubines.

—Qué pinche ultramundo tan aristócrata. Aquí necesitan una buena revolución, me cae.

—Hagámosla, yo te ayudo. —Divertida, Gloria se acerca y besa su mejilla—. Relájate, Molocho. Tiempo nos sobra.

—Vale, Gloria, hagamos algo divertido hoy. Vamos al 2 de octubre del 92. Ese día fue el Festival Gótico en Rockotitlán más chingón de toda la historia.

—¿La noche en que Cristina y tú se hicieron novios?

—¿Qué fumas que adivinas, Gloria? ¿Me llevas? ¿Sí?

—No, Molochito, no se puede. Aquí también hay leyes, aunque sean sobrenaturales. Tú no puedes viajar al pasado por tu propia voluntad. Necesitas que alguien sueñe contigo y que reviva el pasado junto contigo.

—Aaaah. ¿Debo hacer que Cristina me sueñe?

—Exacto. No es tan difícil. Para empezar, hay que echarle una visita al hospital del Magno Padre. Necesita tu apoyo.

—¿Podré verla, en serio? La pobre ha de pensar que ya estoy muerto.

—Y tiene razón, como siempre. —Gloria se pone de pie, se sacude la falda y tiende su mano—. Muévete, querido, te espera tu amada inmóvil.

Agradecido, Moctezuma se levanta y camina detrás de su guía. Lo queman las ganas de mirar, sentir, oler, besar a su AntiKris, pero no puede ocultar su nerviosismo. Teme que ella se asuste al verlo, que se encabrone con él o que de plano no lo perciba. «¿Y si estoy condenado a verla nomás de lejos, como una sombra, como un espectador ajeno?».

La noche cae sobre sus espaldas cuando Moctezuma y Gloria abandonan el Espacio Escultórico y se internan en la ciudad transfigurada, sin autos ni basura, sin esmog ni habitantes. Un escenario teatral, del tamaño del mundo, que va encendiendo sus lámparas para alumbrar su paso a paso.

**«Antes declaré bajo tortura, hoy quiero contar la verdad», asegura el asesino del Secretario General**

*Viernes, 16 de noviembre.* «No recuerdo si disparé una o dos veces, sólo recuerdo que tiré el arma y empecé a correr. Hoy sé que maté a una buena persona y no me queda más que resignarme», admitió Damián T, asesino confeso del Secretario General, durante la entrevista que ofreció en el Reclusorio Sur.

«En ese momento no tenía conciencia de lo que estaba haciendo, parecía que todo se había borrado de mi cabeza, que una voz me manejaba», dijo, y subrayó que «nunca me ofrecieron dinero para matar a ese señor, lo único que recibí fueron amenazas». Confesó que una semana antes les quitaron sus papeles, a él y a su cómplice, y les dijeron a quién deberían matar. «Nos advirtieron que conocían a nuestras familias y que si no obedecíamos los iban a matar a todos».

Damián T manifestó luego que deseaba ampliar sus declaraciones iniciales, ya que las anteriores las firmó bajo tortura y ahora quería contar lo que realmente pasó. «Antes no lo dije por temor, me callé muchas cosas. Ahora puedo hablar sin miedo» (sigue en la página 48).

Con el pulso alebrestado, Mariana Arrabal sube los ciento ochenta peldaños que la separan del piso donde vive Cristina. Fue un día abrumador. Le tocó cubrir dos ruedas de prensa, una con Manuel Camacho Solís (que anunció su retorno a la política), y otra con la Maestra (que dio a conocer los frutos del Congreso promovido por su sindicato). Ya iba a su casa en el Volkswagen cuando un presentimiento desvió su camino y la condujo a la colonia Palmatitla. Ahora comprueba que se equivocó: no hay novedades en el departamento, excepto que el buzón está atiborrado de publicidad y que una capa de polvo lo recubre todo.

Luego de beber un vaso de agua y prender un cigarro, Arrabal decide que pasará la noche ahí. Luego desempolva la mesa del comedor y distribuye encima el material que trajo en su mochila. Por un lado, el casete de la sesión espírita; por el otro, el expediente de Moctezuma que le entregó Catalina, por acá la entrevista con Marifer Rovira que Cristina no editó, y por allá las notas de prensa sobre el caso. En los huecos acomoda las fotos que ha tomado en las últimas semanas, desde que mataron al Secretario General hasta el día de ayer, 12 de noviembre, cuando siguió desde lejos al Magno Padre y lo vio entrar en el hospital Ángeles del Pedregal, en compañía de Marifer Rovira y dos hombres armados.

«De seguro ahí la tienes secuestrada», gruñó Arrabal, cuatro horas después, cuando vio al Magno Padre alejarse en su limusina. Debería informarle a Schwartz, pedirle ayuda, pero teme que él la juzgue loca. O puede acudir al Tecolote para que mueva sus influencias en Gobernación, pero no quiere abusar de su amistad. Algo debe hacer. Nunca había trabajado con alguien así. La conoce desde hace un año y parece su comadre de toda la vida. Le apena su orfandad, sus manías, sus traumas de infancia, pero la admiración es mucho mayor. La AntiKris es una camarada noble, talentosa, que a diario la respalda. No va a abandonarla en este lío al que juntas se metieron, y menos ahora, que Moctezuma se largó de este mundo.

Decide, por tanto, chambear un rato más, no mucho porque debe levantarse temprano. Para reanimarse enciende el estéreo, sintoniza Radio UNAM y se concentra en ordenar sus fotos, releer los textos de Moctezuma, revisar la entrevista de Rovira. Son más de las 11 p. m. cuando sus ojos se rebelan. Decide hacer una pausa, prepararse un té y apagar la radio. Al hacerlo le extraña la insólita quietud del departamento, del edificio, del barrio entero. «Esto no es natural, Cristina se quejaba siempre del ruido», murmura, antes de advertir, allá por la recámara, un cascabeleo mecánico que pone chinita su piel.

Armada con un cuchillo de cocina, Arrabal respira hondo y se interna por el pasillo. Al abrir la puerta y encender la luz, encuentra la causa del ruido: la máquina Printaform de Moctezuma se ha encendido sola y golpetea con sus teclas sobre su rodillo vacío. Sin planearlo, Arrabal desenchufa la máquina, que tarda unos segundos en apagarse. Descubre entonces, bajo el secreter, una hoja mecanografiada a renglón sencillo, casi sin márgenes. «Este papel no estaba aquí la última vez», recapacita Arrabal antes de levantarla y leer sus primeras líneas:

> ~~Amada AntiKris, soy yo, tu tlatoani, me muero por verte…~~
>
> De nuevo caído, carajo, refundido en el fango hasta el fundillo. No será la primera, ni la última, ni la peor. Todo por un puto pasaporte. Ni que fuera yo un bracero. ¿Qué le costaba al aduanal hacerse el sordo, aceptar mi *cash* y *shut up*? […]

«¿Qué significa esto?, ¿quién lo escribió?, ¿es una novela o un diario?», se desespera Arrabal después de releerlo. Lo peor es que está incompleto: al final de la página se interrumpe. Nomás por curiosidad, Arrabal busca otra hoja de papel, la inserta en el rodillo y enciende de nuevo la Printaform. Casi se infarta cuando ve que la máquina cobra vida sola y empieza a mecanografiar el texto anterior a partir de la frase donde se había interrumpido:

> [...] Con el rubí en mis manos recuperaré mi poder y esos cabrones estarán a mi merced. «Entonces, ya sabes qué hacer: avisar a tus asistentes y decirles que busquen a Cristina en los hospitales del Magno Padre». Sí, sí, claro, mañana veré a Roy, él le hablará a Maribel y le dará mis instrucciones [...]

Sin apartar la vista de la Printaform, Arrabal aguarda a que termine la hoja para insertar en su rodillo otra nueva y otra más. A mitad de la cuarta página la máquina se apaga sola y Arrabal relee el texto ya terminado. Qué locura. No lo comprende en sí mismo, pero intuye que le servirá para armar el rompecabezas. Y lo ratifica un minuto después cuando timbra el teléfono y Arrabal levanta el auricular.

—Buenas noches, ¿quién llama?

—Soy la licenciada Maribel Frías, para servirle. ¿Hablo al domicilio de Cristina Olvera Báez?

—Ella no se encuentra. ¿No me reconoce? Soy Mariana Arrabal.

—Claro que sí, señorita, ojalá pueda ayudarme, Arrabal. Mi jefe, el Abogánster, supo que su amiga Cristina fue privada de su libertad. Me encomendó que la rescatara.

—¿En serio? ¿Cómo lo supo él?

—Eso no es relevante. ¿Sabe usted dónde tienen a Cristina?

—La trasladaron al Hospital Ángeles del Pedregal, supongo. Vi salir de ahí al Magno Padre y a Rovira.

—¿Firmó Cristina o usted algún papel para que la internaran?

—Yo no, se lo juro. Cristina, tal vez, pero ella no estaba en condiciones de firmar ningún papel.

—De acuerdo. Si me lo autoriza, mañana presentaremos una petición judicial para que el hospital informe sobre su internación. Si se niegan a informar, los acusaremos por privación ilícita de la libertad.

—No sé de leyes, licenciada. Por mí haga lo más conveniente. —Titubea un segundo—. Además, no tengo dinero para pagarle.

—No se preocupe. De eso se encarga la senadora Felina, la he puesto al tanto. Si no tiene otra duda, mañana la visito en su trabajo y le informo. Hasta mañana, señorita.

—Hasta mañana —se despide Arrabal y cuelga el teléfono, con la sensación de que hoy lo real ha perdido una batalla más frente al delirio.

—¡Rockotitlán! ¡Yo estuve aquí en el 92! —Moctezuma brinca como loco ante la fachada del teatro, decorada con un mural rockero bien acá, estilo tepiteño. ¿No que era imposible viajar en el tiempo, amiga?

—Es posible. —Mientras camina a su lado, Gloria C le guiña un ojo—. Siempre y cuando te sueña alguien en especial.

—¿O sea que mi AntiKris está soñándome?

—No dije eso, pero es muy posible. —Ella baja de la banqueta y cruza la calle—. Sea como sea, no la despiertes antes de tiempo.

—¿Qué le digo si la veo?

—Dile que yo tengo el rubí de Sobeida. —Se detiene frente a la puerta del cine y extiende la palma de su mano—. Dámelo ahora. Dile que voy a esconderlo en la Basílica de Scheva, donde tu cuerpo está enterrado.

—Simón, sirve que me hace un funeral chingón —acepta Moctezuma y le entrega el rubí. Ella se despide con un beso en el cachete y él se mete a Rockotitlán sin volver atrás la mirada.

Adentro se mezcla con un grupo muy animado de gente que fuma, bebe, baila y exhibe su atuendo. Chavos rudos con chamarras de cuero, jovencitas de satín negro, chicas *punks* y veteranos *exhippies*, que vuelven a la sala en estampida cuando reconocen los primeros acordes del concierto, *Sin ropa sin piel / sin cara y sin cuerpo / Sin temor sin límite de tiempo / Volaremos en movimiento…*

—¿Aquí andas, Molocho? —Oye a sus espaldas una voz que le enchina la piel—. ¡Yo pensé que sólo escuchabas *death metal*!

—¿Cristina, eres tú? ¡Yo pensé que no te dejaban venir!

—¡No me dejan, pero me salgo! —se desgañita Cristina para hacerse oír encima del estruendo, los gritos, los empujones—. ¡Ven conmigo, Molocho, no me sueltes!

Prendidos por la canción, *Al otro lado de la vida / te buscaré te seguiré*, los dos brincan, bailan y gritan entre la muchedumbre, fuera de sí mismos, absortos en la música, en el roce de su piel, en el ardor de su beso. Como aquel 2 de octubre de 1992, cuando coincidieron en el Festival Gótico en Rockotitlán y terminaron haciendo el amor en un cementerio. *Al otro lado de la vida / te buscaré te seguiré.* Por un momento, los dos sucumben a la ilusión. Suponen que su historia apenas comienza, que la felicidad está en sus manos y que nada malo puede pasarles si se aman y se cuidan. *Al otro lado de la vida / te buscaré te seguiré,* canta Cristina, y llora como aquella noche, cuando presintió su viudez futura, tal como ahora evoca su felicidad pasada, y esa coincidencia, ese nudo en el tiempo le revela que está soñando, que su tlatoani no está con ella y que va a despertarse pronto.

Sí, justo ahora.

—¡Buenos días, hermana! —la saluda una monja enfermera que ha venido para desenchufarla del electrocardiógrafo y del telequinoscopio—. ¡Qué raros sueños tuvo, hermana, los vimos en pantalla!

—Ah, lo que daría por soñar con un novio y bailar con él —añade otra monja enfermera, que hace girar la manivela para que el lecho se incline y levante el torso la paciente.

Con los ojos llorosos, Cristina mejor se calla. La fastidia volver a la realidad, sobre todo porque en sus labios persiste el sabor de Moctezuma y el estribillo de la canción, *Al otro lado de la vida / te buscaré te seguiré*, mientras las monjas la visten con calzones, zapatillas y túnica de seda bordada en oro. Tendrá visitas, según parece, por eso las monjas enfermeras cepillan su cabello y maquillan su rostro con tanto esmero.

Siete campanadas suenan a lo lejos cuando la empujan en silla de ruedas por pasillos silenciosos y rampas solitarias. Una tercera monja enfermera las recibe a las puertas de una capilla deslumbrante. Todo ahí es blanquísimo: el mármol del piso, el tapiz de los muebles, los pliegues de las cortinas. Al fondo hay dos sillones de respaldo alto, uno para el Magno Padre, semioculto por su atuendo blanco, y otro para el Señor Presidente, que destaca por su traje negro y la severidad de su rostro.

Frente a ellos, las tres monjas enfermeras colocan la silla de Cristina y se retiran al fondo. El obispo se pone de pie y habla:

—Buenas tardes, hermana, que el Altísimo te bendiga y te proteja. Daré inicio a la sesión, convocada por el señor presidente para solicitar tu consejo. *In nomine dei nostri Domine, Elohim excelsis. Introibo ad altare Elohim…*

—*Ad Elohim, qui laetificat gloria meam* —responden desde el fondo las monjas enfermeras.

Sin atender el ritual, Cristina se concentra en sí misma. No necesita cerrar los ojos para anular las voces del exterior y enfocarse en las emociones que perciben sus sentidos interiores: mucho rencor y mucho miedo, mezclado con una ambición y un entusiasmo cercanos a la lujuria. Es obvio que estos hombres, tan poderosos, se juegan el alma y el pellejo, lo curioso es que se nieguen a admitir un solo error o a perder un solo peso de sus riquezas.

—Te bendigo, hermana Cristina y te saludo. —El Magno Padre se inclina y le muestra un Rolex de oro envuelto en un paño azul—. El señor presidente desea, con todo respeto, que auscultes este reloj y nos hables de su dueño.

Cuando el obispo lo coloca sobre sus manos, Cristina se estremece. Las impresiones que recibe son tan fuertes que la obligan a apretar las mandíbulas para no convulsionarse. Durante un minuto interminable, la observan con asombro las monjas, con codicia el obispo, y con escepticismo el presidente, sin que nadie se atreva a interrumpir su trance. Al final, Cristina exhala el aire, se aquieta su rostro, se relajan sus dedos y el Rolex escurre de sus manos hasta el suelo.

—El dueño de este reloj ya está muerto y mal enterrado. Usted lo conoció: fue compañero de escuela de su hermano. Un diputado que soñaba con ser gobernador y fue marginado por el Secretario General. Por eso lo mandó matar, inducido por su amigo el Abogánster, que también lo quería muerto, para vengarse de la orden de aprehensión que el Secretario General puso en su contra por el asunto del Chacal.

—Ni el Ingeniero M ni el Abogánster tienen el poder ni los huevos para urdir el complot. Alguien más, en el partido, se lo ordenó. Todos señalan a sus amigos, los políticos tamaulipecos y el sindicato petrolero. Hay que llevarlos a juicio.

—Los implicados los señalaron porque alguien se los ordenó. Pero eso va a cambiar pronto. Ahora mismo están ampliando sus declaraciones. Ya verás cómo se retractan, cómo apuntan al infeliz que les indiquen el Abogánster o sus compadres.

—Ese cabrón está refundido en la cárcel. El Magno me prometió que tú entrarías en su mente, que lo obligarías a hablar…

—El Magno no debe hacer promesas por otros. —Cristina encara al obispo y se burla de su coraje—. Ése fue un error fatal. Usted no debió confiar en este obispo pervertido, ni aliarse con la Iglesia que él representa. Sus sacerdotes iban a someter a los teólogos de la liberación, ¿no?, en sus colegios se forman los nuevos priistas, los que van a reformar el partido, ¿me equivoco?

—Se equivoca por completo. El papel que jugaron en Chiapas los teólogos de la liberación fue malicioso. Alguien tenía que detenerlos. El Magno Padre y la Milicia saben que la iglesia no puede cruzar los brazos ante los conflictos del mundo moderno. En Chiapas yo hice lo que pude, aumenté la asistencia social para paliar la pobreza. Ningún estado recibió tanto apoyo durante mi sexenio, directo o a través del programa Solidaridad.

—Quisiste comprar su simpatía, como todos los populistas. —Cristina lo tutea con desenfado, se levanta con decisión, gesticula con energía, como si nunca hubiera estado inválida—. Pero los llamaste transgresores de la ley cuando se alzaron en armas, dijiste que eran manejados por ideologías extranjeras. ¿Así funciona esa ingeniería social que los tuyos aprendieron en Harvard? ¿En eso consiste la solidaridad que tanto blasonas?

—¡Eso son los zapatistas! Violaron el estado de derecho, intentaron tomar el poder por las armas, fueron apoyados por los maoístas, por los teólogos de la liberación. A Marcos y a sus guerrilleros les salvé la vida cuando ordené al ejército que cesara el fuego unilateralmente. Hay gente en mi partido que no me lo perdona. Es gente que añora el 68 y quería echarles el ejército encima. Muchos de ellos, se lo aseguro, apoyaron a los asesinos del Candidato Oficial y del Secretario General.

—Nadie en el partido está libre de culpa, señor. Cada uno de ustedes ha sido solapador o solapado por otro en algún crimen, algún fraude, alguna venganza. Los priistas cargan con un legado que debería avergonzarlos y que pronto se va a desmoronar. Nomás mírate. No buscas justicia, Señor Presidente, tú sólo quieres salvar tu trasero y vengarte después. Por eso me consultas, para que otros carguen tus errores, para que sean otros los que pierdan su poder y su riqueza.

—Te equivocas. La historia me absolverá, sabrá que mis medidas fueron las mejores posibles, en las circunstancias que vivimos…

—La historia te recordará y le rogarás ser olvidado.

—¡Silencio, hermana! —El Magno Padre manotea en sus rodillas—. Lo que dices es un insulto, un absurdo. —Se pone de pie y con las manos traza signos mágicos en el aire, con la obvia intención de hipnotizarla.

—¡A callar, perro! —Ella le enseña los dientes y su voz se encrespa—. He estado en tu mente, Magno Padre, no lo olvides, puedo proyectar tus crímenes en el Atanor, puedo televisarlos o grabarlos en video. Con esa evidencia, no habrá papa que te salve. Por muchos años que vivas, por muchas plegarias que reces, te aguarda un laberinto de dolor, de infamia y agonía.

—¿De qué hablan? ¿Qué es el Atanor? —El Señor Presidente se pone de pie, alarmado por la posibilidad de que alguien lo filme.

El estruendo de una alarma los desconcierta. Unos pasos se acercan, la puerta se abre, dos monjes guardianes se dirigen al Magno Padre:

—Monseñor, ingresaron al hospital unos hombres armados. Traen una orden judicial para registrarlo, ¿qué hacemos?

—Antes que nada, asegúrense de que el Señor Presidente salga del hospital sin ser visto —ordena el obispo y se dirige luego a su invitado—. Le pido disculpas, señor, por la actitud de Cristina, lo siento. Yo me encargo de resolver este asunto.

—Y yo me encargaré de los míos, Magno Padre —responde el presidente con la mirada hosca—. Le ruego que ya no se preocupe por mí.

A solas en la capilla, Cristina permanece de pie, con la mirada en alto, satisfecha por su actuación. «¡Te amo, AntiKris, eres maravillosa, mi reina!», proclama en sus adentros un vozarrón amoroso y heavymetalero que la enternece: «¿Viste la cara de susto que pusieron el Magno Padre y el Señor Presidente? ¡Temblaron con tu poder, AntiKris!».

Como si hubieran presenciado un milagro, las monjas enfermeras se postran ante Cristina, con la cara sobre el piso, y empiezan a recitar una plegaria que antes desconocían y que ahora brota, espontánea, del profundo manantial de su inconsciente:

Eres la que todos odian y todos aman
eres la que llaman Vida y que llaman Muerte
En tus brazos descansaré algún día
ahí viviré sin morir de nuevo.

El 18 de noviembre, con el primer fulgor del alba, la combi más *cool* del planeta se interna por un bosque de encinos y coníferas. Después de un recodo, un alambrado de púas le cierra el camino con puerta, cadena y candado. La combi se estaciona a la sombra de un roble, Salomé Bronstein apaga el motor y le pide un cigarro a su copiloto, Nostradamus. En los asientos de atrás los acompaña el consejo editorial del semanario: el Watson Bolaños, el Boludo Finchetti y Catalina de la Cruz, quien aprovecha la pausa para consultar su mapa, elaborado con las señas que le dieron, por separado, Nostradamus y la madre Carmenchu.

—Llegamos al lindero norte, eso creo. —Vestida con pantalón, gorra y botas militares, Catalina saca un cigarro y lo enciende—. Si escalamos aquella colina, es probable que divisemos la Finca del Nahual.

Sus compañeros aprueban la sugerencia. Nostradamus troza la cadena con unas pinzas cortapernos y el grupo traspasa a pie la puerta metálica. Con el aplomo de una chica exploradora, Catalina los conduce hasta la colina. Más allá, en efecto, se avistan el valle y la Finca. Al centro se yergue la Basílica de la Hermana Blanca, con su torre trunca, por allá las capillas de las Ruiseñoras, por aquí y por acá las fuentes alegóricas, unidas por senderos que dibujan una estrella de siete puntas. Con los binoculares comprueban que las instalaciones están abandonadas y que la intemperie las ha carcomido con rapidez sobrenatural.

Confiado por la falta de vigilancia, el grupo baja la colina y se divide para explorar el complejo arquitectónico. Como lo describió Moctezuma en su momento, ahí todo se ve inconcluso, en proceso de construcción, y al mismo tiempo arcaico, erosionado por los siglos. No advierten señales de violencia, vidrios rotos ni basura, excepto en las estatuas, que fueron decapitadas a golpes de saña y martillo. Abundan, eso sí, los andamios, las herramientas y el material de construcción, como si los albañiles hubieran evacuado al final, a toda prisa, o planearan volver pronto al trabajo.

Dos horas más tarde, con las manos vacías, el grupo se reúne frente a la Basílica: un adefesio de piedra y cemento, pintarrajeado de blanco, con un portón de madera trabado por dentro. Usando una viga como ariete, Finchetti y Nostradamus revientan la tranca. Adentro los aguarda un espacio suntuoso pero horrendo, erigido con mármol, alabastro y cristal, pero sin gusto, proporción ni simetría. Esas columnas torcidas, esos arcos deformes, esas burdas escalinatas parecen concebidas por un demente, un tarado o un sádico místico, como asegura Catalina ante el mural del ábside: una orgía de cuerpos humanos que bailan entre llamas y se arrancan el rostro para asemejarse a su patrona: la Hermana Blanca, esa calavera de tres metros, mal esculpida en mármol, que preside el altar y vigila a los recién llegados con sus cuencas vacías.

—¿Se fijaron, camaradas? Ahí, abajito del altar. —El Watson Bolaños apunta hacia un área de tierra mal apisonada que se extiende en el centro de la nave—. Quitaron los mosaicos del piso para enterrar algo. No tuvieron tiempo para volverlos a poner.

—La tierra está floja, revuelta con cal. —Nostradamus se agacha, toma un puño y lo examina—. Hay que traer unos picos y unas palas.

—También unas varillas largas. —El Boludo Finchetti prende un cigarro—. Antes de escarbar hay que clavarlas en la tierra, bien hondo, para sondear lo que hay abajo.

La prueba da positivo: al extraerla, se advierten en la varilla señales de carne putrefacta, enterrada a metro y medio bajo tierra. Sin mayor protocolo, el grupo empieza a excavar. Alrededor de las 2 p. m., el olor a carroña se incrementa y tienen que cubrirse las narices con paliacates. Cuando aparece el primer cuerpo, carcomido por la cal, la mayoría se acobarda, excepto Catalina y Nostradamus, que lo toman por los hombros y lo arriman al borde. «Abajo hay más», arenga Catalina a sus compañeros, «no sean chillones, hasta parece que trabajan en la revista *Eres*».

Apenados por sus agallas, los demás vuelven a la fosa y sacan a pedazos los cadáveres podridos que van exhumando. Más de una docena, según sus cálculos, antes de reconocer el cuerpo desnudo de su amigo Moctezuma, manchado de cal y sangre seca. A diferencia de los demás, está incorrupto, casi íntegro, excepto por el balazo que le atraviesa el cráneo. Como curiosidad extra, una cadenita de oro asoma entre sus labios, y le ha crecido el cabello hasta los hombros.

—Vamos, ahora hay que improvisar una camilla, llevarlo a la combi. —Bronstein se seca el sudor y enciende un cigarro—.

Pobre Moloch. Tan bien que me caía. No será el primero ni el último en morir tras la noticia.

Los demás asienten, fuman y guardan silencio por más de un minuto, hasta que Bolaños lo rompe:

—Oiga jefe, antes de irnos, ¿no quiere que busquemos el cadáver de su prima?

—Por favor, Bolaños. ¿No estás viendo? Los demás cuerpos están podridos, en pedazos, medio quemados, ni cómo reconocerlos.

—¿Tomamos unas fotos al menos?

—No, Catalina. Le prometimos a Maribel Frías guardar el secreto. Hay que enterrar todo. Llegando a Puebla hablamos con ella para ponerla al tanto. —Se dirige luego a Bolaños, Finchetti y Nostradamus—. ¿No me oyeron o qué les pasa? Hasta parece que vieron a la Muerte…

Con cara de espanto, los tres apuntan por encima de Bronstein, hacia la estatua de la Hermana Blanca.

Desde ahí, montada sobre la cabeza de mármol, los mira una alimaña prieta y aberrante. Tiene el tamaño y la cara de un perro, las escamas y las garras de un reptil. «Una quimera medieval», se dice Finchetti. «Un demonio vudú», supone Bolaños. «Una mutación genética», conjetura Catalina. «El cancerbero de Scheva Pititis», concluye Nostradamus. Antes de que el grupo reaccione, la creatura chilla, enseñando los colmillos, abre sus alas de murciélago y escapa de la Basílica, aleteando a baja altura.

—¿Se fijó, jefazo? ¿Qué chingadera fue ésa?

—No tengo ni idea. —Sin ocultar su codicia, Bronstein saca el ánfora de su saco y se bebe un trago de *whisky*—. Presiento que pronto tendremos noticias de esa creatura, camaradas. Hay que buscarle un buen nombre, me late que nos ayudará a vender muchos, muchos ejemplares.

A la mañana siguiente, cuando la licenciada Maribel Frías le comunica la noticia, Cristina cuelga el teléfono, enmudecida, se inclina sobre el hombro de Arrabal y se suelta a llorar como nunca había llorado. Desde hace dos días se hospedan en una casa de Polanco, muy discreta, que la senadora Felina usa para alojar a sus amantes y que les ha prestado para ocultarlas del Magno Padre. Desde que los abogados del Abogánster la liberaron del Hospital Ángeles del Pedregal, Cristina ha sanado de manera milagrosa, asistida por doña Arcángela Báez, su añorada madre, que se turna con Arrabal para atenderla día y noche.

Hipando todavía, Cristina se seca las lágrimas. Doña Arcángela la recuesta en la cama, le prepara un té y Mariana Arrabal aprovecha para subirse al Volkswagen y manejar hasta el *Semanario de lo Insólito,* donde la espera Catalina de la Cruz. Juntas realizan los trámites que la licenciada Frías les ha señalado: un médico, amigo de Bronstein, les firma el acta de defunción de Moctezuma y con ese papel tramitan un permiso de la Secretaría de Salubridad y Asistencia para incinerar su cuerpo. Por la mañana, a las 9 a. m., Arrabal recoge las cenizas en el crematorio y Catalina le avisa al Nostradamus para que organice el funeral.

La fiesta se realiza la noche del 21 de noviembre, en el departamento de Ernesto V, alias El Tecolote, que se conmueve con la historia de Moctezuma y su trágico final. Además de Nostradamus y los editores del semanario, asisten el Boticario Cagliostro Pérez Corchea y Cuauhtémoc López Chew, alias el Pataquemada, que acude escoltado por dos compas del barrio y dos excuñadas, que se pasan la noche repitiendo chistes y gracias del occiso. «Gracias, AntiKris», le confían con etílica tristeza, «tu Molocho siempre quiso un funeral así: que se juntaran sus compas, que pistearan y loquearan oyendo sus rolas, gracias, gracias».

Halagada, a Cristina la conmueve su afecto. Con alegría atiende a los invitados y conversa un buen rato con el Tecolote y el Boticario, que se conocen desde hace años por su afición a la lucha libre. Nostradamus se encarga de la música, alternando un CD de Metallica y otro de Megadeth, uno de Accept y otro de Kreator, hasta se impone el gusto general y se dejan escuchar los Caifanes, El Clan, Brujería y Santa Sabina. A las 2 p. m. el Pataquemada pasa por una crisis de llanto extremo y a las 3 a. m. Cristina y Arrabal se despiden de la concurrencia. Con discreción se retiran a la recámara que les prestó el anfitrión, conscientes de que la fiesta pinta para largo y ellas tienen trabajo que hacer.

Al tercer día, el 23 de noviembre, las dos se presentan al *Unomásuno* y solicitan audiencia con Patricio Schwartz. Mientras esperan su llegada, escuchan las noticias por la televisión. En la cárcel de San Antonio, el Abogánster declara que el régimen salinista lo persigue, y que probará su inocencia cuando sea extraditado a México. El Subprocurador amenaza con encarcelar a los dirigentes del PRI por propiciar la huida del Ingeniero M. Los implicados le exigen que pruebe sus acusaciones o pague las consecuencias.

En cuanto Schwartz se presenta, Cristina le entrega el reportaje que escribió durante el fin de semana: *Marifer Rovira o los demonios de la política.* Él lo lee con calma, mientras se fuma un Marlboro.

—Alucinante tu historia, de verdad, muy bien escrita. —Schwartz apaga el cigarro y pone las hojas sobre el escritorio—. Pero no podemos publicarla, lo siento. Tú me entiendes. Por cuestión de principios, no publicamos noticias «sobrenaturales». Te aconsejo que no lo publiques en otros medios, como el *Semanario de lo Insólito.* No te imaginas el poder que tiene el Magno Padre en los medios. Se te echaría encima, el cabrón.

—No te preocupes. Quería escribirlo y lo hice. Ahora lo que quiero es irme de la ciudad.

—Lo suponía. —Patricio se agacha y toma un sobre archivado en su cajón—. Ayer me llegó esta carta. La senadora recién electa, la Felina, quiere que la acompañes a Chiapas como su jefa de prensa. Aquí estimamos tu trabajo, Cristina, nos dolería dejarte ir.

—No sé si debo aceptar. Quiero ir a Chiapas como corresponsal del *Unomásuno,* cubrir la gestión de la Felina desde afuera. Necesito alejarme de esta ciudad. Conocer gente, respirar aire, no mierda.

—Adelante, Cristina. Sirve que cubres también las actividades del obispo Samuel Ruiz. Supongo que la camarada Arrabal quiere acompañarte en la aventura, ¿no es así?

Mariana Arrabal responde que sí, que le encantaría, Patricio acepta y las amigas se retiran. A las 6 p. m. vuelven a la casa de Polanco, donde las aguardan doña Arcángela y la Felina, con la cena preparada. Entre taco y taco, la senadora les informa que ya tiene listas las veinte maletas de su equipaje y que planea viajar mañana temprano. «Si gustan acompañarme, viajaremos a Tuxtla Gutiérrez en la avioneta de un admirador, ya lo conocerán, muchachas».

—En otros asuntos, mijita, ¿cómo vas con tus poderes? —pregunta de pronto doña Arcángela—. ¿Sigues teniendo visiones?

—Sólo a veces, mamá. Anoche me dejé llevar y fue divertido. Contacté en sueños con León F, ¿lo recuerdas? Mi papá trabajaba para él. Lo vi en la cárcel de San Antonio. Su abogado le envió un pollo rostizado para que comiera. Cuando el Abogánster metió la mano adentro del pollo, se encontró ahí el rubí de Sobeida.

—Genial. O sea que el infeliz lo recuperó por fin. —La Felina suelta la carcajada y luego destapa un champán—. ¿Qué pasó después? Cuenta, cuenta.

—Se lo puso al cuello, el inocente, y el collar se absorbió en su carne. Se puso como loco. Empezó a oír en su cabeza una voz. Los reclamos de Nellie C, supongo, que le echaba en cara todo el mal que él le había hecho y todo el mal que ella pensaba provocarle.

—Pobre cabrón. Y ahora ni cómo la abandone.

—Eso mismo pensé, por eso me salí de ahí. —Cristina sonríe—. Por fortuna ya aprendí a controlar mis filtros.

—¿O sea que puedes abrir la mente y leer a la gente cuando quieras? —Su madre la mira con miedo.

—No te preocupes, mamá. De aquí en adelante sólo voy a usar mis sentidos naturales. No hay mejor lugar que el aquí y el ahora.

Doña Arcángela aprueba la idea, y también la Felina: «Es mejor hacer política que hacer brujería», concluye, avispada por el champán, y las dos se retiran a dormir.

Una vez en su recámara, a solas con Arrabal, Cristina expresa sus dudas. «¿Sabes?, no quiero que la Felina se meta en mi vida como se metieron Marifer y el Magno Padre». Su amiga la tranquiliza, le suplica que no piense más y le recuerda que es hora de dormir. En silencio se desnudan, apagan la luz y se meten bajo las sábanas.

«Descansa, AntiKris, recuerda que te amo», le dice, muy adentro de su cráneo, la vívida voz de su tlatoani. «Y yo a ti, Molocho», responde ella con el puro pensamiento, y al segundo bostezo se duerme, sin temor a soñar, sin temor a despertarse.

---

Buenas noches, estimado auditorio. El día de hoy, 23 de noviembre de 1994, será recordado en la historia como el día en que un hombre de gobierno cuestionó ante México y el mundo la honestidad de la justicia mexicana y del aparato gubernamental. Me refiero al hermano del Secretario General, que cimbró a la opinión pública con las declaraciones que emitió hoy por la mañana en el Auditorio Nacional, al anunciar su renuncia al cargo de Subprocurador especial que desempeñaba en el gobierno, y a su militancia en el Partido Revolucionario Institucional.

El ahora exsubprocurador aseguró que sus investigaciones habían desarticulado la conspiración criminal que acabó con la vida de su hermano el Secretario General. Esta conjura involucró a más de quince individuos, pretendía ejecutar a varios políticos más, y fue organizada por priistas por razones fundamentalmente políticas. La investigación reveló, además, una madeja de intereses, intrigas y calumnias que empleó la clase política priista para proteger su impunidad. El hermano del Secretario General expresó que su principal temor es que el nuevo subprocurador busque una hipótesis a modo, que absuelva el proceder del PRI y del gobierno.

Éstas fueron sus palabras finales: «El PRI-gobierno puede inventar los móviles que le resulten más cómodos y fabricar los elementos que los sustenten para liberarse de responsabilidad y engañar al pueblo de México [...]. Esperar que actúen en el marco de la ley, preserven el estado de derecho y busquen la verdad, es una utopía. Esperar que se haga justicia en un gobierno priista es hoy un imposible. Esperemos que el futuro lo permita. ¡Los demonios andan sueltos y han triunfado!».

—Mira nomás, Gloria, qué belleza. Dormidas como dos castas ninfas.

—¿Te dan celos de que Arrabal duerma con tu novia?

—Nuncamente. Más bien me tranquiliza, está en buenas manos, me cae. Además, la AntiKris no se encela porque yo estoy contigo.

—No se encela porque es muy lista, Moloch, porque sabe que tú y yo somos amigos, nada más. Pura amistad platónica.

—Nel. Es algo más. Una especie de eco o de arquetipo. Desde que te vi en fotografía me inquietó que te parecieras tanto a Cristina.

—Excepto por un detalle, ¿no?

—Claro, los ojos. Ella los tiene azules.

—Y los míos son verdes.

—Y eso me hace pensar que yo me parezco a alguien que tú amaste.

—Así es, cariño.

—Por eso me buscaste en sueños, por eso me guías acá en este mundo.

— Te digo que eres buenísimo para ser un diablo. —Gloria ríe, acaricia su rostro, lo besa—. Claro, Molochito, eres idéntico a mi Melchor, excepto por un detalle que no te digo.

—Lo averiguaré pronto, ya verás. —Alegre, El Moloch calla un momento, luego sonríe—. Entonces, si tú me ves como Melchor y yo te veo como Cristina, significa que nuestro amor ha ocurrido muchas veces, con otros nombres, en otros mundos, ¿no?

—Ocurre y seguirá ocurriendo, cariño… Pero, shhhht, ¿oíste eso?

—Sí, es alguien que reza.

—Y que rechina los dientes.

—¿Es Ella, la invocada?

—Sí, calla y escucha.

—…

EN VERDAD SE LOS DIGO, hijas de mi sangre, hijos de mis entrañas, que se avecinan el esplendor y la ruina, el tiempo de la euforia y la resaca, la modernización y el subempleo, los *table dance* y las cuernos de chivo.

¡No desoigan mi voz, no ignoren mi risa ni mi llanto! Yo soy la santa, la virgen y la puta, la que todos odian, la que todos aman y todos ignoran, la que llaman Vida, llaman Sueño y llaman Muerte. Me llaman Scheva, la hermana blanca, la sombra de la Coatlicue, la Guadalupe desollada o Tiamat, la madre viuda que devora llorando a su prole.

Soy la patria no santa, la muerte sin patria, la Santa Muerta.

El poder con sus ritos me ha invocado, y he advenido con hambre, con rencor y con lujuria. En mis venas arde el petróleo, mi esqueleto es de plata, bronce y mercurio. Mi boca mastica cadáveres y vomita vanas profecías, mi aliento inflama volcanes y plantas nucleoeléctricas.

En verdad os digo que ya se encendieron los cirios, que ya se velaron las armas. Se subastarán los ejidos, se evacuarán los pueblos para alojar *spring breakers*. Los bosques serán talados, el otoño reciclable recorrerá las islas de plástico, se cotizarán en la bolsa las ideologías y los votos, los chamanes y los mesías de pacotilla.

¡Muchas maravillas y miserias se verán en estos años! Mahoma y Cristo se irán de *shopping* a Salt Lake City, lloverá cocaína en Silicon Valley y ácido lisérgico en Lollapalooza, estallarán las burbujas financieras y los errores de diciembre, un ayatolá cortará el doble falo de Manhattan, el demonio de Roma será canonizado, las cabezas rodarán en las calles, los ahorcados colgarán de los puentes, las revoluciones se transmitirán por wifi.

En verdad se los digo, carne de mi carne, huesos de mi hueso, que el final no se acerca. Que todo es mito y tragedia, ópera bufa y rueda del infortunio. Porque el fin de la historia es el ahora sin fin, tan absurdo, tan cruel y tan profano como el poder y sus ritos.